A ILHA FANTÁSTICA

GERMANO ALMEIDA

A ILHA FANTÁSTICA

Título: A Ilha Fantástica Autor: Germano Almeida
© Editora Oficina Raquel, 2025

Editores
Raquel Menezes
Jorge Marques

Revisão
Oficina Raquel

Capa, diagramação e projeto gráfico
Paulo Vermelho

Dados internacionais de catalogação na publicação (CIP)

A447i	Almeida, Germano, 1945- A ilha fantástica / Germano Almeida. – Rio de Janeiro : Oficina Raquel, 2024. 202 p. ; 16x23cm. ISBN 978-85-9500-099-5 1. Ficção cabo-verdiana I. Título. CDU 821.134.3(665.8)-3

Bibliotecária: Ana Paula Oliveira Jacques / CRB-7 6963

Mais que livros,
diversidade

R. Santa Sofia, 274
Sala 22 - Tijuca, Rio de Janeiro - RJ, 20540-090
www.oficinaraquel.com
oficina@oficinaraquel.com
facebook.com/Editora-Oficina-Raquel

A Filomena que a quis

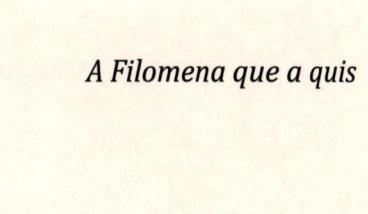

APRESENTAÇÃO

Um filho de cabo-verdianos canta hoje em dia que "terra não é só lugar onde se nasceu, é também o chão que trazemos na mente". A mente de quem nasce, vive e cresce insular vai muito além da minha experiência litorânea. Torna-se uma alma cercada de água por todos os lados, sabe que a morte leva tudo como o mar bravo, que, enquanto não mata, não descansa.

Se o contrário da morte é mesmo o encantamento, é nessa premissa que a ilha de Germano Almeida entrelaça e encanta tudo e todos: estamos debaixo do mesmo céu, navegando o mesmo mar, ainda que em barcos diferentes. A construção de uma terra é algo realizado a muitas mãos, e o livro não abre mão de dizer da desigualdade de como isso é e foi feito, especialmente se estamos no Sul do mundo.

História, cultura, e relações de poder latejam desde o início. Quem tem direito de dar nome à praia ou quem pode ser dono da areia e do mar? Os colonos de pedra e da água salgada tinham o poder religioso, financeiro, nome e sobrenome, próprio cemitério.

Mas os da ilha tinham um manco-poeta e discursador de casamentos, um cão que só teme chicote de cavalo-marinho, mulheres que não aturam ter seus nomes deturpados ou serem chamadas de "bonitas" ao fim da tarde.

"Ba pa merda, vai chamar bonita a tua mãe!"

Para quem fala a Língua Portuguesa, ouvir crioulo é ter a certeza de que sabe o que o outro está falando, mas no fim não entende nada do que foi dito. Uma identificação não só pelas palavras, mas pelo tom que sai da boca do falante, pela forma como o corpo se mexe. Uma forma que chegou ao Brasil e que formou quem somos. E é no desespero da morte que a língua materna crioula grita, sem floreios, sem teatro ou formalidades.

A Ilha Fantástica é tão encantadora porque traz histórias fantásticas da própria vida, que é por si só incrível. E o que mais seria o ofício de um escritor, senão amplificar o fantástico da vida? A vida comum como os poderes de um padre de fazer virar vinho em sangue e farinha de trigo em corpo.

É tão fantástica a mulher que consegue fugir de ser "pega", sorrindo e fingindo querer, quanto a da bruxa que se despede da própria pele todas as noites. E que fantástico um analfabeto ser também um louco que fala Português fino e difícil!

A escrevivência, como conceituou Conceição Evaristo, carrega consigo as memórias individuais e coletivas. Imagina o que viveu, reescreve a própria história e a de todos ao mesmo tempo. Não se esgota em si, mas traz milhões consigo.

E se a gente não escrever, ninguém vai contar, ninguém vai lembrar... "já ninguém se lembrava de quem tinha sido a Teodora".

Ana Paula Lisboa
Escritora e jornalista

Nota do Autor

Estas estórias estão a perseguir-me desde 1968, quando no Norte de Angola eu sonhava a minha Boa Vista. Foi em Buela, Maquela do Zombo, que escrevi algumas delas, e desde essa altura que me acompanham, se não fisicamente, pelo menos no meu espírito — acabei por perder a maior parte do que tinha escrito —, porque até lá nunca tinha pensado a minha terra e descobri-la assim no imenso deserto verde de Angola era um verdadeiro encantamento pessoal.

Algumas apareceram na revista *Ponto & Vírgula*, outras mantiveram-se inéditas porque lhes tinha dado a função de preencher espaço sempre que nos faltava material para todas as páginas da revista. A verdade é que achava que tinham um valor demasiado subjetivo para interessar a outras pessoas e teriam ficado completamente esquecidas não fosse a Filomena que desde há muitos anos me vem pressionando para as publicar.

Tendo decidido publicá-las em livro, procedi à sua revisão e muitas vezes à quase reescrita de algumas porque inicialmente não tinha nenhum outro propósito que não fosse reinventar a tranquila paz da ilha da minha infância no angustiante silêncio daquela imensidão desconhecida e hostil.

Digo que estas estórias são verídicas, mas é bem natural que a Boa Vista que flutuava nas fantasmagóricas florestas de Angola fosse apenas a invenção de um ilhéu perdido num mundo sem limites, porque lembro-me ainda de que nessa altura também tinha criado um deus que vivia numa capela na mata, um deus velho e calaceiro mas com quem mantinha intermináveis conversas e que de vez em quando eu me permitia questionar, acorda deus preguiçoso e faz qualquer coisa, mas ele manteve-se sempre sonolento e recusou mesmo acompanhar-me quando deixei Buela, declarando-se demasiado doente para andar de *unimog*[1]. E assim parti sozinho com as minhas estórias.

Mindelo, dezembro de 1993

---
[1] N. E.: caminhão off-road

1

Nem mesmo quando a idade e a falta de grogue já o tinham transformado num velho sonolento e apático que consumia os seus dias recostado numa cadeira de lona, onde penosamente honrava a irrefletida promessa que tinha feito a Mana Tanha de não voltar a beber, Lela se conformava com o fato de chamarmos àquela prainha de "praia de David". Noutros tempos, quando ainda era um homem calmo e doce, mas a quem bastavam dois copos para se transfigurar numa língua atroadora e temível, costumava argumentar com violento sarcasmo que quando os BenOliel arribaram à Boa Vista embuçados nos seus andrajos de mouro fugindo dos desapicos dos infernos, todas as nossas praias já tinham os seus nomes verdadeiros e por isso ofendíamos a memória de um antepassado permitindo que um judeu errante e ganancioso lhe usurpasse o lugar na história da nossa ilha. Aquela foi sempre a "praia de Teodora", dizia ele, é preciso ensinar essa gente a respeitar a nossa tradição, um dia desses será a praia de Chaves a ter o nome de um outro qualquer badameco. Tio Tone concordava pachorrento, explicando embora que talvez o fato de nhô David ter apoiado a construção da capela de Fátima ali ao lado e depois ter lá feito uma vivenda tivesse contribuído para essa mudança, sobretudo porque na verdade já ninguém se lembrava de quem tinha sido a Teodora, mas a isso Lela respondia, aspirando a sua pitada de cancan, que os nomes das coisas e dos lugares não nos pertenciam, eram-nos deixados pelos antigos para os transmitirmos aos vindouros, não tínhamos o direito de permitir nenhuma mudança, ainda por cima a favor de um judeu renegado. E depois comentava mordaz: Já viste como o mundo está a ficar, Antoninho d'Augusta, um judeu a construir um templo católico?

Porém, os anos tinham passado, Lela era agora apenas um ancião meio cego e ensimesmado na sua cadeira de lona que todos os dias colocávamos ao sol do fim da tarde e por isso apenas já encolhia os ombros e meneava a cabeça ao ouvir falar da praia de David. Mas de "Teodora" ou de "David", a verdade é que sempre gostamos daquela praia. É uma prainha tranquila e serena e de uma areia muito mansa, embora abruptamente aberta entre duas escarpas profundas e pedregosas. Não tem nem a imensidão desértica da praia de João Cristão ou do Curralinho, nem aquele silêncio selvagem de fim do mundo. Pelo contrário, a "praia de David" é aconchegada e recatada, uma espécie de uma sensual língua de mar em eterna e fascinada carícia sobre o corpo adormecido da terra. Mesmo para se chegar lá, é preciso descer-se por uma espécie de uma escada escavada entre as rochas e este simples acidente natural confere-lhe a intimidade e a quietude de um templo cujo suave vazio e o preguiçoso ondular não chega a perturbar. Claro que temos outras praias muito belas. Temos praias de areia grossa e branca e onde o mar é fundo, manso e límpido; praias de cascalho ligeiro e ondas fortes e também praias paradas como se fossem lagos ou então simples poças d'água. Mas nhô David elegeu aquela prainha como a "sua praia", todos os sábados e domingos e outros dias santos requisitava-nos aos magotes com um autoritário "Psuii, venham cá miúdos!", para empurrarmos a caminho da Fátima o seu já velho *Ford* que o salitre impiedosamente ia consumindo (e que por isso mesmo a força dos braços do Lima na manivela do motor já se mostrava impotente para fazer funcionar) e pagava-nos depois com farinha de pau com açúcar, já repartidos em cartuchinhos, de vez em quando uma ou outra moeda de tostão.

Eu ainda conheci bem nhô David. Andava sempre de fato azul e o seu nariz adunco parecia um gancho. Dizia-se que era filho de "judeus de rabata" e como não sabíamos o que significava a palavra pensávamos que era pelo fato de nesse tempo já a sua família ter "rebatado" tudo quanto era riqueza na ilha.

Seu avô, nhô Isaac BenOliel, terá vindo de Marrocos lá pelos meados de 1800, e segundo Lela e muitas outras pessoas terá chegado pobre e andrajoso e fugido de não se sabe que guerras, iniciando a sua brilhante carreira comercial vendendo de porta em porta cartuchinhos de açúcar feitos em papel de saquinha. Durante a febre amarela de 1845 ele aproveitou para comprar ao desbarato os bens daqueles que fugiam da doença, e quando morreu já era apenas conhecido como "o judeu dos gatos" porque, ao que se dizia, tinha a mania de andar sempre com um deles dependurado do ombro e quando ficou entrevado numa cadeira de lona matava o seu tempo cuidando da sua criação, tendo-os possuído às dezenas, de todas as raças e cores e feitios, porque provocava o seu acasalamento forçado fechando alguns deles numa jaula de arame que mandou fabricar para o efeito e com vista a lhes melhorar a raça.

Mas naquele tempo a Boa Vista era uma ilha com futuro, com grande número de firmas estrangeiras e muitos diplomatas, embaixadores e cônsules. Lela é que nunca se conformou com a decrepitude dos anos seguintes e costumava acusar a febre amarela de não apenas ter matado a Maria de Patingole como também a própria ilha. Mas a verdade é que quando o avô de nhô David morreu, deixou ao filho duas lojas, alguns palhabotes que ligavam a ilha ao exterior, vários prédios e muitos botes, e ainda uma infinidade de gatos, mais de cem ao todo, sem já falar do monopólio de fato de todo o comércio de luzerna, cal, sal e pele de cabra.

Não sei se terá sido uma decisão familiar, porque diz-se que no seu testamento ele apenas referiu as saudades dos seus gatos, que quis cuidadosamente alimentados com uma parte considerável dos lucros dos seus bens, mas o certo é que desde o avô que nenhum deles foi enterrado no cemitério cristão. O pequeno cemitério dos judeus ainda existe por baixo da Rochinha, mais ou menos a 500 metros do túmulo de Maria de Patingole, e o último a ser lá enterrado foi o próprio nhô David.

Nesse tempo, a vida na Boa Vista girava apenas em função de nhô David. Estava já passada a época do inglês, cônsul e negociante John Rendall, e Maria de Patingole era só uma lápide de mármore onde estavam gravadas palavras estranhas, porque dela sabíamos apenas ser filha de um inglês que tinha vivido na ilha. Só mais tarde ficaria a saber que seu pai, *Sir* Charles Pettingal, residia na Boa Vista na qualidade de juiz da comissão para a abolição da escravatura em Cabo Verde. Mas os tempos agora eram outros, já não havia nenhum cônsul de qualquer país e por isso nhô David era como que um pequeno rei que sobretudo o dispunha soberanamente e nas épocas das eleições decidia em que candidato votar, sempre nos do Estado Novo, comprava os votos das pessoas que não comandava e obrigava os seus empregados a votarem conforme ele determinasse. Anos mais tarde Lela viria a dizer, num dos seus dias de fusca monumental, que com a morte de nhô David o caciquismo pessoal e bonacheirão tinha sido substituído pela violência institucional da fábrica Ultra.

Todos os botes de nhô David tinham nomes estranhos: "Sei lá ", "Oxalá", "Qual!"... Era nhô Aguinaldo, mais conhecido por Tio Noia, quem se encarregava de lhes dar esses nomes arrevesados. Tudo tinha começado quando um dia um bote ficou pronto para ser lançado ao mar e Tio Noia perguntou a nhô David que nome este lhe queria dar. Mas nhô David era seberbe, nem sempre estava de maré: " Sei lá !", respondeu desaforado e afastou-se, mas quando voltou encontrou escarrapachado na proa em letras bem desenhadas: "Sei lá !" Mas Tio Noia tinha crescido em casa de nhô David, conhecia-o bem, podia perfeitamente dar-se a essas brincadeiras.

Quando estava um padre na ilha, a cerimônia do batismo de um bote antes de ser lançado ao mar não era em nada diferente do batismo de um qualquer menino. Com solenidade e devidamente paramentado, o padre deslocava-se à praia de mar, colocava grãos de sal benzido na popa do bote, rezava as orações convenientes e depois aspergia-o com água-benta enquanto dizia *ego te batizo, Qual, in nomine patri, filii et espiritu santo, amen*, declarando-o de seguida pronto para navegar em bom mar e vento de favor, mas também apto a enfrentar qualquer tormenta com que Deus, na sua infinita bondade, achasse por bem provar a sua fé. Porém, e sem de forma alguma duvidar da infinita bondade divina, mal o padre partia era quebrada na proa do bote uma garrafa de vinho, às vezes mesmo uma garrafa de um espumante, como forma de também aplacar as outras divindades e desse modo reforçar a sorte e fortuna do bote. Djidjé era aliás o exemplo apontado por toda a gente de como não se deve brincar com coisas sérias, porque muito antes de definitivamente passar a dedicar-se exclusivamente ao comércio, tinha mandado fazer um bote, mas no dia dos batismos ficou duvidoso sobre a real vantagem de entornar uma garrafa de vinho sobre aquelas madeiras, pelo que depois do batismo do padre subiu para o bote e entornou a garrafa inteira pela sua goela abaixo, partindo depois a garrafa vazia na proa. Vai produzir o mesmo efeito porque eu bebi o vinho dentro do bote, dizia. Deus queira que não te arrependas, diziam-lhe os marinheiros, não sabes com quem estás a brincar. E dito e feito: no dia que fez dois meses depois de o bote estar no mar ele afundou-se no meio da baía, carregado de sal e todos os seus tripulantes foram unânimes em afirmar que tinha sido uma coisa estranha, foi como se de repente o bote tivesse sido aberto em dois, como uma melancia que a gente abre ao meio, todo aquele sal logo se desfazendo no mar.

Mas se é certo que a ilha já nada tinha a ver com o que tinha sido antes da febre amarela, a verdade é que eram ainda bons tempos. Nas épocas das chuvas, a que chamávamos "tempo das águas", o milho crescia garboso na ribeira de Rabil, feijão e batata em abundância nos pés-de-banco, em alguns anos mesmo em tal abundância que ficavam secando nas mães e as pessoas passavam e diziam "ó feijãozinho, se me pagares eu apanho-te!", porque de fato ninguém tinha que fazer com eles, mesmo os porcos, alimentados como andavam à base de milho e leite de cabra, recusavam o feijão, da batata nem vale a pena falar porque um dos seus usos mais comuns era servir de arma de arremesso nos jogos da rapaziada. Havia também os bailes de ca nha Dalina, nhô João Gau fazendo chorar a sua rabeca até altas horas da madrugada, altura em que os rapazes partiam para o meio-de-banco donde voltavam com sacos de pardais ou de galinhas de mato para a canja da manhã. Os bailes de ca nha Dalina ficaram célebres. Ainda hoje os mais velhos falam deles com os olhos brilhantes, lembrando as mornas ao despique e depois as serenatas que se seguiam, um enorme cortejo de homens ao luar cantando e tocando de porta em porta, aqui uma morna, ali uma mazurca ou um samba... Terá sido por essa época que nhô Luís Rendall, um dos melhores tocadores de violão que a Boa Vista conheceu, fez a sua exibição diante de um brasileiro de passagem, mostrando quão bem dominava o violão. O brasileiro escutou atento e elogiou: Muito que bom! Você continuando vai aprender mesmo! E depois tomou o instrumento e convenceu nhô Luís e todos os presentes que ele sim, ele dominava o violão.

Mas mesmo sem dominar completamente o violão, nhô Luís e nhô João Gau começavam a acompanhar as crianças praticamente a partir do dia do nascimento porque naquele tempo a primeira preocupação a ter com um recém-nascido era contra as bruxas. Logo nas primeiras horas do parto eram atiradas mãos-cheias de sal por cima do telhado da casa enquanto Titige se afadigava na correta colocação da criança para o nascimento. Ti Júlia era muitas vezes chamada quando por qualquer razão a criança se rebelava contra a ideia de vir ao mundo e também quando as bruxas se mostravam mais famintas e desenfreadas. Ela chegava, sempre munida da sua santa padroeira das parturientes, logo tranquilamente declarando da porta que maior é o poder de Deus, contra este aqui elas não têm parte, e com uma vela acesa começava por percorrer os cantos da divisão a detectar todas as furtivas entradas de corrente de ar que considerava piores que todas as bruxas juntas, enquanto explicava que como as bruxas voam sempre sem a pele, não podiam pousar sobre a casa por causa do ardor do sal e sem pousar sobre a casa não tinham maneira de comer a criança. Durante as seis primeiras noites verificavam-se apenas ligeiras escaramuças entre as pessoas de dentro e as manhentas bruxas que rondavam de fora e ainda de longe espreitavam uma oportunidade de se lançarem sobre as frescas carnes do recém-nascido, por isso era ouvir-se um qualquer miau de um gato mais atrevido e lá voava uma punhada de sal e mais o esconjuro, "vai para o espaço superior que aqui não tens parte!"...

Mas, conforme aliás ensinava Ti Júlia, parecia que na "noite de sete" o cheiro da criança ficava de todo irresistível e tornando as pobres bruxas completamente loucas e desenfreadas, a ponto mesmo de se atreverem a desafiar os suplícios do sal sobre a sua carne viva, e por isso nessa noite todo o cuidado era pouco.

Ti Júlia chegava logo pela boquinha da noite com uma catrefa de santos que colocava estrategicamente nos diversos pontos da casa, mas para além disso todos os mais mínimos buraquinhos da casa tinham que estar completamente estopados para que nada, nem a mais leve réstia de vento, pudesse entrar de fora, e toda a gente, amigos, conhecidos, vizinhos, tinha como dever daquela noite juntar-se na casa onde estava o recém-nascido para o guardar dos terríveis males que nessa noite particularmente o ameaçavam. E para os animar na longa vigília, havia sempre muitas comidas e muitas bebidas e levavam rabecas e violas e violões e cavaquinhos e nhô João Gau e nhô Luís estavam sempre presentes, tocando pela noite adentro para que os guardiões não dormissem, evitando assim que as bruxas aproveitassem o silêncio para sorrateiramente paparem a criancinha.

Mas mesmo a maior festança não impedia grande circunspeção no desempenho da tarefa. Assim, quando um gato miava, estivesse ele perto ou longe da casa, vozes e instrumentos logo se calavam para que Ti Júlia em pessoa os pudesse vigorosamente esconjurar, o polegar fechado entre os outros quatro dedos e apontado na direção do miau enquanto os presentes gritavam "figa canhota, tocha camarocha, merda de gato preto" e depois, no silêncio pressago que se seguia ao esconjuro, restava apenas um ar de respeitoso temor, eram forças que podiam ser mais poderosas do que o esconjuro de Ti Júlia, a menos que o gato fosse apanhado, caso em que era espancado a pau até morrer, uma paulada no gato, outra paulada na sua sombra, única forma de aleijar a bruxa-gato. E se acontecia adoecer ou morrer uma qualquer pessoa no dia seguinte, essa era prova segura e fora de toda a dúvida de ser "ela" a bruxa que tentara comer o menino. Tinha sido assim, aliás, que nha Maria Santa, mãe de Justina, tinha ganhado pela vida inteira a fama de bruxa, não obstante ter sido sempre uma pessoa do maior recato, que não gostava de falar alto porque tinha trabalhado muitos anos em casa de um doutor deportado que não só lhe tinha ensinado a ler e todas as boas maneiras de uma senhora, como fazer bolos e pudins e todas as outras espécies de doçarias, como inclusivamente lhe tinha feito uma filha que ela tinha criado com todo o orgulho e até já era mulher casada na sua casa. Quando nha Maria Santa abria a boca era apenas para falar do Sr. doutor isso, Sr. doutor aquilo e aquele outro, porque infelizmente o seu tempo de degredo tinha acabado e por isso tinha regressado a Portugal e certamente que teria morrido em viagem porque da forma como não tinha brincadeira com a filha era impensável nunca ter escrito da sua livre vontade. Mas mesmo assim nha Maria Santa não tinha muita razão de queixa porque o Sr. doutor tinha-lhe deixado com uma boa casa, onde inclusivamente ele tinha mandado fazer um compartimento de madeira para servir de casa de banho, e passado algum tempo sem receber notícias ela passou a vestir-se só de escuro, com umas enormes saias quase lhe cobrindo os pés em sinal de viuvez eterna e dizia passar todo o seu tempo disponível a rezar para que a alma do senhor doutor pudesse ter o eterno descanso, embora se comentasse que aquilo era só para inglês ver porque de vez enquando João Manco ia de madrugada tirar-lhe as suas faltas e mesmo Titujinho tinha sido visto a sair do seu portão a horas impróprias para visitas.

Tio Tone, que era um homem de muito respeito mas também muito dado a pilhérias, gostava de se meter com Titujinho e entre risadas dizia-lhe, então Tujinho, na sua idade é que se deu para saltar paredes do quintal de cada uma, tome cuidado para um dia não partir uma perna como já aconteceu ao meu sobrinho Filipe. Titujinho ofendia-se, nunca esperei que você, Antoninho d'Augusta, também acreditasse na maldade desse povo, eu sou um homem sério, um homem honrado, era agora lá capaz de saltar paredes ou mesmo sair de uma casa pelo portão? Sério e honrado, eu sei, respondia Tio Tone sarcástico, mas ao que consta também femeeiro, mesmo muito femeeiro, e a esse elogio Titujinho não conseguia resistir, sorria aberto embora sem comentar.

Mas como nha Maria Santa era uma pessoa pouco dada, os vizinhos achavam que ela continuava com antigas manias de "gente branco", desde o tempo do senhor doutor em que de criada tinha passado a ter criada, tanto mais que só de madrugada ia buscar água à fonte porque não gostava de ser vista com cargas à cabeça. Mas aconteceu por azar que vinha ela uma madrugada da fonte de Cá Manel com o seu moringo d'água na cabeça e justamente quando entrava a porta da sua casa surgiu um gato preto perseguido pelas pessoas, pois que tinha estado a miar próximo de uma casa onde se guardava um "sete". O gato vinha esbaforido e encontrando aquelas saias enormes quis esconder-se debaixo delas, tendo por via disso enrolado nas pernas de nha Maria Santa, fazendo-a tropeçar e cair e assim partindo dessa forma o moringo e um braço. Porém, preocupados em encontrar o gato que na confusão que se gerou tinha acabado por desaparecer, as pessoas começaram a comentar que se o gato tinha desaparecido só podia ter sido dentro dela e lá mesmo a despiram pela força para ver se ela tinha ou não um rabo. E embora nada tivessem encontrado, até ela morrer ninguém deixou de acreditar que tinha sido ela a transformar-se em gato para dessa forma comer o filho de parida.

Aliás, muitas foram as pessoas que, andando nas horas minguadas, encontraram vacas com chifres de farrapo e porcos que falavam e mesmo cabras que dançavam. E sabia-se igualmente de muitos maridos que tinham matado as suas mulheres por causa do exercício das artes da bruxaria.

Havia, por exemplo, a estória daquele homem de Estância de Baixo cuja mulher era bruxa. Mas ele nunca de nada tinha desconfiado, até que uma noite acordou apertado pelo xixi e deu conta que estava sozinho na cama. Pensou que a mulher se tivesse levantado para fazer qualquer necessidade, chamou por ela mas não teve qualquer resposta. Mas, como por azar, justamente naquele dia a mulher tinha quebrado o bacio de barro que estava sempre sob a cama e por isso ele teve que sair para a rua para fazer o seu xixi. Ora no momento em que abriu a porta um vulto envolveu-o como se fosse uma nuvem de algodão em rama, só que tingido de uma cor escura. Foi uma coisa muito rápida e ele até chegou a pensar que apanhar assim de repente na cara o ar fresco da noite o tinha feito ficar tonto. Assim, acabou por sair e fazer a sua necessidade sem outras preocupações, mas ao voltar para a cama encontrou a esposa já roncando como se estivesse adormecida há longas horas. Ele ainda lhe deu dois safanões para a acordar e perguntar onde tinha estado, mas depois desistiu da ideia e pensou consigo mesmo: Ainda o melhor é fazer como S. Tomé, ver para crer.

Assim, na noite seguinte, deitou-se cedo e logo fingiu que adormecia como se estivesse tomado, começando mesmo a ressonar como se fosse um porco bêbado. A mulher ouviu-o a ressonar assim daquela forma desconsolada mas, para ter a maior certeza de que ele estava completamente dormido, foi ao pote e apanhou uma pinguinha de água fria e deixou-a cair atrás da orelha do marido para ver se se espantava e acordava, mas ele nem se mexeu. Então a mulher subiu para cima da cama e por três vezes voou sobre o seu homem para que ele pudesse ficar com o sono ainda mais pesado, de forma a não acordar enquanto ela estivesse ausente.

O homem de fato já estava a ficar com bastante sono, mas resistiu com os olhos abertos porque entretanto a mulher tinha apagado a lamparina. Assim e depois de o ensombrar, a mulher despiu-se ficando completamente nua e depois de dizer em voz baixa umas palavras que o marido não percebeu correu o seu dedinho mindinho da cabeça aos pés e imediatamente o homem viu que a pele dela se despegava do seu corpo e lhe caía aos pés como se ela tivesse despido uma bata. O homem ficou tão assustado que nem conseguiu gritar. E quando ia a falar viu aquele esqueleto cheio de uma carne vermelha que palpitava abaixar-se e apanhar a pele e ir escondê-la atrás do pote d'agua. É para poderes ficar sempre fresquinha, ouviu dizer aquela coisa que devia ser a sua mulher. Ela é bruxa, pensou o homem, e logo começou a pensar no que deveria fazer com ela.

E assim, mal ela saiu, ele levantou-se e foi pilar uma grande quantidade de sal com malagueta e alho e depois de preparar uma boa pasta salgou a pele da mulher tal qual como se estivesse a salgar uma chacina e voltou a colocá-la atrás do pote e regressou à sua cama para dormir. A mulher regressou de madrugada, entrou em casa de mansinho, mas mal colocou de novo a pele sobre o seu esqueleto deu um grito tão medonho que fez o marido acordar já enlouquecido, ao mesmo tempo que ela caía logo morta.

Mas o perigo não vinha apenas das bruxas comedoras de tenros bebês. Havia também os gongons, as canelinhas, os cachorronas, sem já falar dos pateados que durante as noites de lua cheia passeavam a ilha de ponta a ponta montados em belos cavalos brancos. Nicho, por exemplo, tinha sido na sua juventude um destemido desafiador das almas do outro mundo porque gostava de andar de noite e nunca esteve disposto a permitir que as coisas ruins lhe tolhessem o passo. E, quando já bem maduro de idade, gostava de nos contar as suas aventuras, correndo à frente das canelinhas, sempre aos zigue-zagues, porque o azar delas era só poderem correr em linha reta.

Mas enquanto as bruxas preferiam a noite escura, os olhos como lanternas brilhando na escuridão aterrorizante, os demais apareciam sempre em noite de lua cheia, como que gozando o belo luar no estendal de areia que de tão branca parecia prata e só quando provocados perseguiam as pessoas. As canelinhas, por exemplo, até parecia que o que queriam era mais se divertirem porque corriam com a sombra do Nicho, quando a sombra encurtava Nicho fazia um ziguezague e escapava-se e depois de bem a cansar sem ela conseguir apanhá-lo ele voltava a cara para a lua. Porque com a cara voltada para a lua ela já não tinha qualquer poder sobre ele e então desaparecia enraivecida. E Nicho voltava para casa, sempre com os olhos na lua, rindo-se da canelinha que atrás dele continuava espumando raiva.

Os pateados, esses eram mais perigosos. Mas certamente que eram gente rica pois saíam do mar galopando garbosos cavalos-marinhos com arreios de ouro e prata e, nos dias que não estavam para passear, iam diretamente jogar as cartas na casa de Ti Maia. Mas eram perigosos porque bastava que olhassem diretamente os olhos de uma pessoa para ela ficar logo doida varrida, sem jamais vir a ter qualquer hipótese de recuperação. Para nossa ilustração dessa verdade tínhamos o exemplo de Jonzona. Tinha sido apenas um pequeno olhar que o apanhara já quase de raspão, de uma vez que tinha encontrado um pateado. Reconstituída, a estória ficou assim: o pateado tinha vindo jogar na casa de Ti Maia mas bebeu mais do que a conta, fuscou e acabou por adormecer ainda durante o jogo. Terá caído da cadeira abaixo porque de fato no dia seguinte foi encontrada uma cadeira partida, mas o que é certo é que os companheiros devem ter-se esquecido dele porque só de manhãzinha ele partiu em direção ao mar.

Jonzona viu a figura, ainda estava lusco-fusco, pensou que fosse vivalma, chamou, o pateado, assim desorientado pensou que fosse algum companheiro, voltou a cara. No mesmo instante Jonzona fechou os olhos mas já era relativamente tarde porque nem teve tempo de fazer o pelo-sinal-da-santa-cruz. Ficou logo com moléstias de cabeça, chegou em casa em estado de grande aflição e a falar sozinho e só em português, mas não era um português qualquer, ele falava fino e difícil de forma a ninguém perceber o que dizia e todos admiravam Jonzona nessas fases porque sendo analfabeto não se percebia como ele tinha de repente aprendido tanta coisa. Seis meses depois ele ficou outra vez curado, analfabeto e trabalhador e calado, mas felizmente que dois anos depois voltou a ficar outra vez meio louco, até que constatamos que as suas crises lhe eclodiam mais ou menos de dois em dois anos, sempre em alturas de lua cheia, e duravam nunca menos de seis meses. Nós adorávamos Jonzona nessas épocas de loucura mansa porque ele ficava logo de olhos vivos e falador e sempre em português, e contava-nos dos seus encontros com defuntos e outras gentes do outro mundo, embora seja certo que nesses períodos ele emagrecia imenso porque nunca tinha descanso, era um encontro marcado na Boa Esperança, com o Adamastor, outro em Porto Ferreira, com Vasco da Gama, um terceiro no Curralinho, com Pedro Álvares Cabral, e numa noite dava a volta à ilha inteira, tudo a pé e em corrida, sem tempo nem para comer porque os "outros" eram exigentes, se ele falhasse uma reunião era logo morte certa. Jonzona cheirava mal que nem um bode, porque durante esse período estava proibido de tocar a água, fosse de fonte fosse do mar. Mas depois a pouco e pouco ele começava a recuperar e acabava por ficar outra vez calado e sonhador até nova crise.

Havia uma maneira, uma única, de a gente se defender dessas assombrações e era através do sinal da santa cruz. Mas tinha que ser feito com antecedência e por isso logo de manhã, mesmo ainda sem sair da cama, a primeira coisa a fazer era o sinal da cruz. Para uma prevenção mais rigorosa, antes de uma qualquer jornada fazia-se o sinal da cruz ao deixar a soleira da porta e sempre que pelo caminho qualquer coisa parecesse não correr bem. Porque com o sinal da santa cruz já nada tinha poder sobre nós e podíamos seguir o nosso caminho na paz de Deus.

Mas mesmo com a proteção do pelo-sinal, perto da casa de Ti Maia era sempre um mau lugar, sobretudo para se passar de noite, nas horas minguadas. Crescemos vendo a casa de Ti Maia ali já velha, toda esburacada, cheia de ninhos de pardais e pombos, o seu telhado tão negro de corvos nas horas do meio-dia que nem se chegava a ver as telhas vermelhas. Estava já abandonada há muitos anos porque depois que Ti Maia morreu ninguém teve coragem de lá ir morar. Segundo nhô João, a razão era simples: a casa de Ti Maia era uma casa assombrada, porque habitada por pessoas que tinham contrato com Aquele Homem, pelo-sinal-da-santa-cruz.

Ti Maia tinha morrido sentada na cama e ainda acordada porque nunca se deitava ou se deixava adormecer com medo de a morte a levar durante o sono. Mas a morte levou-a na mesma. Chegou numa madrugada, Ti Maia ainda estava de pé, mas ela atirou-a para cima da cama em demoníacas convulsões. Aos berros Ti Maia suplicou, lutou, estrebuchou, esticou, enrodilhou, mas de nada lhe serviu. A morte não brinca, dizia nhô João, não tem respeito por ninguém, quando aquela caveira medonha chega leva tudo na sua frente como se fosse um mar bravo.

Nunca se soube como essas coisas foram sabidas porque de fato Ti Maia vivia sozinha. Mas o certo é que, segundo nhô João, quando a encontraram dois dias depois ela ainda estava encolhida e de cara voltada para a parede, com o terror estampado nos olhos fora da cabeça. Nhô João chegou mesmo a admitir que "Aquele Homem" teria feito graves biquirias a Ti Maia antes de a levar, sobretudo pelo fato sabido de até a morte Ti Maia ser ainda virgem impoluta, sem varia na joia, e o Diabo detestar as mulheres que morrem sem conhecer homem.

Naquele tempo a casa de Ti Maia ficava um tanto fora da vila e por isso muitas pessoas juram ter visto, nas noites de luar, homens de outro mundo passeando pela casa. Eram sempre indivíduos altos, imponentes e bem-vestidos de branco e via-se claramente o ouro brilhando nas suas roupas. Mas seja como for, nhô João garante que Ti Maia era uma mulher misteriosa. Nunca quis explicar em profundidade esse "mistério", dizia que na nossa idade era extremamente perigoso saber essas coisas, mas, embora com relutância, falava de cadeiras que rolavam pelos quartos da casa e desciam escadas abaixo sem ninguém saber como, de janelas que se escancaravam sem que nenhum vento as abrisse, de luzes que de noite se acendiam em certos lugares da enorme mansão.

Mas o certo é que, mesmo passados já muitos anos sobre os acontecidos, nhô João nunca invocava o nome de Ti Maia sem primeiro fazer o pelo-sinal e encomendar a sua alma ao espaço superior. Porque aquela assombração não era coisa recente, vinha desde a antiguidade, desde os tempos do avô de Ti Maia. Nhô João julgava saber de conversas ouvidas aqui e ali que naqueles tempos recuados o avô de Ti Maia teria convidado um padre para cear naquela casa. O padre tinha recentemente chegado à ilha, conhecia pouca gente, queria alargar o leque da sua influência e por isso aceitou o convite. Mas quando entrou na casa foi recebido por um grupo de ruidosos rapazes já alegrados pelo grogue e outras bebidas que naquele tempo aportavam à ilha, quer por importação, via alfândega, quer diretamente dos navios que na época muito gostavam de encalhar na nossa costa.

Diante daquela relativa confusão, o padre ficou muito pouco à vontade, tendo mesmo logo visto que aquela rapaziada não mostrava nem estava preocupada com o devido respeito pela "coroa". Ora é um dado comum, e toda a gente o sabe como certo, que um padre, embora fale latim durante a missa e tenha outros poderes como o de virar vinho em sangue e farinha de trigo em corpo de Cristo, em princípio continua a ser um homem como qualquer outro, mas com uma exceção, isto é, excetuando a "coroa", porque na "coroa" é que está concentrada toda a virtude e também todos os poderes de todo o padre, aquele pedacinho de cabelo recortado no cocuruto da sua cabeça é a sua parte benzida, consagrada, por lá Deus entra no seu espírito e no seu corpo, e por isso pode-se cobar à vontade um padre desde que no final do insulto se excetue a "coroa", se diga: fora coroa!, fazendo o sinal-da-cruz que é para se afastar qualquer espírito de tentação vindo da parte Daquele Homem.

E assim, nhô padre logo estranhou que aquela gente não mostrasse o devido respeito pela "coroa", não estivessem com ele com os salamaleques a que já estava ficando habituado, senhor padre por aqui, senhor padre por ali, beijinho na mão, dá-me a sua bênção, senhor padre, mas não quis dizer nada para já, atribuiu aquela falta de respeito à alegria do grogue de Santo Antão que ele mesmo sabia "ser uma bebida muito forte, capaz de pôr à roda a cabeça mais recalcitrante e soltar a língua mais enferrujada, pondo-a no entanto grossa e trôpega", como tinha lido algures num livro e sabia por experiência própria. Reparou, no entanto, que não estavam ainda bem fuscos, estavam quando muito simplesmente "tranquilos" o que, conforme explicou nhô João, era um estado intermédio entre fusco e não fusco , e por isso o padre não se impacientou, antes sorria ouvindo com atenção um longo discurso que um dos convivas estava fazendo sobre uma praga de gafanhotos que acabava de assolar a ilha e mesmo dando o seu palpite sobre a possível origem da bicharada.

Como o ambiente parecia de cultura e mesmo de algum recato, o padre acabou por aceitar beber um pequeno cálice de grogue. Mas já aguardava um momento propício e um pretexto plausível para se escapulir sem dar muito nas vistas, aquela casa não era a mais indicada para passear a "coroa" e já estava francamente arrependido de ter aceitado o convite sem primeiro se informar convenientemente acerca dos donos, do ambiente, dos propósitos. Porque agora verificava que se tratava de um clube. E quem jamais viu um padre num clube e em companhia tão pouco recomendável? Que diria o seu bispo se o soubesse colegado com moços barulhentos, jogando às cartas, bebendo, falando alto e rindo muito, sem qualquer respeito pela "coroa", símbolo Daquele que por nós morreu na cruz?

Conforme o testemunho de nhô João, conhecido já talvez em quarta ou quinta mão porque essas coisas tinham-se passado ainda no tempo do seu bisavô, mas mesmo assim concordantes com o que outras pessoas contavam, tudo isso pensava o padre enquanto sorria das anedotas picantes e se mostrava amável, sempre no entanto espiando a porta. Poder sair dali, precipitar-se escadas abaixo, fugir daquele covil. Ou então as janelas: subir o peitoril e jogar-se no espaço!... Mas é um primeiro andar! Muito alto! Uma fratura na cabeça!... Mais um copo, senhor padre! É um Santo Antão velhíssimo, olhe só a cor, parece azeite de oliveira do mais puro!

Apanhado assim de surpresa, instintivamente o padre estendeu a mão, mas acabou por deixá-la cair. Tinha resolvido não beber mais. Assim, sorriu, agradeceu, mas foi firme na recusa. A bebida era de fato boa, explicou, mas fazia-lhe mal. E, além disso, continuou, na posição em que se encontrava, de pastor no meio de ovelhas transviadas, deixou escapar, não lhe ficava bem dar maus exemplos.

O pessoal não gostou de assim o ouvir falar: Qual pastor, qual nada, padre, disse um deles, beba um caco e pronto acabou-se! Mas o padre continuou com o seu sorriso enleado, quase envergonhado das próprias palavras, mas manteve-se firme: não lhe ficava bem continuar a beber com eles e por isso não bebia. Aliás, ele mesmo não apoiava tais orgias. Arrependera-se a princípio de ter aceitado o convite, mas agora estava satisfeito por poder mostrar àquelas almas transviadas o caminho da luz: que vos espera após a morte, invetivou-os solenemente. Uma outra morte, ainda mais vergonhosa, porque no inferno há garrafas de bebidas de toda a espécie e qualidade, mesmo as mais finas e caras, mas são apenas garrafas vazias, sem fundo. Ora para um homem afeito a bebidas, nada pior, nada mais tormentoso que vê-las e não poder bebê-las, concluiu o padre o seu sermão, fazendo menção de se retirar pela porta, afinal tinha acabado por bem exercer o seu ministério.

No que aconteceu a seguir é que as opiniões divergem profundamente. Porque alguns pretendem que, chateados pelo moralizador discurso do padre, os rapazes agarraram-no antes que tivesse alcançado a porta e mandaram-no escadas abaixo, escapando assim do covil apenas com ligeiras escoriações. Porém, outros dizem que não foi nada disso que aconteceu, aqueles loucos eram terríveis, nunca por nunca iriam agora deixar o padre sair dali como um heroico vencedor e por isso a versão claramente dominante e ainda contada na ilha é que barraram o caminho ao padre, manietaram-no, e logo um deles se lembrou de lhe colocar uma vela acesa sobre a coroa. Depois, e no meio de grandes risos e galhofas, forçaram-no a engolir o grogue que ele tanto tinha renegado abrindo-lhe a boca a pulso e metendo-lhe o gargalo da garrafa até a garganta. E finalmente subiram-lhe a batina (naquele tempo os padres não usavam nada por baixo), jogaram-lhe um copo de aguardente no olho do cu e, agora sim, empurraram-no escadas abaixo.

Nhô João não garante a fidelidade de nenhuma das versões, qualquer delas lhe parece monstruosa, mas admite contrariado que a última é bem capaz de ser a verdadeira, pois na sua opinião só uma coisa assim tão terrível faria um padre fazer o que aquele fez. Porque, quando finalmente o padre se apanhou na rua, completamente bêbado de fato mas de qualquer forma já livre daqueles malfeitores, gatinhou até à parede para conseguir suster-se de pé e levantou os braços ao Céu e em plena noite praguejou contra aqueles endemoniados sem Deus e sem alma, exortando Deus que fulminasse aqueles ímpios com a sua ira: dias virão, gritou-lhes por fim, em que vós que estais dentro deste antro havereis de comer gafanhotos com bolachas. E esta casa que vos alberga, jamais voltará a pegar cal e ficará para sempre de pedra insossa, para testemunho pelos séculos do vosso castigo!

Nhô João afirma que do alto das janelas os rapazes riam-se das pragas do padre, mas a verdade é que anos depois toda a gente daquele tempo viu aqueles homens, alguns ainda velhos respeitáveis, outros já caquéticos e de bengala, com os bolsos dos casacos cheios de bolacha e correndo ou gatinhando atrás dos gafanhotos, catando-os e comendo-os com as bolachas, como se verdadeiramente fossem o melhor dos petiscos. E foi depois de mortos que se transformaram em pateados, porque eram ricos em vida e todas as noites vinham jogar as cartas na casa de Ti Maia. Ti Maia conseguia conviver com eles sem novidades porque não podiam fazer-lhe qualquer mal pelo fato de ela estar na posse de uma reza que afastava qualquer coisa ruim e a punha fora da parte Daquele Homem. Era uma reza muito importante e poderosa e que começava assim: "Manuel das mãos furadas, das unhas encravadas, antes de vir a mim vai rodear mundo sete vezes." Rezando-a três vezes seguidas, ficava-se livre de todo o mal durante todo o dia ou toda a noite, conforme se rezasse pela manhã ou à boquinha da noite. Mas era também uma reza extremamente perigosa, pois quem se enganasse a rezá-la, ou a rezasse uma única vez a mais ou a menos, ela não só não esconjurava coisa alguma, como, pelo contrário, chamava para sobre a pessoa em questão todas as almas penadas que sempre andavam por perto.

E por falar em almas penadas, eram muito frequentes os casos de almas que eram vistas na ourela do mar a lavar os filhos cujo aborto tinham provocado em vida. Muita gente garantia ter visto a Falhinha banhando no mar da Pedra Alta os muitos filhos que tinha abortado enquanto viva, mas ela tinha sido em vida uma mulher triste e desgraçada e com muito pouca sorte com os homens que só tinham servido para a emprenhar, tinha aliás acabado por morrer vítima de um último aborto malfeito que toda a experiência da parteira Titige não tinha sido suficiente para combater e agora continuava uma alma triste que as pessoas viam acompanhada de um rebanho de crianças de diversas idades numa das poças do mar da Pedra Alta.

Todas as pessoas que a viam falavam do seu ar triste e das suas lágrimas, sempre de cabeça baixa enquanto com as mãos em concha apanhava a água que atirava mansamente sobre a cabeça dos anjinhos. E sabia-se que ela só poderia ir repousar no Espaço Superior depois de todos os seus anjinhos terem crescido o suficiente para serem capazes de tomarem conta das suas vidas.

De dia as almas penadas passavam em forma de vento e, arrastando palha, papéis, e outro lixo, formavam um redemoinho sujo e violento que envolvia as pessoas. E então fazia-se rapidamente o pelo-sinal e esconjurava-se: Bardamerda, mar de Espanha, vai assombrar tua mãe, vai para o Espaço Superior.

Mas havia almas de grandes pecadores e que teimavam em cangar nas pessoas e as punham a falar à toa, a insultar todo o mundo, a dizer palavrões e outras asneiras. Nesses casos assim, era preciso chamar a Ti Júlia, que era uma pessoa entendida em assuntos de mortos e também uma velha muito carinhosa e rabugenta. Quando ela assomava à porta, a alma tremia e gritava. Ti Júlia aproximava-se com solenidade e atirava-lhe um velho rosário de madeira ao pescoço, após o que lhe enfiava um binde pela cabeça que lá ficava como uma enorme coroa. E a pessoa aquietava-se imediatamente, sinal de que a alma cangada já tinha partido.

Ti Júlia era ainda daquele tempo em que se ia buscar Santa Cruz no seu nicho debaixo da Rochinha e era levada com grande pompa de tambor, que nhô Antônio Maria tocava com capacidade e seriedade, para o Largo da Cruz, perto da casa de nha Dalina. Nha Dalina era a mordoma das festas e portanto única responsável pela "luz" que durante todos os dias de festa não devia faltar junto do mastro onde Santa Cruz ficava pregado. E, junto dele, as pessoas dançavam ao som do tambor, colando no pico e dando umbigadas e lançando saúdes. E durante todo o período das festas havia sempre uma lanterninha acesa junto à Cruz, e as pessoas passavam e faziam o sinal-da-cruz e pediam favores a Santa Cruz e deixavam moedas para o petróleo. E no Domingo de Ramos havia a festa maior que era o "corta cabeça": enterrava-se um galo até ao pescoço num buraco escavado no chão, ficando só com a cabeça de fora e os homens pagavam cinco tostões para tentarem cortar a cabeça ao galo. Então, um de cada vez, vendavam-lhes os olhos, rodopiavam-nos para que ficassem desorientados, entregavam-lhes uma velha espada e eles lá partiam em busca do lugar onde estava o galo, tropeçando nas paredes, tentando orientar-se no meio do povo que colava e dançava e tudo fazia para o desorientar e enganar. E quando ele julgava certo o local e dava um golpe no ar, era sinal de que tinha perdido o jogo e dava lugar a outro. Mas se acontecia a alguém tocar no galo com a espada, o galo ficava a pertencer-lhe, mas no ano seguinte era o responsável pelo fornecimento de novo galo para a festa.

Depois do Domingo de Ramos vinha a Semana Santa e, na Quarta-Feira, nhô Djonga estendia no adro da igreja um enorme Cristo ensanguentado e crivado de espinhos. Duas lágrimas enormes rolavam-lhe pela face pálida e triste e a sua imensa tristeza naquele abandono fazia-nos andar na ponta dos pés. Quinta-Feira Maior era o dia do geral perdão e só uma gravíssima ofensa podia levar uma pessoa a dizer a outra: Não te perdoo, nem Quinta-Feira Maior, porque Quinta-Feira Maior fora o dia em que "Aquele que por nós morreu na Cruz disse dos seus algozes: Pai, perdoai-lhes, porque não sabem o que fazem!"

Nós de fato não sabíamos o que era isso de "algozes", mas, pelo estado em que Ele se encontrava, via-se claramente que não podiam ser gente de boa cepa e aquelas lágrimas que rolavam naquela imensa dor impotente enchia de ódio os nossos pequenos corações. A Sexta-Feira de Paixão era o dia do silêncio. Jesus estava muito doente naquele dia e, por isso, não se podia fazer barulho. Nem sequer se cochia milho para não perturbar o silêncio, e ninguém falava alto. Nesse dia podíamos fazer todas as mofinezas que ninguém se atrevia a bater-nos. Mas eram mofinezas sisudas e caladas, um pinico dado ao outro sem abrir a boca e as queixas eram sussurradas e a mamã só arregalava os olhos e abanava a cabeça. E quando chegavam as festas de S. João e Santa Isabel amontoavam-se no largo da igreja e em frente da porta de cada casa montes de carqueja seca e pela boca da noite de véspera do dia da festa acendiam-se as luminárias e saltava-se o lume de um lado para o outro, murmurando: S. João, S. João, será na mim, será na bo!, que era uma forma de garantir a sorte e proteção do santo, e no dia seguinte recolhia-se a cinza da carqueja que era guardada para espalhar ao vento nos dias de temporal porque fazia acalmar o mau tempo.

E havia muitas outras coisas de que já não me recordo, mas lembro-me ainda muito bem da Ti Júlia no seu vestido de chita, escuro e todo remendado, que lhe caía até aos pés, o canhoto ao canto da boca e apoiando-se já dobrada no pau que lhe servia de bengala. Ti Júlia foi na nossa infância um misto de fada e feiticeira. A sua casa era uma pequena igreja onde comandava com doçura, mas também com grande rigidez, um avultado pelotão de santos da mais diversa proveniência e feitios e com os nomes mais arrevesados, desde um Santo Antônio sem braços com um menino saindo do lado esquerdo, a um pedaço de pedra oval com uma saliência onde devia ter sido a cabeça, mas já sem olhos, nariz e orelhas e que ela chamava de S. Cipriano. Ti Júlia impunha aos santos a obrigação de satisfazerem todos os favores razoáveis que, por intermédio dela, as pessoas solicitavam, normalmente através de meigas orações mas, quando necessário, também pela violência, embora sempre a troco de um pedaço de vela acesa.

Alguns desses santos algumas vezes permitiram mostrar-se mais recalcitrantes ou mais preguiçosos na rápida satisfação dos pedidos formulados, mas quando isso acontecia Ti Júlia aplicava-lhes as regras da disciplina militar e impunha-lhes pela força a obediência a que queriam furtar-se. O caso mais famoso de Ti Júlia e de um dos seus santos aconteceu num ano em que as chuvas tardavam. Desesperados pela seca, o gado já morrendo à míngua de água, o povo do interior, já antevendo mais um ano de fome, decidiu que um emissário especial deveria ser enviado à Ti Júlia para que ela implorasse ao Céu o benefício da chuva.

O emissário chegou à casa de Ti Júlia na vila, entregou o "agradecimento" e outras lembranças de que tinha sido portador e muito respeitosamente disse ao que ia. Ti Júlia achou que a pretensão era justa e portanto exequível. E acendendo as velas da praxe, trouxe para a frente do seu altar privado o santo titular das chuvas e fez-lhe as rezas necessárias e lembrou-lhe do que lhe seria devido depois das chuvas chegarem. E por fim tranquilizou o emissário, disse-lhe que partisse descansado para a sua casa porque as chuvas não tardariam. E o homem correu alegre para a sua aldeia levando a boa-nova: Tia Júlia garantia chuvas muito proximamente, talvez numa questão de horas, quando muito de um ou dois dias. Mas infelizmente ainda no espaço de uma semana passada as chuvas não tinham chegado. E de novo o emissário procurou Ti Júlia. Ti Júlia muito justamente se desagradou do comportamento do santo que assim a deixava ficar mal perante um cliente e tomou uma decisão drástica: partir com o homem, levando com ela o santo das chuvas, que foi colocar ao sol no fundo da ribeira que servia essa povoação, com o ultimato de que só depois de começar a chover ele dali seria retirado: Vais-te pelar aqui ao sol, disse-lhe Ti Júlia e partiu para ir almoçar. Era cerca do meio-dia, mas não foi preciso esperar muito tempo, porque duas horas depois chovia abundantemente e com ameaça de a ribeira correr e por isso, em grande alegria, toda a aldeia foi em procissão recolher o santo das chuvas milagrosas.

Quando a visitávamos Ti Júlia estendia sobre nós as duas mãos para nos abençoar e encomendava-nos aos variados santos da sua devoção. Ti Júlia ensinava-nos os nomes dos santos e como nos dirigirmos a eles: Se me trouxerem cinco tostões, dizia, faço um responso a Santo Antônio e ele manda o seu menino para vos guardar. Ele gosta muito de meninos como vocês. Mas têm que trazer os cinco tostões.

Quando levávamos o dinheiro Ti Júlia tirava o canhoto da boca e punha *Chana* no chão. Acendia então um toco de vela que estava sempre num pedaço de pires, levava-a para perto do santo a quem queríamos ser encomendados e a seus pés depositava a moeda. Depois ajoelhava-se, juntava as mãos no peito e murmurava palavras que nós não compreendíamos. Mas ficávamos ajoelhados atrás dela, silenciosos e constrangidos, temendo sempre que o santo se zangasse por não estarmos com a devida atenção às rezas. E era sempre aliviados que víamos Ti Júlia levantar-se, apagar a vela e pegar no canhoto. Mal se sentava, *Chana* saltava-lhe para o regaço e fechava os olhos.

Um dia, perguntámos a Ti Júlia se os santos comiam o dinheiro, mas ela respondeu: Não façam perguntas. São ainda muito pequenos para saberem certas coisas. Os santos podem zangar com vocês. Todos nós tínhamos medo de os santos se zangarem conosco porque isso podia representar uma queda, um dedo estortegado, uma topada no pé descalço, ou, e ainda era o mais certo, uma sova da mamã. E por isso tínhamos tanto respeito por Ti Júlia como pelos seus santos, pois se a fizéssemos zangar ela podia dizer aos santos para nos castigar.

Ouvíamos os mais crescidos dizerem que Ti Júlia invocava os espíritos. Que ela se fechava dentro do seu quarto, chamava os espíritos dos mortos e os obrigava ou a dizerem coisas ou a se afastarem do mundo dos vivos. Até se contava que uma vez morreu um homem de João Galego que tinha deixado uma boa quantia de dinheiro enterrado num lugar que ninguém sabia onde. Ora o espírito do homem andava vadiando sem descanso, atormentando as pessoas porque ele não podia ter descanso na pedra fria enquanto o dinheiro estivesse enterrado. Aparecia à sua mulher a quem queria comunicar o lugar, mas sempre em forma de bode ou cachorro e portanto sem o poder da palavra, e uma vez, se calhar já desesperado, apareceu-lhe em frente da porta da casa em forma de gente, todo vestido como tinha sido enterrado, mas na mesma não pôde falar porque estava com os queixos atados e não conseguiu abrir a boca. A mulher já estava quase a ficar louca, já tinha medo de ficar sozinha em casa porque a toda a hora lhe aparecia o defunto do marido a fazer-lhe incompreensíveis sinais, esforçando-se inutilmente por abrir a boca presa pelo pano branco amarrado sobre a cabeça. Até que foi aconselhada a ir submeter a Ti Júlia as suas aflições, pedir-lhe remédio para tão grave desgraça, tentasse ela encaminhar o defunto ao lugar certo.

Ti Júlia tomou conhecimento do caso, forçou os seus santos ao trabalho e eles lá obtiveram trazer o espírito do marido a Ti Júlia. Ti Júlia ensinou-lhe a desamarrar a boca, depois obrigou-o a dizer a ela onde estava enterrado o dinheiro e no fim pregou-lhe uma valente descompostura por estar a amedrontar pessoas que tinha sobretudo a obrigação de proteger e mandou-o embora para a pedra fria. E de fato nunca mais o defunto apareceu.

Queríamos saber como Ti Júlia invocava os espíritos e, para isso, arranjamos os cinco tostões necessários. Mas Ti Júlia não concordou: Os meninos não falam nestas coisas. Os santos zangam-se. Vou fazer um responso com estes cinco tostões para as almas dos vossos parentes.

Ti Júlia era procurada por toda a gente. Gente pobre do Porto e gente pobre do interior. Responsos, encomendações, pedidos aos santos, de tudo Ti Júlia tratava. Era a tia de toda a gente e com ela não era preciso cerimônias. Estava-se em casa dela como na nossa casa. Podia-se ir com a roupa de trabalho, os pés por lavar. Ela não reparava. O que importava era que se levasse os cinco tostões ou qualquer outra coisa, pois caso contrário ela nada podia fazer: os santos não dizem nada sem o "agradecimento", explicava Ti Júlia.

Foi um grande desgosto para Ti Júlia quando descobriu que a sua *Chana* estava prenha. É que a *Chana* era uma gatinha muito pequenina e por isso Ti Júlia, que nunca tinha tido filhos, chorava de dor só de imaginar a sua "*Chaninha*, tão pequenina!", abrindo o seu corpo para dar crias: Eu bem a avisei, lamentava-se, mas ela não me ouviu, esse bichinho de trampa! Começou a ficar aluada e de noite saltava-me do regaço e subia para cima da casa. De lá eu a ouvia a chorar como se a estivessem a maltratar, mas depois sossegou-se e eu pensei que eram coisas de meninas, ela já ouviu os meus conselhos e já tomou juízo. E afinal aparece-me agora neste estado que vocês estão a ver.

Mas quando *Chana* pariu foi uma alegria: Descansou em bem, disse-nos Ti Júlia como uma qualquer avó a falar dos netos. Teve um parto muito feliz, graças a Deus. Eu estava a dormir quando a ouvi gritar. Acendi a lamparina e procurei-a porque ela dorme sempre ao meu lado mas não a encontrei.

Procurei-a até que a vi debaixo da cama lambendo os gatinhos. Foi um parto muito feliz. *Chana* tinha parido um gatinho preto e outro malhado, mas poucos dias depois o gatinho preto desapareceu. De lágrimas nos olhos Ti Júlia garantiu-nos que ele tinha morrido, mas os meninos mais crescidos do que nós confirmavam que Ti Júlia o tinha fervido à meia-noite para oferecer os seus ossinhos a S. Cipriano que era um santo que gostava de ossos de gatos pretos pequenos.

O passado de Ti Júlia era um mistério porque não só ela nunca falava dele como mesmo os adultos receavam mencioná-lo em voz alta porque ela era como Deus, estava em todo o lado e sabia sempre quem falava dela e se era bem ou se era mal. Assim o que víamos era que Ti Júlia não tinha filhos, afora a *Chana*, e muito vagamente tínhamos ouvido contar de um noivo que ela tinha na América e que se tinha perdido no mar no regresso a Boa Vista depois de muitos anos de ausência. Ouvíamos também que Ti Júlia tinha crescido em casa de D. Prisca no Campo da Serra e tinha sido com ela que aprendera as suas artes. De D. Prisca falava-se com à vontade porque ela já tinha morrido e dizia-se que tinha sido a bruxa mais poderosa que alguma vez a Boa Vista tinha tido. Os seus poderes eram incognoscíveis, tanto para o bem como para o mal. Morava sozinha no descampado do Campo da Serra, mas sabia tudo porque adivinhava não só os atos como até os pensamentos das pessoas e embora raramente agisse para fazer mal era, no seu tempo, a pessoa mais temida da ilha. Contava-se que uma vez um senhor da vila mandou um seu empregado levar um recado a D. Prisca. Ele chegou, transmitiu o recado e ficou à espera de resposta, mas D. Prisca nada lhe dizia. Como ele precisava regressar antes da noite e a distância era longa ele pediu a resposta, mas D. Prisca disse-lhe: Ainda não me deste tudo que trouxeste. Atrapalhado ele disse que não tinha levado mais nada, tirou mesmo para fora o forro dos bolsos para provar, mas

D. Prisca disse-lhe: O que me trouxeste e que ainda não me deste, está dentro da tua barriga, o pão que te deram para trazer e que comeste pelo caminho. Era verdade e o homem teve que confessar tudo para poder ser perdoado.

Vivíamos por isso no temor de ofender Ti Júlia e os seus deuses, mas sempre às voltas da sua saia. Mas num qualquer dia de manhã fomos, como habitualmente, a casa de Ti Júlia para tomar a bênção. A porta sem fechadura estava como sempre encostada e entramos sem bater. Vimos Ti Júlia a dormir, coisa que nunca tínhamos visto antes. *Chana* estava deitada ao lado dela e o gatinho pequeno brincava por cima de Ti Júlia. Ti Júlia não se movia e nós não queríamos acordá-la. Ficamos, pois, ali todos parados vendo Ti Júlia descansando, *Chana* deitada ao lado dela e o gatinho pequeno saltando-lhe sobre a barriga. Estivemos ali um bom bocado, todos silenciosos, uns ao lado dos outros, até que chegou uma mulher para consultar Ti Júlia. Ela assomou à porta e nós dissemos-lhe que Ti Júlia estava a dormir. Ela entrou e esteve um bocado espiando Ti Júlia. Mas depois deu um grito grande e saiu para a rua correndo e começou a gritar que Ti Júlia tinha morrido.

As pessoas que ainda não tinham saído para os seus mandados logo correram para a casa de Ti Júlia, aos gritos e num grande abalo, toda a gente chorando e dizendo "que vai ser agora de nós sem a Ti Júlia", nós ainda estávamos dentro da casa de Ti Júlia quando começaram a entrar, uns aos soluços, outros em guiza bradada, mas quando repararam em nós, disseram que aquele não era lugar para meninos, que as crianças não devem estar em casa onde há morte, e por isso mandaram-nos embora, que saíssemos, que fôssemos para a casa dos nossos pais e então saímos e fomos para casa e pelo caminho começamos todos a chorar também aos gritos, sobretudo porque não compreendíamos como Ti Júlia se tinha deixado morrer.

2

Lembro-me ainda muito bem do enterro de Ti Júlia, o primeiro a que fui autorizado a assistir, levado pela mão de Tio Tone que não só nunca faltava a um como defendia que desde cedo deveríamos ficar familiarizados com a ideia da morte porque era a única coisa que tínhamos garantida neste mundo. Minha avó, já com mais de oitenta anos, rebelava-se contra os bardamerdas que se deixavam morrer assim ingloriamente e também contra essa mania do filho de acompanhar qualquer gato-pingado ao cemitério como se não tivesse mais nada que fazer. Desde a morte do pai, havia mais de 50 anos, que ela não tinha andado pelos lados da Pedra Alta porque detestava aquele lugar abandonado e triste onde já tinha enterrado o marido e mais três filhos e dizia que, se dependesse da sua vontade, nunca lá haveria de pôr os pés. Porém, no caso de Ti Júlia a coisa mudava de figura, porque era quase uma pessoa de família que ia ser enterrada e por isso autorizou que todos nós a acompanhássemos à sua última morada, que vá com a cara pra frente, Deus na sua companha e lhe dê um descanso na pedra fria, disse fazendo o pelo-sinal.

Quando chegamos à casa de Ti Júlia encontra-mo-la já metida dentro de um caixão enorme para uma mulher tão pequenina, porque Tio Sidônio tinha-se enganado nas medidas e acrescentado aí uns 20cm a mais no comprimento e assim quando tinha entrado com o esquife as pessoas tinham comentado logo ao primeiro relance que aquilo parecia grande demais para meter Ti Júlia. Mas Tio Sidônio, que nessa época estava ainda no início da sua arte de fazer caixões, não lhes prestou qualquer atenção, disse lacônico que contas são contas e matemática é matemática, não podia haver qualquer engano porque ele pessoalmente tinha tirado as medidas, tanto de comprimento, tanto de largura, tanto de altura, os números não enganam ninguém, dizia mostrando os apontamentos, mas quando meteram Ti Júlia lá dentro ele mesmo teve que concordar que estava a sobejar muito espaço, quase lugar para mais uma pessoa, foi por isso necessário colocar algumas almofadas nos pés e na cabeça para Ti Júlia não chegar ao cemitério aos trambolhões, para além de todo o seu exército de santos que, por oportuna sugestão de João Manco, também tomaram lugar no enorme ataúde, como classificou o caixão de Tio Sidônio, de qualquer forma ninguém mais saberia comandar esta tropa de cacos velhos, disse perante o reprovativo olhar de nhô Djonga que, na qualidade de sacristão, não podia suportar faltas de respeito aos santos. Mas no cemitério os homens tiveram que despir os casacos e pegar na enxada e na picareta para alargar a cova porque Nené de Chalau também tinha tirado as suas medidas pelo tamanho de Ti Júlia e depois recusou-se a trabalhar mais, barafustando quase a chorar que já estava a ficar com ampolas na mão, ele era funcionário público varredor da Câmara e não abridor de covas, ninguém lhe pagava esses extraordinários, a ele que nem exigia cova para quando morresse, até porque preferia que o deixassem aqui em cima a dar peste ao sol, com o medo que tinha de ficar sufocado debaixo da terra...

João Manco, afilhado de Ti Júlia, teve também de despir o casaco e a gravata e enrolar as mangas da camisa para pegar na picareta e ajudar a alargar a cova. Mas depois lavou as mãos numa das latas d'água, compôs a gravata e vestiu o casaco para com todo o propósito fazer a oração fúnebre de Ti Júlia que comparou a uma Valquíria, pequena em tamanho mas grande em coração, e louvou a sabedoria de Tio Sidônio em fazer-lhe aquele enorme ataúde, quase um mausoléu, que para sempre iria guardar os seus ossos amados. Disse também que aquela multidão chorosa estava testemunhando o fim de uma era de gente capaz de desafiar os deuses, como muitas vezes Ti Júlia tinha feito, e contou a forma como ela tinha sabido meter nos eixos o preguiçoso santo das chuvas.

De volta a casa, Tio Tone, puxando o seu tabaqueiro para uma pitada de cancan, comentou que João Manco não era tonto de todo, esse rapaz tem sem dúvida muitas qualidades, a única pena era ele ser um cabeça de vento que não podia ver um rabo de saia sem correr atrás dela e também gostar demasiado de festas. Mas no dia em que assentasse e constituísse família, certamente que passaria a ser um indivíduo útil...

Mas quando recordo os dias da minha infância, o que mais vejo são festas, sejam religiosas, sejam pagãs. Para começar, cada povoação ou grupo de povoações tinha o seu particular santo patrono. Na vila de

Sal-Rei era Santa Isabel; no Rabil, São Roque; na Povoação Velha, Santo Antônio; e no Norte S. João Baptista, cada qual com seu dia de rijas festividades, fosse com missa ou sem ela, com muitos bailes desde as vésperas, com grande profusão de grogue, as pessoas das outras povoações deslocando-se para aquela que festejava, toda a gente com roupas feitas propositadamente para a ocasião e calçando sapatos cuidadosamente guardados ao longo de anos exclusivamente para esses dias grandiosos, muitos calçando os sapatos com os pés trocados, Comandante no dia seguinte inventando estórias, contando que tinha encontrado o Ti Fulinho sentado no chão a chorar feito uma criança e com as mãos agarrando um pé calçado, ele logo se preocupou, perguntou, Ti Fulinho, o quê que tu tens?, e Ti Fulinho ainda apertando os pés, é o sapato que está a doer-me no pé!, ora essa, então tira lá o raio do sapato, não és obrigado a estar calçado!, e Ti Fulinho ainda em lágrimas, não tiro não senhor, hoje é dia de festa e como toda a gente tenho direito a estar com o meu pé no sapato!, ou então contava de Ti Pó que, para resolver as coisas de uma vez, logo de manhã gastou todo o dinheiro que tinha numa única fusca, não estava com dinheiro para beber ao longo do dia e por isso logo no início das festas bebeu de enfiada meio litro de grogue, uma ração que perfeitamente lhe dava para se aguentar fusco ao longo do dia, mas a verdade é que fuscou de tal maneira que se deitou numa esquina e por lá ficou sem dar acordo de si, quando as pessoas começaram a se preocupar com ele e a despejar-lhe canecas d'água sobre a cara ele já espumava pela boca, foi necessário levá-lo à enfermaria, administrar-lhe não sei já que injeções para o acordar, estava já em crise de vida, disse o enfermeiro, mas mal Ti Pó acorda horas depois, logo pergunta onde está, o que faz ali e quando lhe explicam o sucedido, ele fusco quase em coma, que teve que ser socorrido com injeções senão teria morrido, mas felizmente agora está tudo bem, já estás fora de perigo, etc., ele protesta ferozmente, está tudo bem uma ova, diz zangado, gastei todo o dinheiro que tinha naquela fusca para poder ficar livre de chatices o dia todo, e agora, onde vou arranjar mais dinheiro para fuscar outra vez!

S. João Baptista foi sempre o padroeiro do Norte, S. Roque deixou-se mudar sem problemas de Sal-Rei para Rabil, mas já Santo Antônio refilou quando quiseram trazê-lo da Povoação Velha para Sal-Rei. Fez-se pesado que nem chumbo, um pequeno ícone no seu normal com menos de 2kg pesando de repente toneladas sem fim, desafiando a força dos homens, mas na mesma foi levado à força numa enorme padiola construída para o efeito. Durante dias foi aquela procissão de trabalhadores transportando para a Vila o santo que, viajante de má vontade, cada dia ficava mais pesado. Mas depois de instalado e ainda antes de a igreja lhe ser consagrada, numa noite qualquer ele fugiu da sua reclusão, de manhã deram pela falta do santo, onde se terá ele metido, foi procurado por todos os cantos e depois por todos os lugares, infrutíferas brigadas de busca foram organizadas, praticamente toda a ilha foi palmilhada em busca do santo fugitivo, mas nada, Santo Antônio estava bem escondido, de vez em quando um ou outro pastor da Povoação Velha dava conta do santo que lhe aparecia na forma de um cabrito todo branco e que deixava como mensagem que só voltaria a aparecer em público quando lhe fosse garantido expressamente que continuaria residindo na Estância, levou seu tempo para as autoridades eclesiásticas entenderem que se tratava de um verdadeiro e próprio ato de rebeldia, nunca se soube bem se do santo se das gentes da Estância, e declararem a sua fuga milagrosa e estabelecerem definitivamente Santo Antônio como padroeiro da Povoação Velha. Nesses dias de grandes festas havia quase sempre regata de botes e depois muitos outros desportos como salto à vara, corrida de estafeta, mas o que mais atraía as pessoas eram as corridas de cavalos, normalmente ao meio da tarde, os cavalos fortes e bonitos relinchavam impacientes sobre o risco que se marcava lá no alto das salinas e quando o árbitro dava uma apitadela com um apito de polícia os cavaleiros lançavam-se disparados e nós assistíamos em frenesi gritando pelos cavalos de que mais gostávamos, vendo-os entrando pela curva da boca de Porto e naquela altura o cavalo que estivesse um pescoço à frente adiantava-se porque os outros apertavam-se na curva e muitos caíam, e o vencedor era muito aplaudido e recebia um prêmio oferecido pela Câmara, a organizadora das festas.

Ti Maninho Carol e nhô Maninho Liminha eram os melhores cavaleiros da Boa Vista e, como tinham vários cavalos, treinavam sempre o melhor para as corridas. Assim, todos os anos era quase certo o prêmio ser ou para um ou para o outro, mas isto não diminuía o interesse dos restantes participantes nem do público porque só ver os Maninhos já era em si um espetáculo. Ti Maninho Carol era um homem pequenino e desbocado. Morava na Estância de Baixo, mas as suas fuscas e o seu alegre desaforo faziam-no conhecido e famoso em toda a ilha. Por mais torrado que estivesse, não havia cavalo capaz de o deitar ao chão! Eu nasci de riba de cavalo, costumava dizer. Com mais de 60 anos, mantinha-se de uma alegria jovial, dava um cavaquinho para uma festa e era também um grande dançador. Gostava de manifestar a sua alegria nos bailes metendo dois dedos na boca e largando longos assobios que cobriam o som de todos os instrumentos e o barulho das pessoas. Fosse quem fosse a mulher com quem dançava, Ti Maninho não dispensava sentir-lhe as mamas encostadas no seu peito e fazer-lhe um caroço e quando a música era uma morna, ele exigia das damas: cabeça com cabeça, moda mula mordido de carrapate! Uma vez Ti Maninho mornava com nha Engrácia... Nha Engrácia era uma mulheraça enorme, uma mulher à vontade, como a tinha classificado o seu compadre Júlio Julona, a única na ilha a parir duas vezes de gêmeos e uma terceira de trigêmeos, ficou famosa por isso, mas acabou por ficar viúva, as pessoas diziam que tinha sido porque nunca dava ao marido folgas na cama, ele tinha acabado por morrer tísico, mas passado pouco mais de um ano ela já estava farta da sua solidão, queria arranjar companhia e então convidou para almoçar o seu compadre igualmente viúvo, e como quem não quer a coisa começou a mostrar-lhe a sua casa, enorme aos olhos do compadre, e falou-lhe dos seus bens, hortas na ribeira de Rabil e bastante gado espalhado pelos campos de pastagem para além de quartos no quintal cheios de tambores de milho e feijão e chacinas dependuradas, e depois de lhe oferecer um lauto almoço convidou-o para se sentarem no fresco do quintal onde conversariam mais repousados, e de fato sentaram-se no chão, nha Engrácia de pernas abertas em frente do compadre Júlio Julona, mas aconteceu que ou se tinha esquecido ou foi de propósito que ela não tinha vestido as cuecas, e assim o compadre ficou ali de olhos grilidos espreitando o convidativo meio-de-perna de nha Engrácia, ela continuando a conversar sem dar por nada enquanto o compadre já transpirava naquela aflição de não querer faltar ao respeito à comadre e estar irresistivelmente atraído por aquela mata que espreitava de debaixo das saias de nha Engrácia, até que não se conteve mais e disse, ó comadre, você desculpe, mas que tenho que reconhecer, na sua casa tudo é à vontade: casa à vontade, filhos à vontade, comida à vontade...

comadre, não sei se sabe, mas olhe que até o seu por-baixo é à vontade, embora talvez um bocadinho de mais para as minhas forças.

Mas Ti Maninho dançava com nha Engrácia, ele muito pequenino, a sua cabeça nem chegando aos peitos de nha Engrácia, as pessoas começaram a rir, ó Ti Maninho, diziam-lhe, você é muito pequenino para ela, você precisa criar mais um palminho, ainda o melhor é ela carregar-lhe na ilharga!, mas Ti Maninho não se ralou com o gozo, riu-se alto e desbragado, depois meteu dois dedos na boca, deu o seu assobio estridente e gritou: Em vez de estarem a gozar comigo, tragam-me antes uma tandaia para eu poder subir neste pé de cococa!

Ti Maninho Carol morreu já velho, da mesma forma festiva como sempre tinha vivido, pastor de muitas cabras e de muitas mulheres, um dos melhores bebedores de grogue da ilha. Foi chorado por grandes e pequenos e o seu funeral teve um grande acompanhamento de gentes de toda a ilha, com direito no cemitério do Rabil a dois discursos, um do João Manco que o comparou a um garanhão selvagem que montava com a mesma sabedoria tanto as éguas como as mulheres, um outro de nhô Silvério que disse que Ti Maninho tinha tombado em glória, mas não morrido, pelo que estavam ali apenas para o deixarem a repousar. E depois de o meterem na cova e enquanto as mulheres levantavam a guisa final de despedida, os homens, solenemente, compungidamente, as lágrimas em todos os olhos, abriram uma garrafa de grogue e despejaram-no sobre o corpo de Ti Maninho, uma última homenagem àquele que ia para a terra da saudade.

Naquele tempo nunca se sabia o que é que proporcionava uma melhor festa, se uma morte ou se um casamento e muitos eram de opinião que não fosse a ausência do baile, sem dúvida que a morte era festa mais rija. Mas de qualquer forma o casamento de qualquer pessoa significava sempre festa generalizada que começava no "dia de véspera do casamento" e se prolongava até ao "dia de oito dias" e muitas vezes nunca se ficava a saber qual tinha sido o dia mais sabe. Logo na manhã do "dia de véspera" começava-se a tocar tambor no quintal da casa dos pais da noiva, sinal de que tudo estava preparado para se começar a receber as "bandejas", isto é, as prendas aos noivos. Ainda não tinha chegado a moda das prendas em dinheiro e as ofertas eram sempre em produtos da terra, milho, feijão, galinhas, capados, pães e bolos e cada bandeja que chegava, normalmente um balaio de tentém coberto com um pano branco, aproximava-se do tambor e era descoberta para que o tocador visse e saudasse o conteúdo. Porque já se sabia que um tambor mais forte e melhor repinicado significava uma bandeja mais bem nutrida, vinda como regra de casa de gente com melhores posses, um tambor mais fraco e curto queria dizer que a bandeja não tinha sido nada de especial. Durante os dias do casamento havia sempre primeira mesa, segunda mesa, terceira mesa, sem contar com os da casa que comiam em qualquer lado, na azáfama daqueles dias que depois eram contados com riqueza de pormenores, quem tinha fuscado primeiro e por mais tempo, quem tinha feito melhor brinde aos noivos, quem melhor tinha dançado o landu.

O casamento das gentes de Estância de Baixo e Rabil tinha um encanto particular porque iam casar-se na Vila e chegavam logo de manhã cedo em belos cavalos, a noiva quase sempre montando uma nobre égua branca. Quando se aproximavam da Vila mandavam um emissário para avisar e as pessoas juntavam-se na Boca de Porto para ver os cavalos e as correrias, as mulheres que mesmo montadas com as duas pernas do mesmo lado competiam com os homens.

A questão da virgindade da mulher antes do casamento era uma coisa séria e não apenas exclusivamente do foro íntimo dos noivos, porque toda a comunidade tinha o direito de saber e opinar sobre a noiva ser menina nova e sem avaria na joia, pelo que aquela que já estivesse com avaria na joia tinha o estrito dever de antecipadamente comunicar tal fato ao noivo, ele teria que ter a liberdade de decidir pelo sim ou pelo não quanto ao casamento, por mais aprazado que este já estivesse. E sobretudo era ponto de honra, assim uma espécie de um serviço obrigatório e inadiável, o marido desflorar a mulher logo na primeira noite do casamento, sob pena de para sempre ficar maculado de fraco, frouxo, ou mesmo coisa pior.

Assim era forçoso dar a conhecer ao público a boa felicidade do desempenho, sendo uma das formas, após o noivo ter cumprido com sucesso as suas funções, ele deixar o leito conjugal e, com alarde, fazer estrelejar no céu um retumbante foguete. Nessa hora todos os demais, afora um pequeno piquete postado nas imediações do quarto nupcial para o que desse e viesse, estavam em pleno baile, mas ouvindo o foguete, todos, pais, familiares, amigos, vizinhos, convidados, suspiravam finalmente aliviados e redobravam a festa, o foguete provava que tudo tinha corrido pelo melhor, não ia haver devolução da noiva para a casa dos seus pais.

Porque quando o noivo constatava a sua esposa já do antecedente desflorada, por imperativo de honra e de satisfação à sociedade ele abandonava o quarto nupcial com uma perna das suas calças enrolada até ao joelho e dessa forma dava uma volta pelas principais ruas do lugar, de modo a todos poderem conhecer e participar da sua desgraça, após o que o piquete postado de serviço nas imediações do quarto nupcial se encarregava de tomar conta da noiva a fim de a devolver à casa dos seus pais.

Era um imperativo quase religioso os três vinténs serem comidos pelo noivo na própria noite de núpcias. Um ou outro que desrespeitou essa tradição ficou para sempre atingido por um grave opróbrio social que consistia em se dizer que fulano de tal tinha runciado, o que queria dizer que ele afinal das contas não tinha serventia de homem, não era nada senão uma coisa qualquer que ninguém precisava respeitar.

E por isso a noite de núpcias configurava-se como uma verdadeira noite de terror para as noivas que, na manhã seguinte, apareciam tristes e com fundas olheiras, machucadas como se encontravam por uma dor só comparável a um parto infeliz. Aliás, eram conhecidos muitos casos de recusa de mulheres em se deixarem imolar no altar do leito conjugal e que passaram a primeira noite sagrada em correrias pelo quarto, o noivo atrás tentando agarrá-las para as forçar ao sacrifício. Por exemplo, quando Nez e Djó Luís se casaram, da meia-noite até às três da manhã Nez impediu que Djó cumprisse o seu dever mais que sagrado de consumar o casamento. Nez era uma espécie de nha Engrácia, tinha o dobro do tamanho e da força do Djó e este logo viu que pela violência não ia conseguir nada. Assim, Djó preferiu pedir e suplicar, depois exigiu, ameaçou, chamou a atenção de Nez para o piquete que na rua aguardava o foguete, mas tudo sem resultado. Então decidiu-se e disse-lhe, está bem, já que é assim que queres, vou lá fora dizer-lhes que podem ir embora, que runciei e acabou-se. Nez sabia as consequências de tal declaração, o seu marido seria enxovalhado como uma coisa sem préstimo, mas mesmo assim não se comoveu, deixou-se estar sentada na cadeira onde se encontrava. Djó saiu para a rua e disse ao piquete que tudo estava a correr bem, que não se preocupassem e aguardassem mais um bocado porque Nez tinha bebido de mais e não estava habituada e por isso estava com mareamento no estômago. Porém, disse-lhes, garantia o serviço para antes da manhã clarear. E regressou e meteu-se na cama e fingiu dormir e pouco depois até já roncava.

Nez deixou que ele estivesse bem ferrado no sono e foi deitar-se. Mas ela tinha um mau hábito que a perdeu: desde menininha que não gostava de dormir com calcinhas e por outro lado tinha o sono pesado como pedra. Assim, Djó deixou que ela adormecesse, besuntou a sua coisa com azeite de purgueira e depois ajeitou a Nez na cama abrindo--lhe as pernas cuidadosamente e sem a acordar. A seguir tomou posição entre elas, colocou a ponta no lugar e depois deu-lhe uma valente estocada, penetrando-a gloriosamente. Acordada por aquele assalto, Nez deu um grito tão agudo e um salto na cama tão violento que a cabeça do Djó foi embater fortemente no ferro da cabeceira, fazendo um rasgão que logo começou a sangrar, enquanto o piquete batia à porta a saber se alguma coisa estava a correr mal. Mas mesmo com a dor daquele rasgo na cabeça Djó não a tinha desmontado, poldra brava como ela se revelava naquela hora de verdade. Está tudo bem, gritou ainda de cima da mulher, podem tirar o foguete por mim, que ela já está amansada como deve ser. E de fato estava, porque tiveram nada menos que doze filhos, sempre à razão de um por cada 2 anos.

A devolução de uma noiva por falta dos três vinténs constituía uma verdadeira tragédia, mil vezes pior do que uma moça solteira de família remediada ficar grávida: era logo declarado em casa um luto carregado para toda a família, com portas e janelas cerradas, todos os vizinhos, parentes e conhecidos comparecendo para apresentarem aos pais as suas condolências, exatamente igual a um caso de nojo. A repudiada ficava trancada no quarto e na sala as visitas falavam sempre em voz muito baixa e só as pessoas que tivessem recebido grandes ofensas da família enlutada não compareciam a solidarizar-se com a desgraça.

No caso das grávidas indevidas, essas já podiam receber diretamente os pêsames, deitadas na cama como se estivessem doentes e deixavam de sair à rua desde o aparecimento da gravidez e por todo o tempo que restava até ao parto e nunca se deixavam ver por estranhos à família. Nhô Djó Patcha, proprietário e criador de gado no Norte, homem de grandes palavras e largos gestos, bom tomador do seu grogue sempre que ia até à vila, pretendia sintetizar a situação com propriedade de linguagem, dizendo do alto da sua mula e quando já estava com uns copos, que "mulher casada diz-se grávida; mulher solteira diz-se prenha".

No dia seguinte às núpcias os parentes mais chegados eram reunidos para verem o lençol branco, já retirado da cama e colocado em lugar discreto, as manchas de sangue visíveis, ficando assim a noiva fora de toda e qualquer hipótese de suspeita, presente ou futura. É claro que essas coisas passavam-nos um bocado à margem do nosso conhecimento, eram conversas que surpreendíamos quando os mais velhos se distraíam à nossa frente e nós nos fingíamos ocupados em qualquer coisa perto deles, mas quando davam conta começavam logo aos berros, fora daqui, menino de trampa, atrevido, sentado a ouvir conversa de gente grande, vai brincar com papa de terra, ainda nem sabes limpar nariz direito...

Mas na rua não nos faltava que fazer. Ou jogávamos futebol com bolas de meia, ou então jogávamos tacada. Estávamos convencidos de que tínhamos inventado a tacada, mas afinal das contas parece que, tal como Maria de Patingole, a tacada é uma herança deixada pelos ingleses, assim como o "steak out". O "steak out" era um jogo noturno, especial para as noites sem lua porque formávamos duas equipas, armadas normalmente do osso maxilar dos capados servindo de pistola, que se separavam para se esconderem e depois saíam à procura uma da outra. E quando um membro de uma equipa surpreendia um da outra, aquele que primeiro gritasse "steak out" fazia do outro seu prisioneiro e o jogo acabava com a vitória para aquela que tivesse maior número de prisioneiros de guerra.

Um grande divertimento era sem dúvida o embarque dos bois para as outras ilhas. Eram todos bois bravos porque criados no campo e só arrebanhados para embarcar e traziam-nos sempre com vacas mansas para evitar que eles tresmalhassem e os pastores vinham a cavalo vigiando-os, atirando-lhes pedras quando algum ameaçava abandonar o rebanho. Mas quando se aproximavam da vila e do curral de concelho, nós, de largo, começávamos gritando, apupando-os, como forma de os ariscar porque gostávamos era de vê-los correndo à toa, com o cavaleiro ao lado tentando enlaçá-lo. E os bois quase nunca nos desapontavam porque ao entrar no portão do curral onde eram guardados até ao embarque, havia sempre um que se recusava a entrar e dando meia-volta largava em correria louca e os cavaleiros saíam atrás dele, e os bois davam pinotes e arremetiam contra o cavalo, e o cavaleiro, desviando-se da cornada, espancava o boi com um varapau para o amolecer. Eram verdadeiras touradas em campo aberto, mas sem lanças e bandeiras e o público éramos nós que seguíamos emocionados a luta entre o homem e a fera em que aquele nem sempre saía vencedor pois o boi às vezes não mais era apanhado. E faltávamos à escola para ir assistir ao embarque, pois era uma verdadeira festa quando aqueles bois bravos e manhentos, levados com uma corda puxando pelos chifres e outra aguentando a perna da frente, para não poderem arremeter nem contra as pessoas que os seguravam pela frente nem contra os que iam atrás, se deitavam no chão, recusando-se a caminhar. Então os pastores torciam-lhes o rabo com força ou mordiam-lho; ele berrava, dava um salto enorme em direção aos que seguravam a corda dos chifres; mas sentindo-se segurado pela perna deitava-se de novo e era preciso picá-lo, mordê-lo no rabo para conseguir que desse novo salto. E era sempre motivo de grande alegria quando, ao metê-los no bote, um deles caía ao mar e então saía na praia, completamente solto e berrando alto e largava correndo, e nós tínhamos que subir pelo paredão para ele não nos apanhar na passagem.

Mas os entretenimentos mais excitantes eram sem dúvida a guerra dos bodes ou então a guerra dos cães. Pegávamos dois bodes do mesmo tamanho e fazíamos com que eles embatessem com os chifres um no outro. Eles começavam sempre molengões, sem vontade para a luta, mas nós insistíamos, aplicávamos-lhes varadas e acabavam sempre por aquecer. Então eram largados um de encontro ao outro e começavam lutando, levantando-se nas patas traseiras e embatendo com os chifres e cada um procurando prender uma perna do outro. Quando um deles conseguia engatar a perna do adversário e este começava berrando, era sinal de que estava derrotado. Desengatávamos-lhe a perna e ele saía correndo e o outro ficava no mesmo sítio, pavoneando-se.

Mas enquanto a guerra dos bodes era um espetáculo belo, uma espécie de um *ballet*, pois lutavam sem raiva, dando longas voltas e correndo sobre as patas traseiras antes de um novo embate que soava atroador e violento, a guerra dos cães era uma luta selvagem e feroz, uma guerra de morte em que dois cães rixados brigavam mordendo na boca um do outro, nas pernas, nas orelhas, em toda a parte até que um deles fugia, o outro perseguindo-o. *Leão* e *Aragão* eram os cães mais valentes da nossa zona e também os mais rixados. Quando se pegavam, brigavam até caírem extenuados, pois nenhum deles se deixava vencer. Podíamos jogar-lhes água por cima, agarrá-los pelos ovos e puxar, dar-lhes de chicote, que nada os separava. Agarravam-se metendo a boca de um na boca do outro e ali ficavam, puxando, resfolegando, abanando, suando, ferindo-se, escorrendo sangue, até que acabavam por cair, cansados, mas sempre valentes.

Os nomes dos nossos cães vinham diretamente dos personagens das estórias que nhô Quirino nos contava à boca da noite, sentados à porta da casa. Nhô Quirino era um homenzinho pequenino e quase sonolento, bom comedor e excelente contador de estórias. Durante o dia nhô Quirino era um braçal da nossa casa, um pau-mandado: Quirino, vai levantar-me aquela parede!, Quirino, vai encher-me dois garrafões d'água!, Quirino não se esqueça de fazer tal coisa que está por fazer desde há três dias!... e nhô Quirino nunca dizia não, estava sempre às ordens, mas também só fazia metade das coisas que lhe ordenavam, essa vida são dois dias, dizia, não vale a pena a gente esforçar-se por muito porque o ganho é o mesmo, isto é, sete palmos de terra e umas latas d'água por cima, com sorte uma missa de ano a ano. As pessoas de casa achavam que nhô Quirino era malandro, não fazia mais nada afora comer, que não trabalhava nem para pagar a comida que gastava, mas meu pai tinha outra opinião, dizia que "o problema deste homem é que fala demais, fala pelos cotovelos e nunca mais aprende a trabalhar enquanto fala". Meu pai, que era um homem sisudo, gostava de usar esta expressão quando se referia a nhô Quirino e Mano Teteia, porque Mano Teteia vinha do Rabil onde era professor e regedor, descia do seu burro à porta da nossa casa, mas dizia que estava a chegar logo cheio de urgências, não estava com tempo para nada, nem para coçar na cabeça, não, nem pensar em entrar, meu primo, estou atarefadíssimo, flagelado de afazeres e completamente desprovido de tempo, mas depois ficava de pé à porta durante duas horas, dizendo sempre no fim de cada estória que "é só mais esta e vou-me embora, estou cheio de pressa, assoberbado até ao gorgomilo".

Nhô Quirino criticava Mano Teteia por falar demais e com demasiadas voltas, sem nunca ir diretamente ao assunto e depois quando ele começa a falar nem tempo tem para cuspir, dizia nhô Quirino, junto dele ninguém consegue meter uma colherada. E de fato Mano Teteia falava bem, era homem de muitas leituras, durante um ano ou dois tinha frequentado o liceu em S. Vicente, era professor primário, falava um português arrevesado e cheio de palavras de dicionário, mas mesmo assim nunca tinha conseguido impressionar nhô Quirino com os conhecimentos que passava o tempo a alardear porque este gabava-se de possuir o único "Lunário Perpétuo" existente em toda a ilha e que nunca tinha falhado na predeterminação dos anos de chuva e dos de seca.

Todas as noites, depois do jantar, sentávamo-nos à porta de casa, fosse luar ou fosse escuro, e nhô Quirino desfiava-nos as estórias de "Aragão", de "Leão", das fadas com poderosas varinhas de condão que tudo transformavam ao gosto do freguês, de princesas guardadas em garrafas no fundo do mar e que um dia qualquer eram quebradas por um milagre de acaso mostrando belas mulheres em busca de noivos. Contava de conhecidos covardes da História que de um momento para outro se transformavam em heróis porque, mandados à força para a guerra, partiam aos gritos de "nunca caguei mas hoje eu cago" mas que logo punham os inimigos em debandada porque ouvindo-o assim a gritar dessa forma feroz entendiam "nunca matei mas hoje eu mato" e por isso logo se rendiam sem luta.

O queixinho de nhô Quirino, pontiagudo por causa da boca mocha, adquiria um vigor diferente quando começava a contar as suas estórias, as palavras escorrendo-lhe da boca, mansas e leves, ou rápidas e em estrépito nas passagens que igualmente o emocionavam. A estória que sem dúvida mais gostava de contar e que também nós mais gostávamos de ouvir era a de "Carlos Magno e os doze pares da França". Fazia dos personagens pessoas tão vivas e tão reais que nem as férreas armaduras com que se vestiam, "de tal modo que nem os olhos ficavam à mostra", chegavam para impedir que nos aparecessem nos sonhos como pessoas de carne e osso, tão familiares como o próprio nhô Quirino. Todos nós tínhamos os nossos heróis com os quais sofríamos as derrotas e as prisões e festejávamos as vitórias. Roldão e Oliveiro eram os símbolos da suprema coragem e valentia e nós mostrávamos quanto era grande a nossa estima por eles dando os seus nomes aos nossos cães, que na verdade nunca desmereceram da sua grandeza.

Nhô Quirino começava sempre a contar as estórias em crioulo, as pequenas escaramuças dos fronteiros, as longas correrias dos possantes cavalos, os turcos tão desmesuradamente grandes e fortes que carregavam os nossos heróis debaixo do braço, as imensidades tão grandes de mortes e feridos que os cavalos nadavam e se afogavam num mar de sangue enquanto os cavaleiros continuavam na denodada luta contra os infiéis, mas quando chegava a certas passagens mais emocionantes mudava automaticamente para português, falando rapidamente, derramando sobre nós as belas tiradas que tinha decorado. Lembro-me ainda da descrição da luta de Oliveiro e Ferrabrás, a mais bela entre todas e na qual o então "malferido" Oliveiro respondia ao desafio para duelo em campo aberto do turco Ferrabrás, são e possante e bem-tratado. Mesmo doente e de cama, Oliveiro, contra tudo que lhe era aconselhado pelos demais pares, Roldão mesmo oferecendo-se insistentemente para lutar em seu lugar, não recusa o desafio. E nós o víamos abandonando o leito com dor e esforço, levantando os enormes pesos para provar as próprias forças e depois montando o seu bravo cavalo e dirigindo-se para o campo da luta onde o esperava impaciente o fero Ferrabrás. E víamos as lanças quebradas ao primeiro embate, o lume saltando das espadas, os cavalos empinados, quando nhô Quirino dizia: "Pelejavam tão valorosamente, que centelhas de fogo saíam pelas armas e não se conhecia vantagem!" Mais tarde li a "História de Carlos Magno e dos doze pares da França", mas não a achei nem tão maravilhosa nem tão poética como contada por nhô Quirino.

À tardinha, antes ainda do jantar, quase todos os homens da Vila se reuniam debaixo da Alfândega e ali discutiam os assuntos mais variados, desde o sarampo e carrapato que atacava e matava o gado até os temas da atualidade política, matéria essa normalmente à responsabilidade de nhô Fidjinho de Djosa, única pessoa que tinha um aparelho de rádio em casa.

Não sou do tempo em que cuspiam na boca dos garotos que ficavam pasmados, de boca aberta, ouvindo as conversas dos mais velhos, mas lembro-me ainda daquelas grandes reuniões, os homens discutindo como se estivessem julgando a sorte do mundo, Josefa, única mulher no meio deles, vendendo mancarra e doce de coco. Os doces de Josefa eram bons, castanhos, apetitosos moda chocolate. Josefa era cuidadosa com o tabuleiro, não deixava ninguém pôr a mão na venda: Tira essa mão suja daqui, dizia, eu é que sou a dona, eu é que vendo.

As pessoas diziam que cada dia estava um locutor de serviço

debaixo da Alfândega. Mas o mais célebre era sem dúvida nhô Teófilo, um homem de Santo Antão, forte e musculoso, arrogante e bom pedreiro, com uma voz que saía da sua boca enorme como um fole de ferreiro. As suas mentiras eram conhecidas e repetidas. Uma vez contou que, quando estava no Sal, foi para Terra-Boa. E ali, numa horta de regadio, viu um pé de mongolão em que se podia subir pelo tronco e descer pela rama. Todos riram e ninguém acreditou. Mas nhô Teófilo ficou zangado, ofendido por estarem a considerá-lo mentiroso, pediu a ajuda de nhô Rodrigo, que era um carpinteiro de S. Vicente e que fazia umas violas, "tão boas como as brasileiras", como ele mesmo gostava de fazer propaganda. E nhô Rodrigo não desmereceu, era tudo verdade, confirmou, por acaso ele também lá tinha estado e tinha visto com os seus próprios olhos: Tinha uns grãos do tamanho de um ovo de burro, acrescentou.

 E assim ia o tempo lentamente escoando na madorra da Boa Vista, o velho *Ford* de nhô David já apodrecendo na garagem depois da morte do seu dono, Lima todos os dias agarrado à manivela do motor na vã tentativa de não deixar que o salitre o carcomesse, Sr. Barbosa, o administrador do concelho, atravessava a vila em pijama às riscas a caminho da Câmara, as pessoas cumprimentavam-no respeitosamente, bom-dia, Sr. administrador, ele respondia alegre, muito bom-dia para todos, Lima parava do esforço da manivela, levava a mão ao chapéu, bom-dia, Sr. administrador, Sr. Barbosa parava, bom-dia Lima, já estás outra vez na tua finação de pegar este carro, se essa gente tivesse juízo deveriam era vendê-lo, Lima sorria enleado pela consideração, problemas de herdeiros, Sr. administrador, é que são muitos herdeiros, Sr. Barbosa retomava o seu caminho, inconveniente de deixar bens e não deixar filhos, dizia já de longe, eu felizmente não tenho filhos mas também não tenho nada, sorria, só Tio Tone, seu compadre e subordinado enquanto zelador da Câmara, não entendia aquela intimidade de administrar a ilha em pijama, sobretudo sendo ele um homem do Fogo, gente cheia de pergaminhos e que passavam a vida a basofiar que, ao contrário das outras ilhas, nem no tempo dos Filipes de Espanha tinham deixado de ser portugueses.

 Porém, Sr. Barbosa dizia todas essas coisas naquele pesado e cantante crioulo da sua ilha, o seu vozeirão saindo ligeiro do seu enorme corpanzil, as pessoas justificavam-no ir de pijama para a repartição porque com os doces da D. Feliz, com quem se tinha casado, tinha engordado tanto que nenhuma outra roupa lhe servia, mas aqueles da Boa Vista que tinham feito a 4.a classe de instrução primária debaixo das lições e das varadas do padre Porfírio não se cansavam de fazer gala diante dele dos seus conhecimentos da língua portuguesa e da sua caligrafia, porque ao que parece o padre tinha como preocupação principal incutir-lhes o amor aos livros e à sabedoria. Lela, por exemplo, era um apaixonado de Eça de Queirós e Camilo Castelo Branco, que dizia ter conhecido com os deportados de 28 de maio, enquanto Tio Tone e nhô Quirino preferiam a Bíblia Sagrada, os romances históricos de cavalaria e o "Lunário Perpétuo". Quanto a João Manco, ele dizia manter um interesse particular pelos sonetos de Bocage, de que gostava de recitar os mais obscenos sempre que estava com uns copos, mas parecia que do que mais gostava era de comer, falar português e discursar. As pessoas diziam que ele falava um português inchado porque quando uma palavra só existia em crioulo, nem por isso João Manco se atrapalhava e ali mesmo a aportuguesava conforme a sua conveniência. Por outro lado, ele tinha língua rasto e por isso não conseguia pronunciar as palavras com "tch", razão por que afirmava, perante as iras de Mano Teteia que, de José Maria Relvas na mão pretendia absolutamente provar-lhe o contrário, que aquele som não existia na língua portuguesa e assim nunca dizia "tchacina" ou "tchontcha" ou "botchada", dizia sempre "chacina", "choncha", "bochada". És um ignorante atrevido, gritava-lhe Mano Teteia, és um ignorante atrevido, mas felizmente que o símbolo do professor é a perspicácia e a argúcia, destinadas pela sua própria elevação a desbaratar qualquer subterfúgio que os maltrapilhos da linguagem pretendam lançar no contencioso sujeito e embora tenhas ainda muita polpa para limpar e muito nariz para assoar antes de, dum modo *sui generis*, poderes falar com psicologia de autodidata dos segredos da língua de Camões, mas mais vale prevenir que remediar e por isso digo-te desde já: Vai primeiro limpar polpa com pedra roliça de praia de Cabral antes de teres direito opinativo sobre esta magna matéria! Mas João Manco ria--se das fúrias de Mano Teteia, apresentava-lhe a gramática de Tomás de Barros onde ele pretendia estar explicado o que dizia e convidava-o para um grogue no Djonai onde continuavam discutindo os mistérios da língua portuguesa.

3

Mas para além de versado em literatura e poesia obscena que recitava de braços alevantados e firmando-se no único pé são enquanto revirava os olhos que sabia fazer inocentes ou lascivos e concupiscentes, conforme o ardor do poema, João Manco era também, ao lado de nhô Silvério, um dos melhores fazedores de discursos de casamento da ilha, solicitado por isso por todos os padrinhos para lhes escrever o brinde, o que ele fazia ora em verso ora em prosa, conforme a inspiração do momento, misturando versos de Camões e Bocage com outros da sua lavra ou pura e simplesmente transcrevendo pedaços de discursos recolhidos do livro *A Arte de Falar em Público*.

Depois de ficar manco tinha conseguido que o Sr. Barbosa lhe arranjasse um emprego de servente da Câmara, mas dizia que a sua vocação era claramente para a agricultura e pecuária, pretendia ainda ser o melhor conhecedor de batatas e de tâmaras da Boa Vista e defendia que as melhores batatas que existiam no mundo eram as "batatas choncha" da ribeira de Rabil. Choncha preta! Não podia haver melhor no mundo porque então já não seriam batatas, mas sim qualquer outra iguaria dos deuses. Porque choncha preta era superior, muito superior, ao meio-de-perna de qualquer mulher, por mais bonita e boa que ela fosse, mesmo que fosse a rainha de Inglaterra toda coberta de ouro. E para melhor demonstrar quão boas elas eram e quanto as amava, exemplificava: Assei duas batatas choncha preta, daquelas bem boas, comprei um queijo de bico no Rabil, tirei duas lascas daquelas bem boas, pus um prato de cachupa bem enchido, uma boa caneca de café... E dei fepe! E fazia um gesto de cortar com o indicador o assobio que lhe saía da boca.

Em toda a sua vida, uma única vez João Manco foi ouvido a falar crioulo e foi justamente da circunstância de que lhe adveio a alcunha de "Manco". Tendo ido um dia fundear um bote, atirou-se depois ao mar para chegar à praia. Não eram mais de 50 metros de distância e ele vinha nadando calmamente, quando se sentiu agarrado e preso pelo calcanhar. Quando viu que tinha sido atacado por uma moreia cadela desesperou-se aos gritos de que "ele ta ta comeme nha perna, ele ta ta bem matome!", mas como infelizmente não estava nos seus hábitos falar crioulo, as pessoas que o ouviam logo pensaram que a alegria da água o estava fazendo cantar de felicidade e quando foram socorrê-lo a moreia já lhe tinha destruído os tendões. E como já era João, acrescentou-se-lhe o Manco. Mas João Manco, que tinha sido sempre uma pessoa provocante e dado a achincalhar os outros, passou desde essa altura a usar a sua diminuição para impunemente atacar toda a gente, porque sempre que alguém o desafiava para uma briga ele desculpava-se: Sabes que tenho uma perna a menos e por isso queres pegar comigo, mas não te esqueças que desde que se inventaram as armas perigosas que as forças se igualaram, e metia a mão no bolso onde pretendia ter um revólver no qual ninguém acreditava, até que uma madrugada Florêncio bateu à porta da nossa casa com as calças esfaceladas por um cão, para além de várias mordeduras nos dois braços e um buraco numa mão ainda cheirando a chamuscado.

Tio Tone nunca tinha visto de perto uma arma de fogo quanto mais conhecido da sua ação, mas concluiu imediatamente que o buraco queimado que Florêncio tinha na mão não podia ter sido feito pelo cão, pelo que curou-lhe as demais feridas mas deixou a mão para o fim. Agora conta-me primeiro o que aconteceu, disse-lhe, senão a tua mão vai gangrenar-se e depois terá que ser cortada na Praia ou em S. Vicente. E assim Florêncio contou que andava namorando uma das filhas de nhô Manel d'Ana e todas as noites saltava a parede do quintal da casa dele para se encontrar com ela. Ora, nhô Manel tinha um enorme cão preto, mau que nem uma peste, porque para além de ser de uma má raça o dono não só lhe tinha tirado o bicho como lhe misturava pólvora na comida para ele ficar cada vez mais mau e de fato tão mau tinha ficado que tinha que estar sempre amarrado numa corrente de ferro porque mesmo o pessoal da casa tinha medo dele na medida em que quando se soltava atirava-se ao primeiro que lhe surgia pela frente e só do dono tinha um pouco de respeito, mas apenas na condição de este estar munido de um chicote de cavalo-marinho que era a única coisa que o cão temia. E assim e embora soubesse o cão sempre preso, Florêncio tinha decidido entrar no quintal de nhô Manel sempre devidamente armado para prevenir alguma surpresa e como sabia que o seu amigo João Manco tinha o tal revólver, ele pedia-lho emprestado todas as vezes que ia encontrar-se com a Ninha. Ora durante bastante tempo tudo correu bem, até que se aproximou a quadra do Natal e nhô Manel resolveu caiar toda a sua casa para ela entrar o novo ano com um ar mais asseado, mas logo na manhã seguinte constatou as marcas de um enorme pé descalço trepando pela sua parede acima. Não lhe ocorreu que pudesse ser por causa das filhas, antes pensou tratar-se daqueles voluntários de meio de Porto que gostavam de fazer as suas canjas noturnas à custa das galinhas de cada um. E passou a soltar o seu *Tarzan* todas as noites, recolhendo-o de manhã cedo. E assim Florêncio, que julgava o cão preso e inofensivo, trepou pela parede do quintal e saltou para dentro, mas logo se lhe deparou pela frente aquele enorme bicho que sem um único latido caiu sobre ele de goelas abertas. Ele tinha-se defendido como pôde com um braço, enquanto com a outra mão puxava da pistola que apontou e disparou. De fato tinha havido uma grande explosão que assustou o cão por momentos fazendo-o afastar-se e Florêncio viu-se de novo em cima da parede do quintal sem mesmo saber como tinha lá chegado, mas ainda com aquela fera a saltar para o agarrar. Mas, com o susto, só já em casa de Tio Tone é que tinha reparado que o revólver não tinha disparado como deve ser e que a bala tinha-lhe explodido dentro da mão.

Por conta própria e fazendo uso dos seus poderes como zelador da Câmara, Tio Tone decidiu a apreensão da arma que logo no dia seguinte atirou ao mar de praia de Cabral onde todas as tardes ia fazer o seu pupu e convocou João Manco à sua casa para uma boa repreensão. Por tua culpa esse rapaz ia morrendo, disse-lhe severamente, mas João Manco desculpou-se dizendo que nem sabia que aquela coisa disparava quanto mais que tinha bala. E explicou que o tinha encontrado um dia no meio-de-banco, todo enferrujado, que o tinha limpado por fora muito bem limpado, mas como não sabia mexer nele nunca o tinha aberto. Andava com ele apenas por basofaria e quando Florêncio lho tinha pedido tinha pensado que era para ele fazer alguma imposturice.

Mas por causa do seu amor às letras, João Manco era sempre convidado para os casamentos da ilha porque depois de uns grãos na asa era inevitável sair discurso, cheio de belas e incompreensíveis imagens que soltava como pombas esvoaçantes por sobre os noivos e convidados. Um dos seus discursos mais célebres foi por ocasião do casamento do compadre Bento de Estância de Baixo. Contra todas as tradições da ilha, Bento tinha resolvido arranjar noiva fora da sua povoação, estava a casar-se com a Mari Concha do Rabil. Ninguém tinha gostado daquele gesto, uma desfeita para as meninas da Estância de Baixo e João Manco achou do seu dever resgatar a honra da povoação e assim, no meio do jantar, ainda antes do landu, pediu a palavra para um brinde. E firmando-se na perna boa, o copo de grogue levantado, disse: Meu compadre compadrinho, amigo amiguinho, lançado lançadinho! Você, homem das baixadas de Morro Vermelho, teve coragem de desprezar as belas meninas bonitas do seu arquipélago de Estância de Baixo, para vir pousar na província de Rabil!...

Infelizmente nunca se chegou a conhecer o final do discurso de João Manco, porque as estrondosas palmas das gentes de Estância de Baixo impediram-no de continuar a falar e assim ovacionado ele quis beber um gole à saúde de todos, mas por azar acabou por se afogar com o grogue e de tal forma que teve de ser arrastado para o quintal para vomitar. Mas mesmo assim esse seu discurso era o mais celebrizado, não só porque João Manco tinha dito tantas coisas bonitas e sem papel escrito, como também porque tinha levantado bem alto a cabeça das meninas de Estância de Baixo. Sim senhor, comentou-se durante dias, aquilo é que era falar! Por amor ainda se podia admitir arranjar noiva de fora, no coração a gente não manda, agora por falta de meninas bonitas na Estância de Baixo, isso é que nunca.

A única voz discordante ao discurso de João Manco foi a de Titujinho, que aliás já se tinha oposto ao seu elogio fúnebre a Ti Júlia, mas toda a gente sabia que Titujinho tinha diversas razões de queixa do Manco que nunca lhe deixava estar em paz com uma mulher sem tentar desinquietá-la. E de fato, ao contrário de Tio Tone, Titujinho tinha-se declarado zangado por João Manco ter desrespeitado uma velha e respeitável senhora sobre a sua sepultura ao compará-la a uma Valquíria e nem o fato de ele não saber o que tal palavra significava o desculpava porque para isso existiam os dicionários, desde sempre conhecidos como o pai dos burros. Será que João Manco ignorava que valquíria é apenas uma música? E assim, quando soube do discurso de Estância de Baixo, disse que na verdade nunca tinha gostado das leviandades do Manco. O tolo, disse Titujinho, tinha nitidamente apoucado a grande povoação de Rabil ao chamá-la de "província", ao passo que declarava a pequena Estância de Baixo nada mais nada menos que um "arquipélago". Ora, para ele Tujinho, a importância e a beleza de Rabil eram dados indiscutíveis. Qual vila! A vila não passava de um monte de areia. Rabil sim, Rabil é um lugar! Eu gosto muito de Rabil, justificava, aquelas tardes atrás de ca prima Concha, aquela verdura toda!... Parece Rio de Janeiro! Não, João, além de manco era também um asno, não sabia o que estava a dizer ao chamar o Rabil de província.

Mas João Manco opunha-se. Se calhar Tujinho, para além de não saber distinguir uma província dum arquipélago, também não conhecia as figuras de retórica, o que aliás era normal porque onde já se viu um ex-marinheiro a comprar uma gramática de Tomás de Barros? E por isso ele ignorava que se pode alindar qualquer discurso utilizando imagens que não existem, era só ver como Bocage o fazia nos seus sonetos, e resumia que o que Tujinho tinha era ciúmes, ciúme por não saber fazer discurso e também por não saber fazer outras coisas, concluindo maldoso: "Não lamentes, Tujinho, o teu estado/corno tem sido muita gente boa." Mas Titujinho contestava: Ciúme de um manco como aquele? Deus livre, ora essa! Eu sou um homem viajado, já andei o mundo, conheço Rio de Janeiro, já estive na Argentina e noutros países da América, não sou como ele que nunca saiu destes meio-de--banco, porque eu assisti à entrada de Gomes da Costa em Lisboa no 28 de maio, estava presente quando ele fez o seu discurso ali no Campo Grande! Ora essa! Eu sou um homem de bem, católico praticante, não entro em escola de crimes...

Mas João Manco insistia nos ciúmes e de fato toda a gente sabia que Tujinho tinha uma grande paixão pela Mari Bijóme e tudo andava a fazer para desalojar João Manco do seu coração pois que ele não tinha merecimento para uma pessoa tão boa.

O namoro entre João Manco e Mari Bijóme tinha começado nas areias de meio-de-banco, num dia em que João encontrou Maria e pegou nela. Essa pelo menos foi a versão que a Maria tinha contado e foi a partir daquela altura que passou a ser conhecida por Mari Bijóme porque disse que enquanto João Manco a forçava a fazer coisa de não pode ser, ele não se tinha cansado de pedir: bijome! bijome!

Antes a Maria era conhecida por "Mari Moringue", porque, numa altura em que tinham naufragado uns ingleses na costa da Boa Vista, ela tinha estado a trabalhar como empregada da casa que ocupavam e um dia um deles entrou e cumprimentou-a: *Good morning, Mary!*

Mas Mary não gostou de ouvir aquelas palavras, achou que o inglês estava abusivamente a deturpar-lhe o seu nome, abespinhou-se, disse-lhe alto que nha nome não é Mari Moringue, nha nome é Maria de Felacindade, não estou aqui para aturar trivimento de inglês, e mesmo naquela hora largou o trabalho, arrumou as suas coisas e foi sentar-se cá má Guida, resmungando contra trivimento de inglês que lhe tinha chamado de Mari Moringue. E foi assim ela ficou Mari Moringue, até à data em que encontrou João Manco no meio-de-banco.

Nesse dia Maria chegou cá má Guida com o corpo derreado e muito chorosa, disse que João Manco tinha pegado nela, tinha-a obrigado a fazer coisas de pouca-vergonha, não sabia o quê que Tifulinho ia agora dizer dela ao saber de tudo que se tinha passado. Maria estava ainda nessa aflição quando Tio Tone chegou da Câmara e a encontrou sentada no pilão, de corpo largado, nem serventia tinha para cuchir o milho para a cachupa do jantar, apenas sabia repetir a estória: Ele chamou-me, eu não queria cudir... Por que que não correste, perguntou Tio Tone. Ele é manco, tu corres mais do que ele. Eu estava no meio d'areia mole, respondeu Maria. Ele meteu-me no meio de uns tarafes, deitou-me na areia e pegou em mim e depois começou a dizer: Bijome, bijome! Foi à força! Ele pegou em mim.

Tio Tone, como zelador da Câmara era autoridade na ilha, e por isso logo amarrou a cara para tomar as providências convenientes, puxou mesmo o seu tabaqueiro para uma pitada concentradora. Mas reparou entretanto no saquinho que Mari Bijóme tinha ao lado e viu que eram tâmaras passadas. Ora Tio Tone era doido por passado, sobretudo passado com leite fresco: Onde é que encontraste passado, Maria, perguntou já mais manso, os olhos cobiçosos no saquinho. Foi aquele demônio daquele João Manco que deu-me eles. E eu trouxe eles para você. Tio Tone ficou logo silencioso olhando as belas tâmaras, mas depois sorveu o seu cancan: Ah! Maria, disse ele por fim, está mas é a parecer-me que tu afinal das contas o que fizeste foi trocar Tifulinho por passado!

Mas mesmo assim decidiu que João Manco não podia ficar sem uma boa reprimenda, aquele rapaz estava de fato a ultrapassar as marcas. Pegar em mulher de gente era coisa grave, um desaforo e malcriação que merecia ser castigado, às vezes mesmo capando o abusado: pôr-lhe os ovos debaixo de um pau e capar como se fosse um bode. Porque esses abusos aconteciam muitas vezes e nem todas as mulheres tinham o sangue-frio e a sabideza que tinha tido a esperta da Titina daquela vez que o voluntário do Fortinho tinha tentado pegar nela. Fortinho tinha derrubado Titina num areal de deus sem nenhum vivalma perto e num sol de meio-dia, mas ela limitou-se a sorrir. Conhecia-lhe a fama de gostar de pegar em mulheres, embora ele negasse, jurando por todos os santos que era mentira. Assim Titina sorriu e disse-lhe, home, não é mistido ser à força, quando os dois querem é muito mais sabe! Fortinho aí apaziguou-se e até aceitou esperar que Titina descansasse um bocadinho. Depois Titina disse-lhe que ele não devia ser de parto quente, que era muito mais sabe se fizessem a coisa a jeito e não a peito, que primeiro deviam beijar, namorar e só depois... E Titina rolou na areia e Fortinho rolou atrás dela e enlaçou-a e Titina meteu a sua língua na boca de Fortinho para lhe dar mais confiança e depois Fortinho trocou e meteu a sua língua na boca de Titina, e então ela aproveitou e ... tchak! Sapou-lhe a língua!

Mas a verdade é que só gente de pouco mais ou menos pegava nas mulheres. Os rapazes de bem, esses, ao fim das tardes, esticavam-se nas calças, o cabelo lustroso de vaselina ou mesmo brilhantina e saíam na conquista. Quando calhava passarem pela eleita, atiravam-lhe uma pedrinha ou então diziam um piropo: Menina, estás bonitona! Se ela fechava a cara e respondia a esse cumprimento com um palavrão, por exemplo: Ba pa merda, vai chamar bonita a tua mãe!, era claro sinal de que não estava interessada em qualquer aproximação. Mas se sorria enleada, se dizia, por exemplo, eu bonita, coitada de mim, onde é que vi beleza!, isso significava que também estava interessada, que se podia avançar para mais alguma coisa. Então o conquistador esperava uma ocasião oportuna e mandava um presentinho, por exemplo, um pacotinho de pirinha, às vezes mesmo um chocolate, e ficava de novo à espera. Se o presente era por acaso devolvido, nada feito por aquele lado. Mas se o presente era aceito então era porque se podia mandar outros e assim sucessivamente, e quando se considerasse o terreno suficientemente preparado, sempre na base de coisas doces, então era chegada a hora de lá se plantar, ou uma carta, ou uma pegada. As cartas eram normalmente copiadas do livrinho *As Cem Mais Lindas Cartas de Amor* e conforme o gosto ou a intensidade do amor, dele se retirava a cópia mais adequada e conveniente aos fins pretendidos, embora indivíduos mais ciosos da sua personalidade gostassem de nela introduzir um ou outro dos versos de Ti Melia, ou uma ou outra pequena alteração, suficiente apenas para ficarem com um cunho mais pessoalizado.

Mandada a carta, esperavam-se alguns dias convenientes, entre quatro a oito, a dar tempo à resposta. E a resposta consistia, ou na devolução da carta, ou na sua retenção. A não devolução da carta encerrava as melhores perspectivas, na medida em que significava no fundo uma aceitação tácita do pedido de namoro e o seu autor como que adquiria o direito de, através de uma pegada, obter o sim definitivo e irrevogável, sim esse que, como regra, era arrancado graças a uma espécie de sequestro, de pé numa esquina mais escura de uma rua e muitas vezes com várias horas de pressões, na verdade nem sempre apenas psicológicas, pois que era consensualmente admitido o pretendente torcer o braço ou dobrar para trás os dedos da pretendida ou até mesmo apertar com bastante força a sua mãozinha, formas de suave tortura que levavam sempre muito tempo, com muitos, "larga-me, ainda sou muito nova para arranjar namoro", "não te largo enquanto não disseres sim", "olha que a minha mãe está a esperar-me, ela vai açoitar-me", "diz-me que sim eu largo-te", "estás a fazer-me mal!", "diz sim eu largo-te!", até que finalmente o sim lá acabava saindo, parido em apertões, mas significando de direito o fecho do namoro.

Mas esse "sim" assim espremido não era ainda o fim dos sofrimentos, porque, firmado o namoro, havia ainda o problema do primeiro beijo, na medida em que esse primeiro beijo não era coisa fácil de ser obtida, rodeado como estava do maior recato, não se fosse pensar ser a rapariga de pouco mais ou menos. E assim ela estava socialmente obrigada a vivamente resistir ao primeiro beijo, muitas vezes mesmo com espalhafato, e o namorado, que como regra andava de sangria desatada, tinha que obter prender a cuja nos seus braços, apertar-lhe os queixos entre o polegar e o indicador com não pequena violência, ela resistindo estoicamente a abrir a boca, às vezes era mesmo necessário também tapar-lhe o nariz privando-a assim da respiração, até que ela, por força dos apertos, consentia em pôr de fora a ponta da linguinha que o felizardo chupava deleitado, selando assim o namoro deste modo definitivo.

Pode-se por isso dizer que a carta não dispensava a pegada, pois antes ou depois da carta, a pegada era sempre necessária para o primeiro beijo. Mas a carta tinha sobretudo o valor de documento probatório. E assim, aqueles que, por não saberem escrever ou por não terem o livro das cartas de amor e tinham que preparar o terreno apenas com conversas e presentes até acharem ter chegado o momento oportuno da pegada, viam-se e desejavam-se para provar o namoro quando era caso disso. Porque, se os namorados se zangavam, bastava ela dizer: Não tenho mais casamento contigo, para o namoro ficar desmanchado. Mas com carta era outra coisa, porque o namoro só se considerava desmanchado quando a rapariga devolvia a carta e o rapaz efetivamente aceitava a devolução. Muitas vezes acontecia ele não querer aceitar desmanchar o namoro e assim não recebia a carta devolvida e continuava considerando-se namorado firme, e assim a rapariga não ficava livre para arranjar outro namorado, porque nesses casos extremos podia acontecer ela sofrer duas pegadas simultâneas, uma em cada braço, como, por exemplo, chegou a acontecer com a Nininha que, não querendo saber mais de casamento com Marquinho, mandou o irmão entregar-lhe a carta. Mas Marquinho nem quis ouvir falar do assunto e não recebeu a carta, pelo que continuou a considerar-se de namoro fechado com a Nininha, até que uma noite a encontrou numa esquina sofrendo os apertões do Dudu de ca ti Guida.

Marquinho exerceu imediatamente o seu direito de namorado com carta recebida e não devolvida, deu pegada no braço livre da Nininha enquanto avisava o Dudu: Isto não é nada contigo! Isto é uma coisa entre eu e ela! Mas Dudu quis mostrar que também era homem que veste calça e assim, em vez de soltar a moça como ela pedia, manteve-se agarrado ao seu braço e Nininha ficou assim presa entre os dois. Chorando, dizia: Vocês larguem-me! E para Marquinho: Dias há que não tenho nada contigo! E Marquinho: Tens, sim senhora! Tens a minha carta! E Nininha: Eu mandei-te a tua carta de volta! E Marquinho: Eu não recebi! E para Dudu: Então somos dois nela! E assim continuaram por longas horas até que Entidade, o pai de Nininha, estranhando a sua ausência mas pensando logo em coisas de namoro, agarrou o seu chicote de cavalo-marinho e saiu a procurá-la. Encontrou-a presa pelos dois rapazes, distribuiu algumas leves chicotadas pelos três, prometeu coisa mais grossa aos safardanas, e levou a filha para casa debaixo de bofetões: Ainda não sabes limpar polpa direito, repreendia-a, e já estás com dois casamento de uma só vez!

É que todo o namoro era arranjado debaixo do maior sigilo para que os pais da moça não descobrissem. Porque já se sabia que quando viessem a saber, saía sova garantida. A surra do primeiro namoro era coisa segura, tão certa como a primeira fralda, por mais que os pais fossem amigos e gostassem do namorado. E depois da surra, fechavam a moça dentro de casa mal era de tardinha e proibiam-lhe a participação em toda e qualquer festa. Mas se acontecia o rapaz não ser do agrado da família, então era o diabo porque pintavam o caneco com ela, chegavam mesmo a fazer-lhe outras biquirias como, por exemplo, cortar-lhe o cabelo à escovinha ou esconder-lhe as roupas para ela não poder sair de casa. Ninha, por exemplo, sofreu imenso com esse rigoroso tratamento porque nhô Manel d'Ana tinha ouvido aquela violenta explosão dentro do seu quintal, saltou logo da cama de cavalo-marinho em punho para saber do que se tratava e ainda viu aquele vulto a gadanhar parede acima. Por acaso já tinha reparado no Florêncio a rondar-lhe a casa e assim, mal soube dele de braço ao peito, somou dois e dois e concluiu que ali havia marosca. Ele não era homem para deixar para depois o que podia fazer logo e por isso chamou a filha e depois de lhe aplicar umas boas chibatadas, cortou-lhe ele mesmo o cabelo e confiscou-lhe todas as roupas de sair de casa, jurando por aquela luz do Sol que se alguma vez ficasse a saber alguma coisa dela com aquele parbiça do Florêncio haveria de a lanhar com chicote e depois salgar com sal e malagueta. Ninha chorou, jurou que não tinha nada com ele, mas mesmo assim ficou proibida de sair de casa senão de dia e apenas para fazer mandados, de noite nem pensar em sair, a fama de Florêncio como arranjador de pequenas a quem ele tirava os três vinténs e depois largava era pública, embora ele negasse, mal conhecia a Ninha quanto mais para ter casamento com ela, ter estado no quintal de nhô Manel nem pensar, ele era algum doido para enfrentar aquela fera que o outro tinha solto no quintal, mas o certo é que má Guida começou a reparar que de dias em dias desapareciam-lhe pedaços de carne da despensa e por outro lado sempre que o Florêncio matava um bicho, fosse cabrito, fosse capado, ele conservava para si as miudezas e outros pedaços de carne, aos quais dava destino desconhecido da casa.

Mas tempos depois Florêncio pediu para falar com Tio Tone em particular e ao fim dessa mesma tarde este apresentou-se em casa de nhô Manel. Ia em nome do seu sobrinho Florêncio pedir a sua filha Ninha em casamento. Nhô Manel ouviu com atenção, disse que toda a gente sabia que ele tinha muita amizade e consideração pelo Antoninho d'Augusta mas a verdade é que o seu sobrinho era um destravado e por isso e por mais nada é que tinha impedido logo à nascença aquele namoro e felizmente que tudo tinha corrido bem, a Ninha tinha assentado cabeça porque também ele não a deixava dar um passo fora de casa sem um companheiro da família, mas se o rapaz estava de fato com boas intenções, então pronto, ele que se aproximasse da casa, logo se veria. E foi então que Tio Tone declarou ao espantado pai que não, que o casamento tinha que ser depressa, não havia tempo a esperar porque, conforme o noivo dizia, a moça estava grávida já de meses e era por isso toda aquela urgência. Grávida, estranhou nhô Manel, então deve haver algum engano, porque onde iriam arranjar tempo para fazer um filho, se esta nunca sai de casa? Mas o certo é que Ninha estava grávida. E veio-se a descobrir que o menino tinha sido feito dentro do próprio quintal de nhô Manel d'Ana porque Florêncio tinha conseguido engodar *Tarzan* e fazia-o adormecer dando-lhe de comer carne de capado temperado com beladona. Bem que eu tinha reparado que este cachorro estava a ficar mais gordo, disse nhô Manel, mas sempre pensei que fosse da idade.

Mas se o rapaz agradava e mostrava boas intenções, se não era só casamento de passatempo, então ele escrevia a participar o namoro aos pais da moça. A resposta à carta era sempre tácita, um cumprimento mais amigável do pai, uma leve palmada nas costas, um sorriso e então ele adquiria o direito de parar à porta da casa da namorada para conversar. Tempos depois acabava por ser distinguido com uma cadeira e muito mais para a frente era-lhe permitido entrar em casa e sentar-se na sala.

Desde a escola primária que a gente vinha com trivimento de arranjar casamento. E por isso D. Odália vigiava atentamente, não permitindo nenhum gesto atentatório ao pudor, mesmo que fossem só olhares ou apenas o soprar de uma resposta que a nossa eleita tivesse esquecido.

D. Odália obrigava-nos a aprender à força de vara. Só lhe faltava abrir-nos a cabeça e lá meter dentro todos os mapas com todos os rios e serras de Portugal. Para todas as suas aulas apresentava-se sempre munida de palmatória de cinco buracos, lato de três pernas e varas de marmelo que expressamente mandava vir de Santo Antão. Nós já conhecíamos os seus piores dias: quando ela chegava na escola com um penteado rabo de cavalo e com um vestido branco de bolas vermelhas, já se sabia que naquele dia iria pintar o caneco, o mínimo engano violentamente castigado como se dele pudesse advir o fim do mundo.

Mas também vivia para os seus alunos. Começávamos o dia com uma aula de estudo às seis da manhã, no ar fresco do mar da zona do cemitério; às nove tínhamos uma segunda aula no quintal da sua casa, que se prolongava até meio-dia, uma hora; e às duas da tarde era a aula oficial, que ia até às seis, embora o horário fosse até às cinco. Para ela todas as aulas eram obrigatórias, ninguém podia faltar, dizer, por exemplo, senhora professora, não fui de manhã porque fui fazer um mandado!, porque para ela tempo de escola era para estudar e não para passear ou fazer mandados. Era por isso que nenhum de nós se atrevia a passar perto da casa dela, mesmo fora das horas de escola, porque era errar uma pergunta e logo chovia vara de marmelo: Bem te vi a passear, quando devias estar a estudar!

Mas o castigo máximo e por isso mesmo reservado apenas aos alunos que nunca acertavam em uma ou eram excessivamente abusados ou então que atentavam gravemente contra a honra da escola, era a orelha-de-burro. Orelha-de-burro era uma espécie de cone feito com papel de embrulho e que se enfiava na cabeça do castigado. E depois ele era plantado à porta da escola, para que toda a gente da rua visse que ele estava com orelha-de-burro.

A orelha-de-burro era um castigo exclusivo da escola, as aulas do quintal não davam direito a ele. Uma única vez D. Odália se permitiu infringir essa regra e foi quando a Maria do Céu, desabada em lágrimas, se queixou a D. Odália que Di estava a meter-lhe um espelho por baixo da sua saia.

Di era já duas vezes repetente na terceira classe e portanto rapaz taludo e que tinha tomado sobre si a obrigação de cuidar da nossa educação em matéria sexual, pois muito se confrangia com a nossa ignorância. Maria do Céu era uma mocinha frágil, branca de cabelos loiros e muito compridos e ainda por cima filha de gente branco. Tinha umas mãos tão pequeninas e finas e macias que parecia que fazia pena a D. Odália dar-lhe palmatoadas. E assim, da professora ela só recebia marmelo e lato, mas como usava uns vestidos sempre abaixo do joelho, nós bem víamos que a vara só ficava na barra da saia. Por isso é que, quando a apanhávamos na lição, era o diabo. As lágrimas saltavam daqueles olhinhos cariciosos e as mãozinhas inchavam-se de sangue.

Mas um dia Di chegou na aula do quintal com um pedaço de um espelho e disse que íamos ver a cor das cuequinhas da Maria do Céu. Assim, quando viu a Maria do Céu de pé, aproximou-se sorrateiro e meteu-lhe o espelho por baixo. Quando voltou disse que eram azuis. Com folhos?, perguntamos. Ele não tinha reparado e por isso foi repetir a operação segunda vez, mas aí a Maria do Céu viu e deu o alarme em gritinhos excitados pelas lágrimas.

D. Odália virou bicho. Mas que desaforo e atrevimento! Ainda não aprendeste direito a assoar o catarro e já com pensar em voluntarezas, gritou furibunda para Di. Mas ele ia ver! E de fato os cinco buracos cantaram nas mãos de Di, nós por ali enfiados que nem ratos. Nunca a tínhamos visto bater com tanta força, mas Di aguentou firme, de cara levantada, esticando bem cada braço, D. Odália despejando a sua fúria por aquele desaforo nas mãos de Di. Mas à quinta palmatoada Di desviou a mão, só um bocadinho e a palmatória encontrou a canela de D. Odália. Ela dobrou-se e apertou a perna, um fio de sangue já escorrendo. Mas quando se levantou estava feito uma fera. Quebrou três varas de marmelo no corpo de Di e depois foi a vez do lato de três pernas. E quando se cansou, meteu-lhe a orelha-de-burro e ordenou-lhe que se postasse no portão do quintal, de braços abertos em cruz. A nós mandou-nos para casa, estava demasiado braba para continuar a escola. E ficou manca uma data de dias.

D. Odália tinha uma especial amizade por mim, embora eu tivesse um medo dela que me pelava. Na terceira e quarta classes conferiu-me o estatuto de seu ajudante, com a obrigação de ensinar e tomar a lição aos alunos mais atrasados da classe. Mas o meu medo dela era tão grande que, se aqueles que eu ensinava estavam ajoelhados de castigo no cascalho, eu também me ajoelhava no cascalho. Até que um dia ela reparou e mandou-me levantar. Tu não estás de castigo, só esses burrões!, e arranjou-me uma mochinha para me sentar.

Como ajudante, adquiri também o direito de castigar. Tomava as lições aos outros alunos e depois

D. Odália perguntava-me: Achas que ele merece uma palmatoada?, e eu respondia sempre positivo, com medo de a sua fúria cair sobre mim caso ela considerasse parcial o meu juízo. Lembro-me de um dia em que eu ia tomar a lição ao meu irmão. Ele tinha-se atrasado um ano e eu tinha feito dois exames no mesmo ano e assim ficamos colegas. Titide ofereceu-me um lápis e uma pena de caneta, na condição de eu responder que não quando D. Odália me perguntasse se ele merecia alguma. Ficou assim tudo combinado, mas na verdade nem era preciso pagamento porque ele deu a lição sem errar uma única palavra. Mas quando D. Odália me perguntou brusca, achas que ele merece?, eu olhei para ela e vi o rabo de cavalo e o vestido branco com bolas vermelhas, a boca apertada e os olhos fixos em mim, senti que as minhas pernas tremiam e que a minha promessa ia por água abaixo. E gaguejei baixinho que ele merecia duas.

Mal encostei a palmatória nas mãos de Titide, mas mesmo assim já sabia que não me esperava nada de bom, pois os seus olhos assassinavam-me. Na hora de saída da escola aproximei-me da porta e mal D. Odália disse, podem sair!, larguei a toda a brida. Mas eu tinha apenas nove anos, Titide já tinha feito os onze e as suas pernas eram muito mais compridas que as minhas. Alcançou-me no beco da igreja que dava para a nossa casa, atirou-me em fúria para o chão e preparava-se para me esborrachar a cara a murros, quando por sorte o nosso pai apareceu. Ganhei fama de ter boa cabeça, de ser amigo de estudar porque andava sempre agarrado aos livros da escola. Mas na verdade agarrava-me aos livros apenas para fugir ao trabalho de casa e estudava o suficiente para não levar palmatoadas. Quando na primeira classe, eu não deixava a minha mãe em paz enquanto não me ensinasse a lição: Larga-me da mão, moço, brigava ela, eu não tenho tempo para te ensinar, vou fazer a cama. E eu oferecia-me para lhe fazer a cama se ela me ensinasse a lição. Mas naquele tempo ainda o colchão era de florzinha, fazer uma cama não era brincadeira nenhuma, era uma obra de arte porque a cama benfeita deveria ficar bem esticada, assim como uma tábua, sem qualquer alto ou baixo. Conhecia-se, aliás, a boa dona de casa pela forma como fazia a sua cama, se a deixava sem rugas, até porque a cama principal da casa era um objeto de sala de visitas, à vista portanto de quem chegasse. E por isso o primeiro trabalho de todas as manhãs, antes de qualquer outro, era fazer a cama, mas diante dos meus oferecimentos a minha mãe condoía-se e ensinava-me a lição. Até que um dia, enquanto esperava por ela, ela na estória de ajeitar a cama a gosto, eu já quase na hora de ir para a escola, começei a soletrar e a arrumar palavras, c-a, ca, s-a, za casa; m-e me, s-a za mesa e quando ela se despachou eu li para ela: casa, mesa, ovo... ela disse que estava bem e aí ganhei a minha independência: sabia soletrar, sabia ler!

D. Odália só não me perdoou uma coisa: nunca ter deixado de escrever com a mão esquerda! Todos os dias era aquela luta. Eu apresentava uma bela cópia, ela perguntava: Com qual mão? Eu já não tinha coragem de dizer e só levantava a mão esquerda. Aí chovia vara de marmelo: Vai fazer com a mão que deve ser, a mão direita! Com a mão direita só me saíam borrões, mas parecia que esses borrões agradavam mais a D. Odália que as cópias bonitas que eu fazia com a esquerda. Muitas vezes vinha por trás e eu só sentia a vara no meu pescoço. Mas quando mudei de classe, no meio do ano e portanto também de professora, achei que a D. Chucha não me ligava importância alguma porque quando me viu a escrever com a mão esquerda apenas disse: Ah, és canhoto! Engraçado!

Mas palavra puxa palavra, uma estória logo traz outra arrastada, fico aqui nesse vai não vai, nunca mais a estória que quero contar se aprochega, como gostava de dizer o polícia Raspa, e assim ainda não contei nada do que pretendia e que era o caso de Mari Bijóme e Tifulinho. Antes deles apenas uma palavrinha para D. Chucha, que, no linguajar de João Manco, devia antes ser chamada de D. Chucha. D. Chucha não tinha boa fama como professora, não obstante cursada em Lisboa. Toda a gente preferia ver os seus filhos nos rigores de D. Odália, e não nas molezas de D. Chucha que era só sorrisinhos para toda a gente, grandes e pequenos, mas muito pouco exigente na escola, nem lato nem palmatória ela usava quanto mais orelha-de-burro. E depois, Toco de nha Branca tinha contribuído para ainda mais dar cabo da fama da senhora. Porque como sua professora, D. Chucha passou-lhe uma divisão de três casas, Toco ia fazendo, D. Chucha corrigindo, até que chegaram numa parte de "e vai" e Toco disse "doze, e vai três". Mas D. Chucha corrigiu: "Doze, e vão sete". Toco parou, porque tinha a certeza que doze e vai três, e disse-o à professora, mas ela não concordou e ficaram naquela teima. Mas depois D. Chucha pensou um pouco, acabou por cair em si: Tens razão, meu filho, disse-lhe, doze de fato e vão três. Desculpa, mas sabes, estou aqui com a cabeça preocupada por causa de uma panela de talisca que deixei ao lume para o almoço e não sei se os meus filhos já chegaram em casa...

Mas voltemos ao Tifulinho. Tifulinho tinha ouvido o acontecido no meio-de-banco entre a sua Maria e João Manco, não gostou nada da estória que a Maria contava, achou que aquela de "bijome" era uma conversa sem comparação, própria de gente de asneira, mas primeiro quis saber da própria Mari Bijóme o que de fato tinha acontecido antes de ir ao João Manco pedir explicações verbais ou manuais, conforme o outro decidisse. Claro que João Manco de antecedência recusava dar qualquer satisfação, dizia que eram dois homens e não precisavam de explicações verbais, resolveriam a coisa logo de homem para homem, *ad baculinium*, ele era manco mas sabia pegar queda, tinha mesmo um curso de luta de capoeira tirado por correspondência diretamente do Brasil desde que tinha ficado com a arma apreendida. Manda o Fulinho ir embora, dizia João Manco traduzindo para português o "mandal ba tembora", porque, confirmava, lá estavam as tâmaras passadas a provar que tinha sido uma coisa feita a gosto, listamente, com todas as garantias.

E de fato, mesmo Tio Tone tinha ficado um bocado intrigado e na dúvida da verdade da versão de Mari Bijóme depois de ver passados tão bonitos. Por experiência própria em matéria de tâmaras, decidiu que aqueles passados tinham sido apanhados na mão, grão a grão, porque não havia nem pisaduras nem areia. Aquilo, sim, era passado de qualidade, que se podia comer só assim sem mais nada, ou então com queijo, ou com leite, uma sobremesa regalada, e via-se que João Manco era rapaz cuidadoso, amigo das coisas boas e conhecedor de passado, embora mais femeeiro que o normal, quem sabe se a falta do tendão lhe dava para isso. Mas de qualquer modo, queria concluir Tio Tone, parecia pouco provável que ele tivesse de fato pegado na Maria, ainda por cima à força. O mais certo...

E quando Filipe, seu sobrinho, chegou em casa com uma outra versão dos fatos e segundo a qual quem dizia "bijome" era a própria Maria e não o João Manco, que o que João Manco dizia era "abri bu tchome mitê", em crioulo ainda por cima e dessa forma a mostrar o absoluto grau de agrado dos dois, Tio Tone passou de armas e bagagens e definitivamente para o lado de João Manco, ordenou que a Maria acabasse de uma vez por todas com aquele "assunto escabroso" lá em casa e em frente das crianças e mais proibiu todo e qualquer outro comentário a respeito, sob pena de chover lato sobre os desobedientes até chifre cheirar queimado.

Aliás, a versão completa de Filipe era que João Manco dizia: Maria de Felancidade, abri bu tchom mitê, uai, uai, ó que sabe!, e Maria respondia: Bijome! Bijome! E daí que Tifulinho tivesse achado necessário ter explicações diretas com a Maria, pois que a opinião de Tio Tone tinha corrido pelas pessoas e já se dizia em todo o Porto que Maria trocara Tifulinho por passado. E por isso Tifulinho andava de mau humor, nem querendo ir buscar água na fonte ca Manel, zona do local do crime de Maria. Tinha tido mesmo acesa discussão com Mana Rosa, porque tendo Tifulinho dito que nem ia buscar água nem queria fazer nada, que o seu pai não o tinha feito para servir um povo mal-agradecido, Mana Rosa queixou-se que Tifulinho queria ficar lá em casa moda um cidadão, comendo e bebendo e vestindo e dormindo sem trabalhar. Mas talvez por causa de todos aqueles choques anteriores, sabendo que estava na boca do mundo, Tifulinho reagiu mal à palavra "cidadão", disse que era muito homem para admitir outras ofensas, mais aquela ele não admitia e que se não o queriam lá em casa que dissessem que ele sairia. Agora insultá-lo, chamar-lhe de "cidadão", como se em vez de um homem de respeito ele fosse um qualquer bicho, isto ele não admitia nem hoje, nem amanhã, nem nunca. E enchendo-se de coragem extrema diante daquele insulto, acabou por dizer que "cidadão" então, era Mana Rosa e toda a sua família.

E tendo assim devolvido a ofensa, as lágrimas nos olhos pois era uma casa onde sempre tinha morado desde que tinha entendido o seu nome, Tifulinho foi logo arrumar as suas coisas para sair e abandonar aquela família, depois de igualmente ter insultado não podia já pensar em continuar ali como se nada tivesse acontecido. E foi necessário que Anastácio, filho de Mana Rosa, de dicionário em punho lhe explicasse que cidadão não era insulto: significava gente fina.

Mas Tifulinho só aceitava explicações com Mari Bijóme, não apenas a sós, como também de noite e em lugar recatado. E assim conseguiu levar a Mari Bijóme para dentro da enfermaria, ainda em construção, a fim de que ela lhe contasse direitamente tudo que se tinha passado com João Manco.

Mas um azar nunca vem só. Porque aconteceu que o novo administrador, Sr. Coralido, que tinha chegado na Boa Vista feito uma fera cruel, como na troça dizia Lela, achava que o seu antecessor tinha deixado a ilha numa desordem de caserna e com cada um fazendo o que queria e estava disposto a tudo fazer para que a disciplina voltasse a reinar. E assim, não se contentando com as rondas noturnas a que obrigou o polícia Trinta, ele pessoalmente começou a sair para assim surpreender nas esquinas os namorados que repreendia quando encontrava abraçados. Ora passando pelos lados da futura enfermaria, ouviu gemidos. Avançou por aí adentro de holofote na mão e encontrou Tifulinho e Mari Bijóme cangados um no outro. Furioso pelo desrespeito, correu com eles a chicotadas de cavalo-marinho, Mari Bijóme aos gritos, Tifulinho atravessando meio de Porto nu da cintura para baixo na força do cavalo-marinho do Sr. administrador.

O novo administrador ficou com a fama de ser um homem tão recatado e de tantos pruridos que nem mesmo gostava de ver bacio de cama. Ainda a moda das casas de banho não tinha chegado na Boa Vista e por isso toda a gente usava bacios, mas ele não gostava de ver as pessoas a despejarem os bacios de manhã na ourela do mar e por isso mesmo já tinha quebrado muitos bacios de despejo porque tinha mandado ordenar que o despejo devia ser feito só de noite, depois das nove horas. Levantava-se cedo para poder ele mesmo vigiar o despejo da caca e quando encontrava uma bacia de barro ele só dizia: Atira na pedra! Mas se era bacia de esmalte, ele mesmo tomava e esmigalhava até sair todo o esmalte.

A única pessoa que não tinha conseguido meter na ordem era nha Pepa. Dia sim, dia não, nha Pepa ia despejar a lata de nove horas de ca nha Maninha d'Orel. Era sempre uma lata de petróleo de 20 litros que a Pepa transportava à cabeça, pachorrenta e malcheirosa. Uma noite o administrador interceptou Pepa, faltavam ainda dez minutos para as nove horas e por isso brigou, levantou o chicote. Mas Pepa avançou para ele e só lhe disse: Um ta pta boce ele de riba! O homem fugiu a sete pés.

Por causa desse gesto Pepa virou logo heroína, com direito a comentários debaixo da Alfândega sobre o banho de pupu que tinha prometido ao administrador e certamente que terá sido isso que deu ao Di a ideia de a gente fazer a Pepa tomar um banho de pupu. Porque o mafor da lata de nove horas da casa de nha Maninha d'Orel fazia o itinerário da Pepa conhecido: a gente sabia que ela passava sempre pela Rua de Caboco. E como a Rua de Caboco é uma ruazinha estreita, foi fácil amarrar um fio de barbante em cada parede, a uma altura calculada suficiente para a lata bater nela. Porque Pepa punha a lata na cabeça e lá ia ela, pachorrenta como se fosse em passeio. E assim, ficamos de largo, até que ouvimos aquele grito de Pepa: O nha mãe!, já tomei um banho de pupu de gente!

Todo o mundo correu, aquele mafor de pupu de três dias espalhado pela rua, Pepa aos gritos e em lágrimas, transida de cheiro de pupu: Pepa, é pa mar, diziam as pessoas! Tens que ir tomar banho de mar, mas Pepa estava com medo de ir entrar no mar aquela hora, ela não conseguia explicar aquele acidente, desde muitos anos que fazia aquele serviço sem nunca nada lhe ter acontecido, sentira que lhe empurravam a lata para trás, era mesmo uma mão a empurrar, de certeza que fora trabalho de coisa ruim, e por isso ela não sabia o que lhe fariam dentro do mar...

Só no dia seguinte descobriram o barbante e se viu que afinal aquilo era demonaria dos meninos malcriados de meio de Porto. Todos uns desaforados, sem respeito para gente grande. Pepa lamentava o seu acidente com toda a gente que apanhava a jeito, o seu banho de pupu de casa de gente branco. Porque, segundo Pepa, parecia que pupu de casa de gente branco cheirava mais mal. Jesus, que mafor! Ainda estou a sentir aquele cheiro! E todos lamentavam a Pepa e o seu destino de carregar pupu de cada um.

Só a Nez não se condoeu daquele abuso, achava que tinha sido bem-feito, aquilo era castigo de Deus e certamente que muito mais Deus tinha para lhe dar, Pepa era uma linguareira que precisava ser metida um ovo quente dentro da boca, ou então dar-lhe na tampa da boca bem-dado. Mas também não ficou a dever-me nada, garantia ainda a Nez, mentirosa, mexeriqueira! Não ficou a dever-me nem um tostão! Deronsei-a bem deronsado! Atrevimento! Dizer que deixamos papai passar fome.

Essa era uma outra estória antiga, mas que Nez no entanto não perdoava a Pepa. Nem hoje, nem manhã, nem Quinta-Feira-Maior! O caso é que a Pepa tinha contado a toda a gente que um dia tinha passado pela casa da Nez e perguntado pelo pai dela que estava doente de cama há bastantes dias. Nez, de lágrimas nos olhos, voz sumida, queixou-se que papai lá estava, corpinho mareado, já muito enfraquecido, sem querer comer nada... Mas logo dos fundos da casa chegou a voz de papai gritando em desespero: Não é verdade, eles é que não estão a dar-me comida!

Nez garantia que aquilo tinha sido puro invento da porca da Pepa, Pepa sempre tinha tido ciúmes dela e do Djack Lagosta. Ora, dizia, eu não sou culpada de ela ter pico de pardal, nem serventia para aguentar um homem direito! Ela Nez, sim, era uma mulher em todos os sentidos da palavra, mulher completa para qualquer homem. Djack de fato tinha uma coisa que mais parecia a coisa de um burro, mas e agora! Tinha que ser, tinha que ser! Mas também era uma questão de jeito, afirmava, porque com jeito, vai tudo! Desde que o Djack não estivesse fusco, está claro, porque fusco ele era de fato uma fera desajeitada, queria tudo logo vup vup e então... Mas Pepa não, Pepa era uma d'asneira. Basta que toda a gente sabia que um dia, a troco de uma lataria qualquer que Djack tinha trazido de bordo de um barco de guerra, ele tinha levado Pepa para praia de Cabral. Mas quando se pôs nela com aquela coisona, Pepa tinha ficado sem fôlego e quem estava perto ouviu-a gemer: Ah falta, o que obrigas a gente a suportar! Bem-feito, porque era só manhenteza de comer comida de estrangeiro.

Mas Pepa contestava vivamente esta maldade. Ela, mulher fêmea que amarra pano na cintura, não ser capaz de aguentar um homem! Home! Nem que ele fosse mesmo um burro! Ela sim, ela é que não era colega de gente camada de Nez, soberba de fora, mel de canhoto! Ela era mulher em todos os sentidos da palavra. Basta que até um administrador já lhe tinha feito propostas. Mas aquele, sim, era um homem direito, respeitador, não essa porcaria de gente que estava agora a mandar na ilha, cheio de nove horas e outros parlapapés, não cumprimentava ninguém na rua, toda a gente sabia que tinha mulher e filhos e no entanto a Justina, a sua criada, estava grávida e claro que o pai da criança era ele, o Sr. Coralido em pessoa.

E de fato toda a gente sabia que a Justina não tinha homem de momento na terra e que era uma rapariga bem-parecida, filha de nha Maria Santa-Bruxa e do português deportado que se tinha ido embora e nunca mais tinha dado nem novas nem notícias, e criada daquele parbiça, único homem com quem se relacionava de mais perto, até porque, que se soubesse, na casa da mãe onde morava não entravam homens, afora aqueles que o povo dizia que entravam de madrugada para ajudar nha Santa nas suas rezas. Mas evidentemente que a Justina não dizia nada, mas também o quê que iria dizer! Era apenas mais um filho que ia ficar sem pai: chuva deu, ele nasceu!

Mas a verdade é que toda a gente estranhava: um homem tão rigoroso, que mal falava com as pessoas e nem gostava de ver spote! Mas a verdade é que a Justina estava grávida e ninguém sabia de certeza certa quem era o pai, especulando-se apenas que devia ser aquele capresta do administrador. Alberto, o marido, não podia ser porque Alberto estava em S. Vicente. Justina bem que dizia que Alberto não se cansava de escrever e mandar encomenda em todos os navios e mesmo que prometia voltar depressa, era só o tempo de tirar a sua cédula marítima. Já tinham três filhos e Justina era rapariga ajuizada, sem nenhum porém. Claro que "porém" podia-se pôr em qualquer uma: era só apanhar no chão e pôr. Toda a gente sabe que boca de mundo é mau. Mas Justina, graças a Deus, sabia pôr-se no seu lugar, não permitia que ninguém lhe dissesse atrevimentos.

Até que chegou o Sr. Coralido e contratou-a para sua criada. Evidentemente que ninguém viu nenhum mal nisto. Além de Justina ter fama de rapariga séria, aquele homem era como Aquele-Homem-pelo-sinal-santa-cruz: de cara sempre amarrada, só sabia dar de chicote e espiar as pessoas. E ainda por cima a Justina só ia fazer-lhe o quarto nas horas em que ele estava na administração.

Depois, é claro, apareceu muita gente a dizer que já tinha reparado que aquele feijão tinha toucinho, de certeza que a Justina estava com alguma água suja porque de repente ela começou a andar muito janota, muito cheia de nove horas, até perfume tabu já usava, bem cheirosa lá fora! E a desculpa de ser criada de Sr. administrador, "bom homem, homem reto!", como ela dizia, não chegava, até porque o administrador foi muitas vezes visto a ir para casa dentro das horas de expediente, o quê que ele iria fazer a casa senão aproveitar-se da fraqueza da coitada? Afinal das contas o mesmo destino da mãe, comentava Pepa, só que essa tinha tido mais sorte com o português porque se ele não tinha registado a filha, pelo menos nunca a tinha negado e quando se foi embora deixou-lhes um teto com que se cobrirem do sol.

Tudo isso era verdade, mas havia um problema que preocupava toda a gente e que era o fato de por nada deste mundo a Justina admitir que estava grávida. Grávida ela! Só se fosse do Espírito

Santo. O que as pessoas queriam era tomá-la de cavaquinho, mas ela não, ela era mulher séria, mulher de um só homem! Trabalhava em casa do Sr. administrador sim senhor. E agora! Não tinha nenhum mal. Grávida ela! E pegava na barriga e sacudia-a e espancava-a nas paredes, a mostrar que lá dentro não havia nada. O que querem é infamar-me, clamava, fazer-me perder o meu pai de filhos, porque esse povo não tem alma, não gosta de ver ninguém levar a sua vida em paz.

Mas grávida ou não, o certo é que a barriga de Justina crescia, embora pouco. Ela ia ficando arredondada e por sinal muito mais bonita. E quando as pessoas comentavam ela respondia: Gordura, gordura é formosura! Mas ninguém se convencia da gordura de Justina. Assim de repente? E ainda por cima engordar só na barriga! Foi ainda a Pepa que levou a novidade que estava a circular de que a Justina estava convencida de que não podia estar grávida porque só tinha aceitado deitar-se com o Sr. administrador com camisa de vênus, que explicava ser uma bolsinha que os homens punham nos seus aparelhos e onde as suas maldades ficavam retidas sem entrar para as entranhas da mulher. Mas também, para ainda melhor provar a maldade do homem, ela confirmava que ele a tinha enganado e de propósito tinha posto uma camisa furada na ponta.

E assim, já ninguém falava do pouco juízo da Justina. Agora só se falava da grande maldade do Sr. Coralido. Sim, por quê? Qual a necessidade de um homem fazer uma coisa daquelas a uma mulher, prejudicar assim uma mãe de filhos! Não há dúvida de que essa gente vinha para Boa Vista só para prejudicar filho de parida. Eram todos iguais! Não tiravam companheiro de bordeira!

Pepa, tomando pequenos goles de café e tapando a boca com o côncavo da mão para não apanhar resfriado nos dentes, ia desfiando o rosário das safadezas dos grandes da ilha. Na terra deles não eram ninguém, uns pés descalços filhos de coitado. Mas mal chegavam na Boa Vista e logo começavam pensando que tinham rei na barriga, tratando as pessoas debaixo de chicote e palmatoadas. Ah saudades do Sr. Barbosa, homem de respeito e amizade para grandes e pequenos. Um homem daqueles nunca deveria ter deixado a gente, até porque no dia da sua partida tinha havido guisa no cais como se fosse caso de morte. Toda a gente a chorar, a lamentar que uma pessoa que já era quase da gente, inclusivamente porque se tinha casado com uma filha da Boa

Vista, estivesse a deixar-nos depois de tantos anos. Mas em compensação quem não se lembrava daquele outro administrador que ia ver se os trabalhadores das obras do Estado iam mesmo fazer pupu quando pediam licença! E se achava que um deles tinha um pupu muito demorado, cortava-lhe logo um dia de trabalho na folha. Ó destino d'home! Um cristão já nem pode ter um prisão de ventre sossegado. Então este que estava agora, era impossível. Passou debaixo d'Alfândega, todos aqueles homens lá sentados, não cumprimentou ninguém mas depois voltou para trás: Então, não sabem quem eu sou? Levantem-se e cumprimentem! E ficou lá: Já, levantem-se todos, eu já disse! E olhem que todos aqueles bardamerdas puseram-se de pé e de chapéu na mão todos disseram de cabeça baixada: Bom-dia, Sr. administrador! Só nhô Teófilo pedreiro tinha sido homem para ele. Ficou sentado onde estava como se não fosse nada com ele, chupando o seu canhoto com toda a sua pachorra. E então o homem perguntou: Você não está a ver-me?, mas Teófilo respondeu: Estou a ver sim senhor, mas quem primeiro não me viu foi o senhor. Qualquer pessoa educada passa por outra e diz Deus salve. Se o senhor tivesse cumprimentado, eu levantava-me com respeito e consideração. Mas agora não! O homem tinha ficado danado, mandou logo Trinta, coitado, ir buscar nhô Teófilo e fechou-o na cadeia por duas horas. Mas foi bem-feito. Eu mesmo estou arrependida de não lhe ter deitado por cima aquela lata de nove horas.

Pepa falava às golpadas, sempre com a mão a tapar a boca depois de cada golinho de café porque era muito perigoso, para os dentes principalmente, apanhar vento na boca depois de tomar café quente: Também já é apenas um costume de tapar a boca, dizia, quase já não tenho dentes! Cada filho foi três dentes. E eu tive oito! Eles são outros porcaria, nem notícias dão. Filho é desgraça de pobreza. A gente diz que filho é riqueza de pobreza, que devemos ter quem ver para nós na velhice, mas qual estória! Eu tive oito filhos, cinco estão vivos, mas algum deles lembra que tem mãe? Nenhum! Todos uns capresta! Vocês vejam agora a situação daquela coitada da Justina. Ela continua a espancar a barriga na parede, a dizer que não tem nada lá dentro, mas andou com a cara inchada de dores de dente e se há coisa que toda a gente sabe que faz dores de dente é a gravidez. Se não é no primeiro ou no segundo filho, no terceiro é de certeza. Aquilo é garantido como a sepultura. Nenhuma mulher consegue fugir dele.

Assim, Justina está lá com o seu menino na barriga, tão certo como a minha hora há de chegar.

Mas Justina continuava rebelde à gravidez, nenhuma providência tomava, nem fraldas arranjava. Embora fralda fosse lençol velho rasgado em pedaços, suficiente no entanto para agasalhar, filho de pobreza não precisava de mais, acabou Pepa por sentenciar. Vamos ver quem vai tirar bofareira. Aquele maldito não deve ser, pois se até já a dispensou de criada, não quer mulher grávida em casa, pode parecer mal!... Ah homens d'asneira! Só dado com um gato morto de sete dias na cara! Mas também não ia haver bofareira! Justina, com a sua estória de não estar grávida, nem mato de bofareira tinha arranjado, em água de quê que iria sentar-se! Porque toda a gente sabia que era aquele suadouro de bofareira em que a mulher se sentava que subia lá para cima e ia apertar todas as suas partes, até as entranhas. Por isso é que tirar uma bofareira era como tirar um três vintém...

Mas lá para mais tarde Justina adoeceu e deixou de sair de casa. De Alberto nem novas nem notícias, até porque tinha sido avisado pelos familiares da gravidez da mulher e a partir daquela data tinham-se acabado as cartas e encomendas, embora Justina continuasse sempre dizendo que estava doente de doença de Deus e não de doença de homem, e continuasse batendo a barriga no ferro da cama para provar que podia ter algum inchaço, talvez um tumor, mas nunca gravidez. Até que um dia ela amanheceu amalucada e trancada no quarto, disse que não queria ver ninguém, que a deixassem em paz e sempre que a mãe se aproximava a perguntar se ela precisava de alguma coisa, ela respondia de dentro, larga-me da mão, só quero que me larguem da mão e me deixem em paz, eu sei que vou morrer mas quero morrer sossegada. Mas nha Maria Santa-Bruxa, de rosário apertado na mão, não se afastou da porta do quarto de Justina, por experiência própria conhecia os sinais da gravidez e do parto, nunca tinha falado aquele assunto com a filha porque quando é vontade de Deus nada há a fazer em contrário, cada um tem que cumprir o destino com que sai de dentro da barriga da sua mãe e assim, quando ouviu o que lhe pareceu um abafado grito de bebê, arrombou a porta e ainda conseguiu recuperar a criança de dentro da lata de nove horas onde já berrava feito um perdido.

4

Embora nha Santa tivesse feito um grande esforço para que o segredo daquela tentativa de infanticídio se mantivesse dentro do silêncio das quatro paredes da sua casa, a verdade é que poucos minutos depois de o menino nascer toda a vila já sabia que Justina tinha parido o seu filho dentro da lata de nove horas. Para a divulgação da notícia não tinha sido indiferente o fato de logo a seguir à invasão da mãe ela ter entrado em tal estado de histerismo ao ver-se com uma criança nos braços, que tinha sido necessário chamar o enfermeiro para lhe aplicar um calmante. Parir esta pobre criança sozinha, lamentava nha Santa, mas com a sua habitual pachorra o enfermeiro explicava que isso era normal, o ato de parir é como o ato de morrer, faz-se sempre sozinho, ninguém pode ajudar, e enquanto preparava a injeção ia perguntando a nha Santa se alguma vez tinha visto uma cabra ou uma vaca a pedir ajuda para parir. Mesmo no meio daquela contrariedade nha Santa não deixou de sorrir. Aquele homem estava sempre de bom humor e com remédios ou com palavras ou mesmo com atos arranjava solução para tudo, sobretudo porque não havia médicos na ilha. Uma vez tinha sido chamado para atender uma rapariga gorda feito um pote chamada Maria de Fátima que tinha dado finiquito na hora da morte de um tio, mas que já durava há três dias sem acordo de si, toda a família já mais preocupada com ela que com o nojo porque Fátima continuava esparramada sobre a cama de pernas abertas e toda descomposta, porque na fúria dos seus gestos tinha já rasgado a blusa e o sutiã e gritava e estremecia sobre aquela cama como se estivesse com um ataque de qualquer coisa, embora toda a gente já tivesse notado que os seus esgares e demais movimentos tinham muito de lascivo, sobretudo quando agarrava a saia para a puxar e ficar assim de cuequinhas ao léu e o ventre e as ancas levantadas na frente de toda a gente. Mas o enfermeiro tinha chegado precisamente num momento em que ela estava nesse transe sensual, observou-a por momentos naquele bailado despudorado e então ordenou, toda a gente para a rua, deixem-me sozinho com ela, e mal todas as pessoas saíram ele fechou a porta à chave, ficando a sós com a doente. De fora todos aguardavam expectantes, mas de dentro nenhum som saía e se em vez do enfermeiro tivessem chamado um padre certamente que todos estariam pensando que oravam em silêncio. Porém, passado cerca de meia hora o enfermeiro voltou a abrir a porta e pediu uma bacia d'água para lavar as mãos. Fátima continuava ainda sobre a cama, mas agora já composta e com um ar sorridentemente beatífico, o enfermeiro sorria enquanto lavava as mãos. Ela não tem namorado, perguntou. Não, não tinha. Então precisa arranjar um com urgência. Nunca ninguém ficou a saber que tipo de tratamento ele tinha ministrado à Fátima, mas o certo é que poucas horas depois ela tinha-se levantado e depois de tomar um banho sentou a chorar o tio, embora ainda com um ar ausente.

Sr. Coralido estava sobre o cais vigiando pessoalmente a execução da sua reparação com vista ao desembarque de Craveiro Lopes dali a dias quando chegou Lela, já com uns grãos nas asas, comentando em voz alta os abusos dessas porcarias d'homens que só tinham serventia para desgraçar as pobres mulheres coitadas e depois abandoná-las na graça de Deus. Justina acabava de parir, anunciou atirando uma forte cuspidela que embateu no chão a cerca de dois palmos do administrador, e dizia-se que tinha tentado matar o seu próprio filho, atirando-o para a lata de despejo. Mas quem poderia ser o responsável disso senão o porco que a tinha enganado, as víboras que se apresentavam vestidas de ovelhas e por dentro não passavam de lobos em cio, embora se dissessem pudicos e castos cordeiros? Esse sim, esse merecia prisão, se calhar mesmo chicote, pontapés no cu... Porém, Sr. Coralido não se deu por achado, fingiu que não era nada com ele, até que Djonai, que tinha ido comprar peixe e de tanto estar ali calado à espera já ensaiava começar a finação de soluços que o acometiam sempre que ficava muito tempo sem falar, se aproximou do Lela, puxou-o por um braço para o afastar, disse-lhe, tu nunca mais vais tomar juízo, olha que este homem é endemoniado, ele é autoridade e tu não tens forças para empeitar com ele, Lela começou a refilar mas assim falando Djonai conseguiu arrastá-lo para longe, a gente fala, fala, mas às vezes está apenas a infernar almas, não se lembrava já Lela daquele tempo em que Ti Fefa tinha querido metê-lo na cadeia por causa da Tanha, quando ele Lela jurava a pés juntos que nunca tinha acontecido absolutamente nada entre os dois? Tanha, sim senhor! Nunca mais ninguém tinha sabido dela, se calhar nem ele Lela... Mas Lela cortou a palavra a Djonai, disse que aquela conversa de trazer a Tanha para o meio daquilo não tinha comparação, que Djonai se calasse um bocadinho por amor de Deus e continuou vociferando contra os abusados da terra, tendo mesmo chegado a gritar que haveria de arranjar uma entrevista com Craveiro Lopes para lhe contar todos os desaforos desses seus lacaios na ilha.

Porém, Lela não chegaria nem a ver quanto mais a falar com o Presidente porque na véspera da sua chegada seria recolhido à cadeia por ordem do Sr. Coralido e como prevenção contra eventuais desacatos que se receava ele poder provocar junto das altas entidades que no dia seguinte nos davam a honra de nos visitar. Trinta foi prender Lela por ordem superior mas não conseguiu evitar o seu desagrado por esse abuso de autoridade. Como sabes, sou o primeiro a fechar-te quando mereces, mas desta vez estou a fazê-lo contrariado e sob protesto porque é um abuso de autoridade prender um cidadão apenas por cautela, disse-lhe Trinta. Não há novidade, garantiu-lhe Lela, porque se me apetecer gritar, grito mesmo de dentro da cadeia.

Quando contei ao padre Higgino do que tinha feito a Justina e depois da prisão do Lela, ele declarou que o administrador estava a desafiar a Deus e que corria o risco de ser excomungado pelo divino poder, tanto mais que Trinta, católico praticante e que nunca faltava a uma missa, tinha vindo desabafar com ele sobre as coisas que estavam acontecendo na terra e com as quais ele não estava nada de acordo. Sobre a Justina, disse, de fato só sabia o que se contava, mas sobre o Lela aquilo tinha sido um claro abuso de autoridade, porque Lela era de fato desaforado quando estava com uns copos, mas não só não era todos os dias que ele fuscava, como também não era justo mandar prender um homem com fundamento em simples medida de prevenção. Mas com Trinta nhô padre preferiu ouvir sem comentar, ele e o administrador tinham criado um contencioso protocolar desde o dia da sua chegada porque ambos reivindicavam o direito de ser cumprimentado pelo outro, um enquanto autoridade civil, o outro como autoridade eclesiástica, quase celestial, pelo que tinham ficado à espera a ver qual daria o primeiro passo desde a manhã em que nhô padre desembarcou enjoado de um dos palhabotes que serviam a ilha e num português macarrônico tinha-nos perguntado onde ficava a residência paroquial. Nené de Chalau apressou-se a tomar conta dele, ajudou-o a transportar a sua mala e um caixote bastante volumoso até a residência, para onde nós todos nos deslocamos acompanhando o padre e a seguir correu a avisar nhô Djonga, na qualidade de sacristão oficial e encarregado da igreja nas longas ausências dos padres. Nené confirmou depois que a seguir tinha-se dirigido à Câmara e tendo encontrado o Sr. Coralido à porta, avisou-o de que já havia padre novo na terra porque um padre barbudo acabava de desembarcar, mas o homem tinha feito ouvidos de mercador e não tinha comparecido a oferecer os seus préstimos.

Desde o tempo do padre Porfírio que não havia sacerdote residente na ilha. De quando em quando aparecia um por uns dias, tempo que aproveitava para amedrontar as pessoas contra os maléficos efeitos da mancebia, casar ao preço de 75 escudos os que se deixavam atemorizar, batizar as crianças a 25 escudos cada uma e rezar missas de 15 escudos por aqueles que tinham morrido sem os confortos da igreja. Os responsos eram cada um a cinco tostões e nhô Djonga escrevia num papel os nomes dos defuntos um por um para que nhô padre os pudesse lembrar nas suas orações antes de embolsar o dinheiro recolhido.

Logo que recebeu o recado de Nené de Chalau sobre a chegada do padre, nhô Djonga abandonou a sua oficina de carpintaria e só teve tempo de lavar as mãos. A casa dos padres estava abandonada havia anos e se nhô padre abrisse a porta ia deparar-se com uma enchente de baratas, ratos, centopeias e outras bicharadas, o que inclusivamente poderia fazê-lo decidir-se a regressar na volta do navio. Assim de caminho chamou Pepa, não admitiu quaisquer desculpas e arrastou-a com ele para proceder às primeiras limpezas e pôr pelo menos uma parte da enorme casa em condições mínimas de habitabilidade.

Mas padre Higgino não era nem exigente nem rezingão. Aliás pouco tempo depois tinha caído nas boas graças de toda a gente porque tinha um bom humor permanente, ria-se com facilidade, as suas compridas barbas descendo e subindo como se fosse um bode. Aceitou com um sorriso as atabalhoadas explicações de nhô Djonga sobre o miserável estado da casa, mas declinou o seu convite para uma missinha enquanto a casa ficava pronta, dado que a igreja, na qualidade de casa de Deus, estava sempre limpa e pronta a ser usada, disse que o que queria era comer e depois dormir uma boa soneca, sorriu para Pepa e sentou-se no pátio a rezar o seu terço diário enquanto aquela abria as janelas e iniciava a limpeza. Padre Higgino trazia no seu caixote uma boa quantidade de terços e estampas dos santos mais diversos e medalhas e outros objetos bentos como crucifixos com um depósito contendo a terra sagrada das catacumbas e cuja parte de trás se abria com um estalido metálico, medalhas de santas boiando em água, e também uma boa quantidade de latarias de gêneros alimentícios. Aliás nhô Djonga logo se ofereceu para lhe providenciar de comer, certamente que a vizinha D. Irene teria muito gosto em oferecer o café da manhã ao senhor padre, até porque era sempre ela quem dava de comer aos poucos padres que aportavam à ilha, mas padre Higgino preferiu abrir o seu caixote e dele extrair latas de carne em conserva, pacotes de bolacha e latas de leite com chocolate que distribuiu para todos nós e depois foi mastigando enquanto engrolava o terço nas mãos, de modo que quando D. Irene mandou avisar que o pequeno almoço do senhor padre estava na mesa ele já se encontrava devidamente alimentado de corpo e espírito porque entretanto tinha acabado de rezar o seu terço matinal. Mas mesmo assim fez questão de se deslocar pessoalmente à casa da D. Irene para agradecer a bondade, escolheu-me a mim para seu cicerone e foi a partir dali que me assumi como ajudante de padre, tomando de vez o lugar a nhô Djonga que no entanto se manteve como sacristão oficial e se reservava para ajudar apenas as missas mais solenes.

Excetuando padre Porfírio, padre Higgino foi dos poucos padres que esteve na ilha e ficou recordado por longos tempos. Gostava de jogar a bola, tocava gaita de beiços e em pouco tempo já se entendia em crioulo com as pessoas. Costumava dizer na brincadeira que depois de conhecer a Boa Vista tinha ficado com dúvidas sobre a existência do inferno. Mas de qualquer modo nunca ameaçava as pessoas com os castigos divinos. Nos seus sermões apostava no Novo Testamento e no Evangelho segundo S. João: Vinde a mim vós que estais cansados e oprimidos, eu vos aliviarei. E de fato, todas as vezes que se deslocou a Roma trouxe grandes quantidades de remédios e roupas que oferecia aos mais pobres. Lela, ateu impenitente, dizia que padre Higgino era o que poderia ser chamado um padre decente porque batizou de borla todas as crianças da ilha, casou todas as pessoas que quiseram casar-se, chamando a atenção sobretudo para as consequências temporais do laço do casamento.

Comecei então a aprender as técnicas de ajudar a missa, servir o padre no ato de se paramentar oferecendo-lhe as peças uma a uma e por ordem de uso, alva, amito, casula, estola, transportar a galheta sem a deixar cair ou entornar, fabricar hóstias, incensar os fiéis com o turíbulo e sobretudo decorar cada uma das respostas a dar durante a cerimônia até ao final *ite missa est*, cantando com à vontade toda aquela latinária cujo significado ignorava. Mas viria a ser no próprio dia da chegada de Craveiro Lopes que finalmente beberia vinho de missa pelo cálice. Depois de várias semanas de hesitações, tinha acabado por decidir que, mesmo que viesse a ficar com os dedos nele lapados, como nhô padre afirmava que já tinha acontecido a muita gente que tinha tentado profanar os sagrados objetos, eu haveria de beber vinho pelo cálice, exatamente da mesma maneira solene como nhô padre o fazia.

Tinha consciência de que aquela era uma tentação vinda diretamente Daquele-Homem, pelo sinal da santa cruz, que era ele em pessoa quem me levava ao cometimento desse grande pecado mortal, mas aquilo era mais forte que eu, aquela ideia tinha-se-me incrustado de tal forma na cabeça que a única solução possível era pecar e aguentar depois as consequências do poder de Deus. Bem que sabia que tudo podia acontecer, desde ficar com a mão encroncada no cálice sem jamais a poder despegar, até ficar com ele preso na boca. Padre Higgino tinha-me ensinado que, na qualidade de pecador, as minhas mãos impuras jamais deveriam tocar diretamente o cálice. E por isso, todas as vezes que precisava mudá-lo de um lugar para outro, um pano branco entre eu e ele deveria guardar a distância necessária entre a impureza das minhas mãos e o sagrado objeto em que o vinho do porto se transformava em sangue de Cristo.

As minhas relações com Deus estavam já nessa altura em grande medida baseadas no medo que eu tinha de ofender nhô padre. É que padre Higgino não só me tinha trazido uma bonita gaita de boca da Itália como também me levava para passeios à beira-mar com os bolsos cheios de rebuçados. Mas verdadeiramente inesquecível tinha sido a nossa jornada ao norte. A meio caminho descemos dos burros e abrimos a merenda. Pão fresco da casa de nha Isabel Maria, latarias diversas de carne de conserva, comidas de nem dia de festa. Mesmo que se dizia na Boa Vista: pensas que tal coisa é comida de lata! Porque de fato comida de lata era sabe. Passar aquela chavinha ao longo da lata e depois tirar a tampa e ver surgir a carne rosada do corne-bife. Jesus, quem dera que nhô padre viajasse todos os dias e me levasse sempre com ele!

Mas não querendo ofender nhô padre por causa de todas aquelas coisas boas, não estava sentindo a necessidade da mesma lealdade para com Deus. É que eu andava muito chateado com Ele por causa da sua recusa em me acudir num momento de uma grave aflição por que tinha passado. O caso foi que estando a remexer na mala do meu irmão mais velho, tinha lá achado uma pistola de plástico. Era para mim uma novidade, habituado como estava às queixadas de capado a servir de arma no jogo do "steak out" e tirei-a só por um bocadinho, só para ir dar uma voltinha e exibi-la, eventualmente tentar meter medo a alguém e depois disso devolvê-la ao lugar. Mas por azar a primeira pessoa que vi ao sair de casa foi o Né de Ti Dadó. Aproximei-me dele sorrateiramente, encostei-lhe a pistola às costas e gritei "mãos ao ar" enquanto dava ao gatilho, mas Né não só não fingiu que tinha morrido como inclusivamente voltou-se para mim num gesto leve e rápido e agarrou a pistola e torceu-a. E ficou com o cano na mão, eu com o punho.

Quando vimos que estava mesmo partida ao meio, foi o desespero. Aquilo significava pancada certa para mim, porque quem mais poderia ter tirado a pistola da mala senão eu, conhecido como era de ser o mexelhão da casa! Tentamos todos os meios de a djodjar, mas não havia remissão, aquilo não tinha conserto possível. Voltar a colocá-la na mala caladinho também não dava porque havia testemunhas oculares de eu ter estado a revolver nas coisas do meu irmão sendo a mamã uma delas, bem que me tinha avisado: Mexes nas coisas do teu irmão, quando ele voltar vai dar cabo de ti. E isso só por ter mexido na mala, sem haver ainda o acidente da pistola. Na qualidade de ajudante de padre, que eu tinha assumido quase por inteiro devido à indisponibilidade de nhô Djonga, tinha acesso fácil à igreja, não apenas para fazer as hóstias como mesmo para outras tarefas menores, como por exemplo, tocar sino de manhã a chamar para a missa e de tarde para a ladainha. Inclusivamente tinha sido eu a sugerir ao padre Higgino que, já que não havia incenso para os dias de festa, aliás estávamos a preparar uma solene missa cantada para a noite de Natal, bem que poderíamos usar o breu porque eu tinha observado já por diversas vezes na oficina da fábrica Ultra que, quando deitavam farinha de breu sobre as brasas, aquilo provocava um fumo que poderia ser igualzinho ao fuminho do incenso que na altura ainda só conhecia por ouvir dizer. Nhô padre tinha torcido a cara um bocado diante dessa ideia, mas eu corri para a oficina e voltei com um pedaço de breu que a gente logo esfarinhou e experimentou no turíbulo. O fumo era de fato parecido, disse nhô padre, o cheiro é que nem por isso. Mas mesmo assim, e enquanto não chegava o incenso que nhô padre tinha encomendado da Itália, e que aliás só viria a chegar anos mais tarde, fomos utilizando o breu nas missas de domingo e quando uma ou outra pessoa tossia ou espirrava diante do turíbulo que eu balançava com gestos largos e solenes em direção aos fiéis, considerava o caso de apenas alergia ao incenso. Verdade seja dita que nhô padre nunca se convenceu muito daquela substituição porque para ele o cheiro era "essencialmente diferente". Não se podia comparar o breu com o incenso, como me demonstrou um dia em que encontrou um esquecido pedacinho de incenso e o pôs a arder. De fato, o breu tinha um cheiro sufocante e a lenha verde, enquanto o incenso era puro perfume. Mas nunca ele me referiu que para a Igreja o enxofre era o cheiro do demônio.

Mas no dia da pistola, e logo que a vimos partida ao meio, eu e Né largamos a correr para a igreja porque só um milagre poderia salvar-me de uma sova de criar bicho. Eu considerava o Né o principal responsável pelo acidente e assim após colarmos as duas metades da pistola com breu derretido, coloquei-a em cima do altar, bem em frente ao sacrário, e ajoelhamo-nos rezando todas as orações do catecismo. Passado algum tempo o Né quis levantar-se mas eu não permiti. E como entendido em assuntos de religião, estabeleci que rezaríamos cinco terços com Creio-Deus-Pai e Salve-Rainha incluídos e só depois disso iríamos ver se a pistola estava firme. Como Né não estava habituado a tanto ajoelhar, deixei que ele fosse buscar a almofadinha de D. Alice, avisando-o logo, porém, de que assim o sacrifício era menor e por isso talvez a pistola não se consertasse. E quando chegamos ao fim dos cinco terços fomos ver como estava a obra e levantei o punho e o cano ficou no altar. Mas mesmo assim levantei não desanimei por isso. Põe a mão que eu te ajudarei, disse o Senhor. E voltamos ao breu e colamos outra vez e acendemos umas velas. Claro que era isso! Tínhamos esquecido de acender as velas!

E após mais cinco terços com velas acesas levantei o punho e o cano continuou no altar.

E assim eu não estava muito satisfeito daquela ingratidão de Nosso Senhor. O que lhe custava compor-me a pistola, a mim que estava farto de lhe prestar favores, desde levantar-me cedo para tocar o sino ou ajudar nas missas, até sair com o padre a fazer coleta de casa em casa? Por sorte eu não tinha levado nenhuma sova porque o meu irmão não estava assim com uma especial amizade pela sua pistola de plástico e por isso tinha-se limitado a, pela centésima vez, me avisar que me quebraria os dedos se voltasse a mexer nas suas coisas. Mas mesmo assim fiquei um bocado frio com Deus porque eu que ajudava a missa com tanta devoção e com prejuízo de todas as outras brincadeiras, que abanava o turíbulo com tanta ponderação na direção de nhô padre evitando sufocá-lo com o cheiro do breu, que estava sempre e a toda a hora pronto para todos os mandados de nhô padre, certamente que merecia tratamento diferente dos restantes. Sabia que se Ele quisesse era coisa que não lhe custava absolutamente nada a fazer. Conhecia bem todos os milagres desde a multiplicação dos pães até a água que virava vinho, incluindo todos os coxos e paralíticos que Ele tinha curado, sem já falar do milagre supremo que tinha sido a ressurreição do Lázaro. E por isso considerei aquilo uma ofensa pessoal, uma falta de consideração para com um servidor dedicado e decidi que me vingaria bebendo o vinho de missa pelo cálice, fizesse ele depois o que quisesse.

Mas, não obstante a minha posição de princípio, levei ainda alguns dias na ponderação daquele assunto. E se o cálice me ficasse mesmo pendurado da boca? E se, mal o tocasse, ele se prendesse às minhas mãos e de tal forma que se tornasse necessário amputá-las? Aquilo parecia mesmo uma tentação d'Aquele Homem e por isso tão depressa concluía que era um grande pecado mortal como achava que não deveria ter uma importância por aí além. No fundo no fundo, comecei a justificar-me, um cálice era apenas um cálice: serve para beber vinho! Que seja d'ouro ou não, ou mais ou menos cravejado de pedras preciosas, serve só e apenas para beber vinho e mais nada. E, de fato, beber vinho por aquilo devia ser uma coisa diferente, sabe... Mas e se eu ficasse com ele encroncado nas mãos! Bem, Deus não iria punir uma falta tão leve com um castigo tão pesado...

Embora exemplos em contrário e em abono da sua mão mais do que pesada não faltassem. Havia a estória do homem que tinha abusivamente aberto o sacrário e lá metido as suas mãos para surrupiar umas hóstias. Era de noite e no dia seguinte o sacristão tinha-o encontrado caído sobre o altar, tremendo como varas verdes, com as mãos metidas dentro do sacrário e sem as poder retirar. Os poderes do padre tinham sido impotentes diante de um pecado tão grave e foi necessário chamar o bispo, depois o cardeal e finalmente o papa, e mesmo ele só tinha conseguido operar o milagre de retirar o coitado daquela situação difícil depois de três dias de jejum natural e orações contínuas.

Sim, argumentava logo em contrário, o sacrário deve ser uma coisa mais sagrada do que o cálice, o cálice antes da cerimônia da consagração é apenas um objeto benzido enquanto o sacrário guarda a própria hóstia consagrada, o próprio corpo de Cristo em pessoa... E à sucapa eu já pegava o cálice com as mãos nuas, já fazia ameaça de o levar à boca, embora ainda sem vinho. Porque havia um outro problema: quem me garantiria que nhô padre não me surpreenderia na marosca? Porque se tal acontecesse seria o diabo em casa, porrada de criar bicho, vara que nunca mais acabaria. És um bicho sem rabo, costumava dizer-me meu pai, com um rabo de farrapo, ficavas um bicho perfeito. De fato só a isso se limitavam as suas repreensões, mas com a mamã a coisa era mais séria porque ela não só gostava de bater como quando começava não sabia parar e uma falta daquela gravidade seria praticamente um dia ou mais de pancada, porque ela sabia tão bem dosear as suas sovas que, se a falta era muito grave e merecedora de castigo severo, ela dava logo na hora uma sova mestra e depois ao longo do dia e mesmo nos dias seguintes continuava aplicando pequenos açoites, uma pescoçada aqui, um bom puxão de orelha acolá, sempre acompanhado de "não sei a quem tu saíste", "não tens pele de gente na cara", "vai varrer-me aquele quintal que nem para isso tens serventia"...

Mas no dia da chegada de Craveiro Lopes eu sabia que não havia qualquer hipótese de nhô padre me surpreender porque eu tinha ficado encarregado de começar a tocar os sinos logo que os foguetes começassem a estrelejar, sinal de que a lancha estava a atracar no cais. O velho pontão de madeira estava já arranjado, agora completamente novo, a escadinha de desembarque tinha sido substituída por uma outra com patamar e até já era possível ir passear de noite por aqueles lados sem perigo de se cair no mar através dos buracos. Pena foi ter sido encurtado um bocadinho, comentava-se, mas parece que a madeira que tinham mandado não tinha chegado para todo o serviço. Porém, em compensação, as duas ruas por onde Sexa e comitiva deveriam passar estavam engalanadas com ramos e flores de tamareira e todo o povo da ilha já esperava por baixo de um enorme dístico colocado logo à entrada do cais onde se podia ler em letras negras e enormes "**AQUI É PORTUGAL**".

Esta era aliás outra novidade que aprendíamos pela primeira vez, porque não obstante a bandeira içada na Câmara todos os domingos e todas as lições da História de Portugal e da geografia do continente e as cantigas da mocidade portuguesa que cantávamos a plenos pulmões celebrando os valentes portugueses que no dia da Restauração nos tinham dado livre a nação, nunca nos tinha ocorrido que estávamos a estudar "terras nossas", pensávamos que saber de cor aquelas coisas era apenas condição necessário para se fazer a 4.a classe.

As instruções eram simples. Craveiro Lopes no patamar, foguete no ar, sino repinicado na igreja. Ora com Craveiro Lopes no patamar, nhô padre tinha que estar obrigatoriamente no cais e sem qualquer possibilidade de inventar naquele momento uma desculpa para ir à igreja. E assim eu ficava dono da igreja, com vinho à disposição e cálice à mão.

Felizmente que havia sempre voluntários para tocar sino porque aquilo era considerado como uma arte em que a monzada de cada um era logo reconhecida pelos entendidos em coisas de igreja. André, por exemplo, era fraco em ajudar a missa, não tinha cabeça para decorar todas aquelas longas frases em latim com que deveria responder ao padre, o máximo que ele tinha conseguido decorar era "et cum spiritu tuo", mas em compensação tocava o sino com virtuosismo e era mesmo um apaixonado conhecedor da monzada de cada um de nós a qualquer distância, embora achasse e dissesse a quem queria ouvir que a sua monzada era a melhor, ninguém o igualava a tocar o sino grande. Tinha havido mesmo um dia de Santa Isabel que ele esteve doente, não pôde ir para a igreja porque estava de cama e com febre.

Estava deitado de cabeça coberta, tiritando de frio e em convulsões, Mana Iria às voltas com ele com chá de limão e outras fricções, mas quando ouviu o sino, que achou mal tocado, como se fosse um simples tambor em festa de casamento, destapou-se, soergueu-se: Ah, mamã, lamentou-se para Mana Iria, longe de nha monzada!

Ao primeiro foguete iniciei o toque com uma pancada festiva e depois deixei Pichinha na torre da igreja escavacando o sino com dois pedaços de ferro e desci velozmente as escadas. Cheguei ofegante junto ao altar, despejei uma pinga de vinho no cálice e emborquei-o, engolindo-o a custo. Não estava habituado a beber vinho e por isso achei-o com um sabor doce mas ao mesmo tempo amargo, como se fosse feito com tâmaras verdes, mas de qualquer modo muito pouco agradável. Limpei o cálice à pressa, mesmo que nhô padre encontrasse algum pano molhado não lhe iria ocorrer que eu tinha feito semelhante coisa, e corri na ponta dos pés até à porta. "Dentro da igreja não se deve correr nem andar muito depressa", ensinava-nos padre Higgino, mas daquela vez tratava-se de um caso de emergência. Ele tinha dito que os sinos "deveriam repicar festivamente" até que o Homem chegasse à Câmara Municipal e Pichinha, espreitando do alto da torre, acompanhava o cortejo e martelava furiosamente. Vi que a multidão já estava no largo da Câmara, Justina, da janela da casa da mãe, seguia todo o movimento com os olhos enquanto dava de mamar ao Nove Horas. Toda a gente dizia que Nove Horas era cara do pai, "cara d'aquel home", mas Justina já se tinha resignado a ficar com filho sem pai e nada mais dizia senão que "chuva deu, ele nasceu". Tinha começado a dar-lhe de mamar quando a força do leite lhe fez doer as mamas e acabou por aceitar o seu inocentinho. Chamava-o de Justino, mas as pessoas chamavam-no de Nove Horas, por ter sido recuperado da "lata de nove horas".

Corri para a porta da Câmara ainda a tempo de chegar antes das pessoas. Os residentes corriam à frente do Homem, toda a gente queria vê-lo de perto, tocá-lo com as mãos e por isso o protocolo estava desmanchado. Niné de Chalau, varredor municipal, furou pelo meio das pessoas importantes, abraçou o primeiro que apanhou a jeito porque estavam todos vestidos de branco e gritou, Viva o Senhor Presidente! O abraçado, sorrindo, apontou o verdadeiro, mas Niné não se desmanchou, disse: É a mesma coisa! Tudo é presidente, e beijou o homem na cara. Eu já tinha encontrado uma boa posição junto da janela do quintal quando o cortejo entrou na Câmara e ocupou a grande mesa ornamentada com flores e a bandeira das quinas. No silêncio profundo que se seguiu apenas víamos o Sr. Coralido esticando-se na farda preta com muitos botões amarelos com que estava vestido, contrastando com todos aqueles forasteiros vestidos de branco da cabeça aos pés tal qual os macongos a sair de dentro do mar em noite de lua cheia. Não gostávamos dele por causa do malfeito que tinha feito à Justina, mas, honra seja feita, ele estava lindo e imponente e todos nós nos sentimos naquele momento orgulhosos dele quando se levantou, puxou do bolso um papel e leu sem ter uma única vez gaguejado: "Senhor Presidente da República — Excelência: concedeu o destino à minha humilde pessoa a subida honra de receber o mais alto magistrado da gloriosa Nação Portuguesa, ao visitar pela primeira vez a ilha da Boa Vista. Imposta pelas funções do meu cargo, cabe-me a grande honra de apresentar a V. Excia, Senhor Presidente da República, em nome dos habitantes da Boa Vista, as nossas respeitosas saudações e cumprimentos de boas-vindas. Desobrigo-me desta missão com a mais grata satisfação, porque representa o sentir unânime de quantos nestas terras labutam em prol de um Portugal cada vez..." E por entre vivas e aplausos, mais dos boavistenses que dos estrangeiros, o Sr. Coralido falou da lealdade e solidariedade da portuguesíssima Boa Vista e lamentou que as suas descoloridas palavras não traduzissem para o presidente todo o êxtase e subjetividade que sentíamos naquele memorável dia que ficaria para sempre gravado em letras de ouro na história da nossa ilha...

Êxtase... Subjetividade. Já completamente esquecido do meu pecado mortal eu tentava entender o significado daquelas palavras. Olhei em redor e disse alto: êxtase, subjetividade, e logo subiu um, cala a boca, menino de trampa!, mas mesmo assim fiquei repetindo êxtase, subjetividade, tentando fixá-las para depois perguntar a nhô padre se por acaso ele sabia o que significavam e fui perdendo parte do discurso até que o Sr. Coralido me espantou quando gritou: "Nesta hora em que Portugal, mais uma vez, com a realização dos seus pulcros ideais de ordem e fraternidade, constitui um exemplo maravilhoso para o Mundo, nesta hora, a mais feliz da minha existência..."

Mas justamente nessa hora fui brutalmente empurrado e afastado da janela por uma vaga humana que a todo o custo queria ver com os seus olhos o orador. Protestei gritando, Abusado! Filho da puta!, mas o certo é que fiquei longe do percetível alcance da voz do Sr. Coralido e afastei-me cabisbaixo à procura de um lugar melhor posicionado, mas entretanto deram palmas, muitas palmas e alguém disse: Vão agora inaugurar a enfermaria!

Era de fato e finalmente a inauguração da enfermaria de Ti Fulinho e Mari Bijóme, agora já pronta, toda novinha, pintada de verde-claro, com varandinhas de chão vermelho. Nhô padre espargiu toda a enfermaria com água-benta e o Dr. Sá, um indiano, abriu discurso: "Com o ato inaugural desta enfermaria regional, disse ele, Portugal acaba de apresentar ao mundo outro dos seus aspectos mais importantes: o de protetor dos seus povos de Além-Mar. São hospitais, são dispensários, são enfermarias, maternidades, escolas, etc., e, principalmente, obras de hidráulica agrícola, que se constroem a cada momento. Tudo isto, meus senhores..." Dr. Sá ia passar para a folha seguinte, era um macinho de folhas soltas, os papéis caíram, Sr. Coralido dobrou-se pressuroso, ajudou a juntar as folhas, Dr. Sá enervou-se, as mãos começaram a tremer-lhe, já não sabia em que folha estava lendo, o enfermeiro ao lado disse-lhe: Agora é folha quatro!, Dr. Sá retomou, gaguejou finalmente: "Tudo isto meus senhores é obra do Estado Novo, deste governo de restauração da unidade nacional que se implantou para nos trazer a paz, a tranquilidade, o bem-estar, porque à testa do Governo se colocou um homem inteligente, de sentimentos elevados, de qualidades invulgares, um estadista como há poucos no mundo: esse homem é Salazar. É clara, firme, positiva e simples a sua obra, já alguém o disse. A enfermaria regional, como acabei de dizer, é um exemplo vivo de quanto a Mãe-Pátria se interessa pelos povos dos seus territórios de Além-Mar. Como a mãe que dá o peito ao filho, para o criar robusto, assim Portugal dá ao Ultramar médicos, missionários, hospitais, maternidades, dispensários, etc., tudo para o bem-estar físico e moral, para que daí nasçam filhos robustos, um povo são, uma unidade nacional perfeita."

À noite perguntei a nhô padre o que significavam "êxtase" e "subjetividade", mas nhô padre era italiano, deficiente em português, chegava mesmo a dizer coisas como "eu curvia a cabeça" e êxtase e subjetividade eram palavras novas para ele. Logo nos primeiros tempos da sua chegada à Boa Vista tínhamos tido um trabalho louco a traduzir o epitáfio de Maria de Patingole, ele com um dicionário de inglês-português, eu com um dicionário de português, ambos emprestados ao Nilo de nha

Zabel de Antônia Prisca, tínhamos passado quase uma tarde inteira a traduzir que aqui estão enterrados *the remains*, os restos mortais, de Júlia Maria Louisa, *the beloved*, duas vezes amada... talvez melhor ficasse a muito amada, filha de Charles Pettingal, *arbitrator*, podia--se traduzir por árbitro ou juiz, de Sua Majestade Britânica na *Court... court* tanto podia ser o tribunal, como a corte dos reis ou mesmo um simples pátio ou quintal, da *Mixed Comission...* Comissão Mista, nascida em janeiro de 1825 e falecida a 21 de novembro de 1845...

Pulcra, disse ele, não havia dúvida de que vinha de pulcra: *tota pulcra est Maria*! Agora êxtase e subjetividade... Aliás, disse ele, tinha ido receber o Homem e não ouvir discurso. Criticou mesmo muito asperamente que, depois de embarcar o Presidente da República, certos indivíduos da ilha tivessem carregado o administrador aos ombros do cais para a Câmara onde ele voltou a fazer novo discurso. Ele, nhô padre, não entendia aquela atitude. Um homem daqueles que além de outras maldades tinha levado uma rapariga honesta à desgraça e quase à beira do assassínio, ser carregado aos ombros! Não! Era perfeitamente incompreensível. E logo pediu-me para dizer à Justina para lhe dar uma fala pois precisava falar com ela. Queria lembrar-lhe do batismo da criança, acrescentou, a criança precisava ser batizada, não se punha quaisquer problemas quanto aos quinze escudos que era o preço do batismo. Deu-me mesmo um chocolate para levar a Justina.

Justina aceitou o chocolate mas sorriu muito do recado e disse: Nhô padre é um bom perigoso que está lá. Ele já me tomou de cavaquinho, mas diz-lhe para me largar da mão. E como eu protestasse e dissesse que também achava que o menino precisava ser batizado, Justina sorriu mais e disse: Ah!, agora também és alcoviteiro de nhô padre?

Alcoviteiro era palavra que eu conhecia bem, mas referido a nhô padre senti-o como uma infâmia. Nhô padre, um homem que só cuidava para que se o Nove Horas morresse assim pequenino não fosse diretamente para o Limbo, ficando, sem qualquer culpa, privado para sempre da gloriosa presença de Deus! Defendi briosamente a minha e a honra de nhô padre, dizendo maldosamente: Se Nove Horas morrer!...

Certamente que eu esperava outra reação de Justina. O menino era chamado de Nove Horas só na ausência dela: O nome dele é Justino, disse, e a sua voz era mansa e triste e olhei para ela e tinha os olhos cheios de água que depois escorreram para o nariz e desceram para a boca. Eu tinha estado à espera de um desaforo qualquer, não daquilo, e fiquei embatucado olhando Justina chorando e depois começou a soluçar e vi que dois fiozinhos de catarro lhe saíam do nariz e se repousavam sobre os seus lábios e conforme ela soluçava o catarro subia e descia, entrava no nariz e saía outra vez, Justino no regaço da mãe deixava-se embalar pelos soluços sorrindo para mim, então aproximei-me manso, sentei-me no chão junto de Justina, encostei a minha cabeça na perna dela, olhei-a, ela correu sua mão pela minha cabeça e aí senti que não aguentava mais e deixei escorrer as lágrimas que tinha estado a reprimir, a mão de Justina na minha cabeça, Justino sorrindo, o seu cabelinho fino descendo pela testa e eu só sabendo encostar a minha cara na perna de Justina e soluçar devagarinho e sentia aquela mão quente em mim e queria que nunca mais acabasse. Mas Justina assoou-se e disse-me para não chorar e eu continuei encostado nela sem conseguir desapegar enquanto a ouvia dizer que eram todos a mesma coisa, del padre, del administrador, o que queriam era passar sabe e fazer desgraça de criatura. Não era de agora que nhô padre tinha seca com ela, não. Mesmo muito antes de ela surdir no seu estado. Mandava-lhe recados para ir falar com ele, dava-lhe presentes. Nunca me viste com um lenço vermelho na cabeça? Pois foi nhô padre quem mo deu. Nhô padre tinha chegado mesmo a fazer-lhe propostas.

Que seria só uma vez, etc. Mas com padre? Deus livre! De certeza que seria um grande pecado. Até que um dia nhô padre a viu na praia de Cabral e aproximou-se dela e sentando-se ao seu lado subiu a batina e pediu-lhe: Pega aqui!

Ela tinha fugido e nunca mais tinha ido à casa de nhô padre. Que nhô padre era bom homem, sem dúvida que era, mas mulher de padre, nunca. Já tinha caído numa tentação, tinha sido o seu destino, toda a gente sabe que mulher é parte fraca. Pois sim senhor! Haveria de criar o seu filho com ajuda e poder de Deus. Outros cresciam, porque que Justino também não haveria de crescer com fé em Deus! Era um castigo, mas ela carregava a sua cruz. Ah homens! Só enchidos num saco e deitados no mar e depois chorar o saco. Nenhum deles tirava companheiro de bordeira...

Sentado aos pés de Justina eu ouvia essas coisas que saíam de dentro do catarro que lhe brincava por baixo do nariz porque ela tinha voltado a chorar e parece que choro e catarro andam combinados, e só fiquei feliz quando Justina sorriu, desembrulhou o chocolate, deu-me um pedaço e comeu o resto. Justino viu-nos a comer, abriu pito na goela, Justina disse, ele quer também a sua parte e pôs-lhe a boca na mama. Justino chupou com sofreguidão, respirando satisfeito e eu sorri porque era justamente como faziam os porquinhos quando a mãe se deitava e eles conseguiam alcançar as mamas. Justino mamou pachorrento e quando largou a mama Justina começou a esfregar-lhe as costas até que um arroto soluçado saiu de dentro dele e ele continuou soluçando mole e pesado. A mãe assoprou-lhe na testa, depois puxou dois fios do pedaço de lençol que lhe servia de fralda e fez-lhe uma cruz na testa.

Sabias que ele nasceu no saco, perguntou ela. Eu já sabia, aliás toda a gente sabia que Justino tinha nascido no saco, que tinha sido só depois de recolhido da lata de nove horas que a avó lhe tinha retirado do saco. Só menino esperto é que nasce no saco, disse ela. Ainda ele vai ser um grande homem, para toda a gente ver! Deus há de ajudar-me a dar-lhe escola... Ah, se a mão me longasse as costas!... E colando Justino, atirando-o de mansinho ao ar e batendo-lhe leves palmadinhas nas costas com as pontas dos dedos, enquanto o mantinha agarrado entre o dedonha e a palma da mão, Justina cantava: Quem tem seu rapazinho, dá-lhe rabo de lagartixa, põe-o num pé de caninha verde, para ele poder criar gordinho.

Justino ria-se dessas coisas, queria mesmo já ensaiar gargalhadas, um sorridente soluço escapando-lhe de vez em quando: Ele rasgou o saco sozinho, acrescentou Justina. Quando a mamã o tirou do saco ele já tinha chorado. A gente não deve dizer essas coisas, para não quebrantar... Mas ele tinha um risco de uma ponta a outra da cabeça. Com fé em Deus, ele vai ser um menino esperto... Um grande homem!

Justina foi a minha segunda paixão séria. A primeira tinha sido uns tempos atrás, quando me deixei tomar de amores por D. Gracinha e que parecia corresponder a esse delicado sentimento mandando-me fazer-lhe toda a sorte de mandados e depois enchendo-me de guloseimas. D. Gracinha era uma excelente docista e os seus bolos de manteiga não podiam ter iguais no mundo inteiro. Qual doce vindo de Sãocente, qual doce vindo de Dakar! Eu amava D. Gracinha e os seus doces com igual fervor e acabei por me declarar inimigo figadal de quantos na minha casa a achavam feia, desengonçada e sem graça, afora o seu nome. Desejava-lhes todas as maldades do mundo, topadas de quebrar dedo, e contra aqueles que eram obrigados a sair de madrugada para irem para as hortas eu invocava as bruxas para os desorientar, fazê-los perder o caminho até caírem ao mar, de preferência onde havia tubarão. Mesmo a minha mãe mereceu a minha mais severa reprovação quando um dia se permitiu dizer que D. Gracinha tinha cara de enjoada. Cara de enjoada, D. Gracinha? Só para quem não tinha gosto! A sua voz era uma carícia quando falava comigo, em tudo muito diferente da da minha mãe que só sabia falar aos gritos e ameaçando pancada. De fato, D. Gracinha era um bocadinho magra e tinha espinhas na cara, mas eu nunca a tinha imaginado nua, parecia-me mesmo que ela nunca despia a bata azul com riscas brancas e que, no entanto, estava sempre limpa.

Para os seus mandados eu punha a pressa que só utilizava para os recados de meu pai. Meu pai dizia-me: Eu cuspo aqui no chão, tu vais fazer-me tal mandado e quero ver se és capaz de ainda voltar e encontrar o cuspo sem secar. E eu atravessava meio de Porto com o arco de ferro correndo na minha frente e não havia vidro no chão ou dedo estortegado capaz de me impedir de voltar e encontrar o cuspo ainda sem secar. Mas já para os mandados da minha mãe era aquela moleza, aquele inventar de pretextos para não ir ou pelo menos retardar o mais possível e depois aquele ir e esquecer e ficar. É que ela dizia sempre: Se não voltares depressa dou-te de vara! E assim eu ia de manhã e voltava à hora do almoço e já sabia que haveria vara à minha espera, porque ao sair de casa a vara já estava preparada atrás da porta. Mas para os mandados de D. Gracinha eu era a urgência em pessoa, nada era capaz de me distrair porque o que eu mais queria era estar ao pé dela e dos seus bolos de manteiga.

A nossa amizade tinha começado num dia de Ano-Novo em que eu tinha sido mandado pela minha mãe a casa dela para fazer um recado. Disse ao que ia e logo me despedi, mas ela pediu-me que esperasse um bocadinho. E voltou pouco depois com um pires cheio de amêndoas, figos, passas e outras coisas. Meus olhos griliram diante de tanta coisa boa de que nem sabia o nome, mas naquele momento, sem mesmo saber o porquê, tive orgulho em aplicar uma das regras máximas da minha mãe: Quando vos oferecerem alguma coisa fora de casa, dizem muito obrigado, mas nunca aceitem! E assim abanei a cabeça negando, disse muito obrigado, a mamã disse que a gente não deve aceitar coisa de gente...

Mas os meus olhos deviam estar chispando no pires porque D. Gracinha não insistiu, antes disse-me que esperasse mais um pouco e foi para dentro segunda vez e voltou com um pequeno embrulho e disse que era para mim e que ficaria muito feliz se eu o aceitasse. Seria mal-educado não aceitar.

Corri para casa, cheguei esbaforido e não tive sofrimento de esperar entrar para abrir o embrulho. Entrei comendo, abrindo o embrulho só uma nesga. Mas a meninada viu, correu para mim: Que é que estás a comer, quem te deu? Dá-me um... Abri mais uma nesguinha do embrulho, atirei uma ostensiva cuspidela lá para dentro. Foi uma carga de insultos: Patife! Manhento! Mão encolhida! Raça de João Galego!... Quando a mamã viu, cobou logo: Quem te mandou aceitar, não quero meninos manhentos na minha casa, graças a Deus ainda não faltou um bocado de comida nesta casa para cada um de vocês, já vos disse para não aceitarem comida de casa de ninguém...

Escapuli para trás de casa com o meu embrulho, fugindo da fúria da minha mãe que, sabia-o bem, acabaria necessariamente em pancada. Sentei-me no chiqueiro a comer os petiscos. Né viu-me da casa dele e aproximou-se, dividi com ele os figos e as passas sem lhe dizer que tinha cuspido neles. Depois vimos nhô Virisse que vinha de dar de comer às suas cabras. Não resisti: Nhô Virisse tem vice, gritei-lhe. P'tam na bo mã, respondeu na sua voz fininha.

Rimo-nos e Né propôs que fôssemos meter com o Tai. Tai morava numa casinha no quintal da casa de Niche e era um velho trôpego que vivia de esmolas e que tinha um medo da morte que se pelava. Assim a gente metia a cabeça num bueiro do quintal e gritava: Tai olá morte! Tai reagia brigando, nós saíamos correndo. Meti a cabeça no bueiro e gritei: Tai olá morte!, e ficamos à espera da reação de Tai para corrermos, mas Tai não reagiu dessa vez pelo que Né meteu a cabeça, gritou, qualquer coisa bateu, Né desabalou a correr, eu atrás dele. Né corria para a salina e ia gritando oi!, oi!, oi! Tai já matome, eu atrás dele, o quê, o quê!, alcancei-o, Né tinha um rasgão na cara de uma pedrada que Tai tinha atirado. Mal a dor maior passou, eu a curar Né com salmoura, começamos a pensar na vingança. Matar Tai! Era isso mesmo! Matar Tai! Tai era fraquinho, velho, nós os dois podíamos matá-lo sem esforço. Um agarrava-o, o outro apertava a goela. E rimos logo da barbicha de Tai a saltar de medo, Tai esperneando nas nossas mãos, e aí sentimos pena de Tai e decidimos que só iríamos pôr-lhe lume na casa. Mas tinha que ser de dia, numa hora que as pessoas pudessem ver para irem apagar o fogo, se não a palha da casa poderia arder toda e aí Tai ficaria na rua.

Mas não chegamos a exercer a vingança porque após obter no dia seguinte uma caixa de fósforos e mesmo na hora em que íamos incendiar a casa de Tai, Né lembrou-se que ainda o melhor de tudo era a gente fazer feitiço contra Tai e de forma a ele morrer à míngua.

Jonzona tinha ensinado a Né os rudimentos da arte de S. Cipriano e um deles era incubar um lagarto num ovo enterrado em estrume. Depois de o lagarto crescido, ele era retirado do ovo e metido numa caixinha e podia-se andar com ele para qualquer lugar e pedir-lhe tudo o que a gente quisesse, fosse o que fosse. Havia só um inconveniente: Ficávamos para sempre com a alma vendida ao diabo. Depois da morte, a nossa alma era dele sem qualquer apelo. Mas mesmo assim não hesitamos porque o primeiro trabalho do lagartinho seria destruir Tai. E seria muito mais sabe porque estaríamos a ver Tai morrer devagarinho e ninguém nos poderia acusar ou bater. E assim enterramos cada um o seu ovo numa covinha atrás de cá ti Dódó, devidamente aconchegados em estrume e disfarçadamente cobertos com uma pedra. Mas primeiro tivemos que trabalhar a casca do ovo de modo a retirá-la sem partir a película, porque era necessário todos os dias, justamente ao meio-dia, destapar o buraco e colocar o dedinho mindinho sobre a película e deixar ali um bom bocado e que era a forma de o lagarto que crescia lá dentro se alimentar com o nosso sangue. E assim durante dias toda a gente nos via sossegadamente atrás de cá ti Dódó, "inventando alguma demonaria", na verdade alimentando os nossos lagartinhos que, pelos fins, até já sentíamos a mexer dentro do ovo ou carinhosamente encostado aos nossos dedos. A primeira vingança seria matar Tai, mas o lagarto servia para tudo, inclusive para deixar as pessoas com a mão no ar quando iam bater-nos. Havia apenas um problema: não sabíamos quantos dias o ovo deveria chocar para ter o lagarto pronto. Mas como as galinhas chocavam os pintos durante 21 dias, decidimos que seria esse o tempo certo, não obstante de vez em quando um estranho frêmito de prazer e poder nos percorrer o corpo quando sentíamos o lagarto a mover-se preguiçosamente e a encostar-se ao dedinho para se alimentar, porque o lagarto alimentava-se chupando o sangue no nosso dedinho embora a gente não sentisse qualquer picada, apenas uma agradável comichão. E no 21.o dia, ao meio-dia justo, rasgamos as películas. Os ovos estavam chocos, cheirando mais mal que pele de cabra sem sal.

Foi sem dúvida um momento de grande desânimo, porque decerto tínhamos falhado em algum pormenor. Né voltou a reconstituir todos os ensinamentos de Jonzona. Sabíamos que Jonzona era luado, mas quando explicara a coisa estava perfeitamente bom... Só se era por causa de não lavarmos as mãos antes de colocar o dedo no ovo, ou então o estrume não ser bom, ou então o sol não estar sempre forte... Ele não disse se era estrume de burro ou de cabra? Não, não tinha dito. Ele disse meio-dia ou meia-noite? Bem, de fato ele tinha dito que meia-noite é melhor, mas que meio-dia também poderia servir por ser tudo horas minguadas...

Optamos pela pequena vingança de atirar os ovos chocos para dentro da casa do Tai. Tai saiu atrás de nós tropeçando nas suas perninhas trêmulas, a barbicha pontiaguda espetada para frente engrolando contra nós os seus palavrões e eu corri para casa. Entrei completamente esquecido de que tinha vara de tarafe à espera. A primeira varada apanhou-me em cheio porque estava desprevenido, a segunda mais ou menos, a terceira ficou no ar porque eu já estava na rua. Do largo gritei, só para chatear: Vou matar cabeça!, mas ninguém me ligou qualquer importância. Uma vez um irmão meu tinha utilizado esse estratagema com muito bons resultados porque depois de uma sova declarou que se ia matar e desapareceu. Era de tardinha e de noite todo o mundo saiu a procurá-lo, na ourela do mar, no meio-de-banco pelos lados de Hortinha, Baxom, Pa Bedjo, etc., tudo sem resultado, e regressaram tristes e desanimados e em guisa bradada, para afinal o encontrarem adormecido junto do chiqueiro atrás da casa. Ele tinha sido carinhosamente carregado ao colo para casa, coitadinho do meu filho nessa geada, chorava a mamã, vejam como ele está morto de frio!, e foi logo gemada para o despertar e durante dias seguidos foi o alvo de toda a casta de mimos e atenções. E assim eu tentava o meu golpe, mas ninguém se ralou comigo e por isso fui para meio de Porto. E viria a ser precisamente nesse dia o início do meu namoro com a D. Gracinha.

Porque passando perto da casa dela, ela viu-me e chamou-me. Podia fazer o favor de ir comprar-lhe uns ovos? Com certeza, minha senhora! Sempre às suas ordens! Ela sorriu, admirou muito a minha educação e eu sorri ainda cansado da corrida. Uma vez Ti Pó tinha-me pedido para ir comprar-lhe cigarros e quando voltei ele disse: Muito obrigado, és bom rapaz! E eu feliz: Sempre às ordens, quanto menos incomodar melhor! Ti Pó tinha-se zangado muito. Meninos de agora eram todos uns malcriados! Aquilo era conversa de gente... Quanto menos incomodar melhor! Atrevido. Faço queixa ao teu pai. E assim descobri que aquela frase não era a melhor e mais correta, embora certamente a tivesse lido em algum livro, e por isso fiquei só com "sempre às suas ordens".

Quando voltei com os ovos, D. Gracinha reparou nos meus arranhões. Que me tinha acontecido! Tinha caído? Não, fui franco, tinha sido a mamã que... Mas como podia a mamã bater num rapazinho tão bem-educado como eu, tão prestável... Queria ficar para almoçar?

Almocei, lanchei, jantei, apareci em casa de noite. Mamã só disse: Eu já rezei o meu terço, não estou para te bater agora.

E assim no dia seguinte saí depois do café e voltei depois do terço e durante todos os outros dias e durante muito tempo fiquei preso à barra da bata de D. Gracinha e dos seus bolos de manteiga. Era uma adoração silenciosa, correspondida sem dúvida pela mão cariciosa passada na minha escovinha e alimentada a doces e que durou até que senti cres15cer em mim a grande paixão pela Justina. É que uma inconcebível timidez me prendia diante de

D. Gracinha e nem me atrevia a olhar para a cara dela, cachorro submisso frente ao seu sorriso triste, sempre alerta aos seus mandados.

D. Gracinha abriu-me o mundo do *cowboy*. Ela lia-os às centenas e eu passei a lê-los às centenas, maravilhado com aquele mundo de homens valentes que com uma única bala matavam cinco bandidos, de tabernas destruídas a murro, dos grandes espelhos que denunciavam qualquer gesto traiçoeiro contra o herói. Eram os doze pares da França modernizados e com pistola, sendo a mesma a valentia e pertinácia. Depois o meu mundo povoou-se com *A Volta ao Mundo pelos Dois Aventureiros, Aventuras do Capitão Laurence da Arábia*, e a minha paixão pela D. Gracinha foi-se a pouco e pouco amainando, substituída pelo Alex e pelo Roger. Já só a visitava para trocar os livros porque aquele mundo maravilhoso prendeu-me tantas horas em casa que a minha mãe chegou a recear que eu estivesse doente. Ela mesma já insinuava que eu lia demais, aquilo podia estragar-me a vista, que saísse, que fosse dar uma volta, não ficasse sempre em casa, etc., mas mal eu saía os meus heróis me apertavam de saudades e eu voltava. Nem a nhô padre eu já ligava, até porque andava amuado com ele pelo fato de ter dado uma estampa de uma santa ao André e não me ter dado a mim. Quando protestei, ainda por cima no meio de gente, ele disse que André tinha pedido e eu não. Orgulhoso, retorqui: Eu não pedo nada a ninguém!, mas foi uma gargalhada quase geral, não se diz "eu pedo", diz-se "eu peço", e eu fugi duplamente humilhado e já nem aparecia para ajudar a missa.

Mas quando comecei amando a Justina, o que eu queria era estar ao pé dela, sentar-me no chão enquanto ela amamentava o Justino e olhar para aquelas mamas bonitas, tesas de leite, roxas nas pontas. Pedi mesmo a Justina um dia que me deixasse mamar um bocadinho, mas cuspi logo aquele leite tão exageradamente doce que ficava enjoativo. Amei Justina passivamente, como já amara a

D. Gracinha, até que um dia fui num grupo grande de rapazes tirar grama. Fomos lá para os lados de Ricria onde havia boa grama e rapidamente cada um encheu o seu saco. Eram todos moços de 15 e 16 anos e após acabar o trabalho, a uma sentaram-se no chão e no meio de imensas gargalhadas começaram mexendo nas suas coisas, abrindo e fechando, para baixo e para cima. O que estão a fazer, perguntei espantado, mas rindo disseram que estavam tocando sacana. Fiquei um momento constrangido, mas depois puxei o meu e fiz como eles. Da coisa deles acabou por sair um líquido branco, do meu nada. Animaram-me dizendo que quando ficasse mais velho e me habituasse acabaria por sair. A partir daquele dia foi um desespero. A toda hora eu estava naquela brincadeira e nos lugares mais arrevesados. Qualquer canto me servia e só quando meu pai me apanhou em flagrante delito no sobrado da nossa casa e se comportou tão bem, fingindo nada ter visto, é que renunciei à punheta.

Só que a renúncia à sacana não significou senão um redobrar da minha paixão pela Justina, paixão agora canalizada e claramente denunciada pela forma como eu me colocava para ter um melhor panorama do seu meio-de-perna, impedido no entanto pelo detestável costume que ela tinha de se sentar sempre de pernas cruzadas.

Comecei conduzindo a conversa com Justina à roda de nhô padre, etc. e, inocente, quis que ela me explicasse como se fazia um menino. Justina perguntou-me se eu nunca tinha feito brincadeira de pai má mãe, eu respondi que não, embora já tivesse feito com uma prima minha e uma outra vizinha num dia em que nos tínhamos encontrado os três debaixo de um ceirão no quintal da nossa casa e depois tinha ido a correr para a minha mãe queixando-me que tinha feito xixi no lume e o meu pipi tinha ficado inchado por causa disso, mas Justina disse que ainda bem porque era coisa de não pode ser.

Mas meteu-se-me na cabeça que precisava vê-la nua e comecei buscando uma oportunidade de ir à sua casa na hora em que sabia que ela costumava tomar banho, tanto mais que lhe tinha dito uma frase que tinha lido num livro e da qual ela se tinha rido muito e sem se zangar: Tu tens umas coxas e umas mamas que criam água na boca! E assim, no dia em que chegou ao porto a novidade da moia do navio espanhol, com toda a gente alvoroçada pelas boas coisas que as moias proporcionavam e preparando-se para ir para a costa do mar, resolvi ir levar-lhe a notícia, esperançado de que talvez me chamasse para lhe esfregar as costas com sabão de potassa. A porta estava aberta, Justino dormia e senti que Justina estava no banho. Não chamei porque sabia de um buraco no cubículo de madeira que servia de casa de banho e nele meti um olho voraz. Justina viu-me, gritou em riso, ah malandro, já te apanhei!, espantei-me e corri espavorido e aos tropeções para a rua, justamente no momento em que nhô Eusebio atravessava meio de Porto a caminho da enfermaria nos braços do Lela e mais três homens, seguidos de uma grande procissão de gente, entre eles a sua mãe de filho, nha Damásia, que dali a pouco iria ser sua esposa *in articulo mortis*.

5

Nhô Eusebio viria a morrer poucas horas depois, vítima de um fulminante ataque de coisa de barriga e estômago, deixando no chão e entregues ao poder de Deus uma viúva, uma rapariga de casa posta e mais cinco filhos. Segundo nha Damásia, quando ela tinha decidido dar o alarme, nhô Eusebio já tinha enchido uma lata de petróleo de 20 litros, só a fazer serviço.

Ele tinha começado na sua bacia de cama, por sinal uma bacia de barro bastante grande que ela tinha mandado fazer de propósito porque a família era numerosa e os meninos estavam a ficar crescidos e com medo de sair de casa de madrugada para fazer o seu xixi na rua, e diga-se a verdade que com razão porque a gente nunca sabe o que pode encontrar quando sai da sua casa a horas minguadas, mas quando se viu que aquilo era uma coisa por demais, que era só encher a bacia e despejar na lata, às vezes nem tempo tinha de esperar pelo regresso da bacia, ele preferiu ir diretamente para a lata. Mas era uma posição bastante incômoda porque nhô Eusebio tinha que ficar de cócoras, apenas apoiado nas pernas por causa de a lata ter a boca muito larga para servir de assento, e também já estava a ficar muito fraco por causa de ir baixar tantas vezes seguidas, e então nha Damásia arranjou duas tabuinhas que colocou sobre a lata para nhô Eusebio poder sentar-se e assim ficar melhor acomodado para fazer o serviço mais descansado. Mas foi nessa altura que sobreveio o ataque de estômago, uma coisa inesperada porque não é normal um vivente tirar por cima e por baixo ao mesmo tempo e ela mesma tinha-lhe dito, filho de parida, será que Deus está a castigar-te por alguma coisa?

Mas em resumo geral e por alto, nha Damásia calculou que, entre barriga e estômago, nhô Eusebio teria enchido à vontade duas latas de petróleo, embora ninguém tivesse querido acreditar nas suas patacoadas e as pessoas que foram naquela noite levar os seus pêsames saíram da sua casa chocadas com esse monstruoso exagero. Sempre a mesma leviana, diziam, nem numa hora tão triste aquela mulher toma seriedade de gente grande.

E também nha Damásia fez questão de explicar a toda a gente que quis ouvir como a coisa tinha acontecido, sem poupar quaisquer pormenores, mesmo os mais difíceis. Antes de mais, contava, era preciso dizer que o falecido era doido por coisas doces. Bom chefe de família, bom pai, bom marido... Sim, marido, porque como vocês todos já sabem, casamos. Mesmo na hora da morte, mas casamos e os meus filhos já são todos filhos de casados, graças a Deus e ao padre italiano barbudo. Eusebio, coitado, não bebia nem fumava, mas tinha um defeito, se de fato aquilo podia ser um defeito, Deus o tenha na sua santa glória, mas tinha o defeito de gostar demais de coisas doces. Era sempre uma guerra declarada lá em casa quando havia qualquer coisa doce, fosse sucrinha, fosse rebuçado, fosse pirinha, porque Eusebio disputava tudo com os meninos, não via que eram crianças, queria tudo para ele sozinho, ninguém o conseguia convencer de que tinha que dividir com os filhos. E assim, tinha acontecido que naquela manhã tinha chegado uma encomenda da sua irmã de Dakar, açúcar de pedra, veludo, alfarroba, sapatos de plástico, umas roupas velhas e também uma caixinha que Eusébio adivinhou logo que era chocolate porque a cunhada nunca se esquecia de mandar umas pastas de chocolate, sabendo como sabia que era do que mais o falecido gostava. E ele sorrateiramente tinha pegado na caixa que escondeu e quando passou a confusão de abrir a encomenda, com toda aquela meninada a rodear aos gritos de, este é para mim!, este é para mim!, toda a gente a vestir e calçar sapatos de plástico...

Ela bem que tinha reparado que o falecido se tinha afastado com a caixinha na mão, mas depois, naquela algazarra de, está quieto, não mexas aqui, etc., tinha-se esquecido por completo dele e assim só depois do almoço, quando tudo já estava sossegado lá em casa, tinha visto a caixinha vazia em cima da mesa. Era uma caixinha bonitinha e por sinal ela mesma tinha chegado a pensar que a irmã a tinha mandado mesmo vazia, só para os meninos brincarem ou então para enfeite da casa.

Mas logo um bocadinho depois do almoço o falecido tinha começado a queixar-se que a barriga estava a dar-lhe voltas e depois disse que estava mesmo a doer-lhe, parecia mesmo estar desmanchada. E quase imediatamente a isso ele pediu spote, spote com urgência, depressa, depressa, já quase borrava as calças, e num dizendo e fazendo encheu a bacia de cama, ali sentado diante dela e dos meninos porque não tinham reservado. O quê que tu comeste que te desandou a barriga, perguntou nha Damásia e nhô Eusebio respondeu, sofrendo ali no spote, que só se fosse aquele chocolate. Mas nem lhe deu tempo de brigar com ele porque voltou logo a pedir bacia outra vez, e foi assim que começou aquela finação de encher e despejar, encher e despejar, até que ela se lembrou das tabuinhas.

Mas quando viu que aquilo era já uma coisa por demais, o falecido já sem pinga de sangue no corpo, os olhos fora da cabeça por causa daquele vômito que lhe saíra assim tão de repente, largando agora por baixo e por cima, ela não teve outro remédio, pôs a língua no céu d'boca, gritou pelo seu povo. Mesmo que se diz que a vizinhança é o parente mais próximo que a gente tem, porque de fato todos os vizinhos e mesmo gente de mais longe tinham chegado, tinham vindo a correr para lhes acudir naquela aflição. Mas para quê! Apenas para ver o falecido sentado naquela lata de petróleo a dar de corpo já contra a sua vontade, porque para os fins já só saía sangue puro. De fato alguém tinha falado em enfermaria, mas a sentar-se no bacio de dois em dois minutos, como é que ele poderia ir para a enfermaria assim! Foi só quando chegou o Lela... Lela era muito amigo do falecido, davam-se muito bem, embora Lela seja muito amigo da sua pinga e o falecido não usava nem para remédio. Mas Lela chegou... ele é homem viajado, que já viu mundo, capitão de ilhas e costas, e Lela disse logo: Para a enfermaria e já, se não ele morre ali sentado naquela lata!

Porque de fato o falecido estava num estado em que já nem aguentava o seu corpo ali sentado, ela Damásia é que estava a ampará-lo segurando-o pelos ombros. E assim ele tinha sido carregado para a enfermaria nos braços de quatro homens, o bacio por baixo pro que desse e viesse e ainda bem porque estavam mais ou menos a meio caminho quando tinha voltado a largar. O enfermeiro, aquele santo homem que Deus nos tinha mandado, por acaso não estava lá, mas, honra seja feita, veio a correr logo que foram chamá-lo a casa onde ainda descansava o almoço. Chegou, pôs uns aparelhinhos no falecido e disse logo que ele já estava sem pinga d'água no corpo. Agora só com "suor"... Soro, corrigiu Lela que, já de fato preto, ainda sério, se sentava a um canto. Pois é isto, suoro, continuava nha Damásia, mas donde suoro agora! Só na Praia ou na Sãocente. E ela tinha visto que o enfermeiro abanava a cabeça pesaroso: Nada a fazer. Só nhô padre!

Eu mesmo tinha corrido a chamar padre Higgino e de fato ele foi logo também cheio de boa vontade, já paramentado, eu ao lado com a caixinha dos santos óleos com que esfregou as mãos e a testa do falecido. Mas entretanto perguntou e ficou a saber que Eusebio não era casado, vivia de cama e mesa com mulher e filhos, até porque nha Damásia, na rua, mas bem perto da porta da enfermaria, dava finiquitos, amparada pelos vizinhos que lhe metiam na goela, quase à força, golinhos de água d'açúcar. Em estado de mancebia, disse nhô padre e de imediato providenciou casamento *in articulo mortis*, nhô Eusebio já estirado na cama, sem forças nem para o sim, nha Damásia soluçando um, "Sim! Oh nha mãe!, não tinhas nada que comer tantas coisas daquelas!", nhô Eusébio recebeu a extrema-unção justamente na hora em que pela última vez largava na cama.

Mas agora nha Damásia, mulher casada e honrada na hora da morte de Eusebio, contava essas coisa dolorosas aos que vinham dar os pêsames, interrompendo-se de quando em quando para lançar uma guisinha quando entrava alguém mais chegado. A casa era um único compartimento com cozinha junto à porta e por isso mandava a tradição que nha D. Damásia, enquanto o corpo estivesse presente, se acomodasse em casa do vizinho mais próximo até a hora do enterro. Porque, praticamente logo após a extrema-unção, nhô Eusebio passou como um anjo e não obstante as faces encovadas, a cara chupada e os lábios franzidos como se estivesse a fazer uma careta, nha Damásia destapava-o para mostrar como "nha marido parece um anjinho" e recusou-se a deixar o seu marido entregue aos amigos e vizinhos. Quando lhe falaram em ir ficar ca ti Compa até a hora do enterro, ela que estava de corpo largado, recompôs-se imediatamente, deixou mesmo de dar ataque, disse que não largava seu marido por nada deste mundo. Pito que nunca viu canhoto, diziam as pessoas, também só morte de Eusebio lhe daria casamento. Morte d'aso, alimento de cachorro.

Não se perdoou a nha Damásia só ter falado do seu casamento e dos "chocolates" enquanto o corpo do falecido esteve sem terra. Mulher sem sentimento de gente, sentenciaram, e mesmo Djonai, que valorosa e corajosamente tinha começado a competir com ela durante a longa noite do velório a ver quem falava mais, acabou por desistir desanimado por um ataque de soluços, queixando-se que nha

Damásia falava que nem barata dado bolo. Para a gente meter uma colherada tem que lhe tapar a boca com a mão, disse ele e pela primeira vez na sua vida viu a sua afirmação apoiada por toda a gente. Porque a ideia que se tinha era que Djonai era a ignorância em pessoa e nhô Fernando resumia isso dizendo que "ignorância tem mais força que mar bravo", e por isso ninguém podia nada contra Djonai. Mas dessa vez Djonai viu-se apoiado e felicitado e por isso não se cansou de repetir que tinha saído da casa do falecido na hora em que tinha nascido. Porque ele estava sentado na sua loja sofrendo um ataque de soluço quando chegara no padre Varela a notícia daquela coisa de barriga desenfreada, o falecido enchendo latas de petróleo umas atrás das outras. Logo ele tinha-se lembrado do que tinha acontecido ao Ney Mané Romana e que quase o tinha posto de pé pra frente a caminho da Pedra Alta. Mas a estória era conhecida: Ney tinha ido consultar na enfermaria, estava a sentir-se sem força para o trabalho, o enfermeiro viu Ney e logo diagnosticou fraqueza, má alimentação e deu ao Ney um frasco de um xarope por ele mesmo manipulado e que tem o nome de "noventa e três". Ney levou o frasco para casa, provou uma colherada, era doce, era sabe. Não se precatou: fez logo um buraco num pão, encheu de xarope, assim como os meninos fazem com açúcar no pão, explicou Djonai, e comeu pão com xarope até tontar. Felizmente que quando lhe deu aquele desarranjo de barriga, Manteu vai, Manteu vem, lembrou-se e foi à enfermaria. Mas também nem pensar em caso de morte. Ele Djonai nunca tinha visto ninguém morrer de coisa de barriga. Com 60 anos de idade era a primeira vez e mesmo que os antigos já diziam que o mundo estava a mudar. Porque de fato a gente estava a ver cada coisa! Criança morrer de coisa de dente, isso sim, ele já tinha visto morrer. Agora gente grande morrer de coisa de barriga era a primeira vez. Credo em cruz, dizia, benzendo a barriga. Mas de fato Damásia parecia que estava luada. Não que não estivesse no seu tino, não senhor. Com ele Djonai lá na casa de morte, ela dissera que era bem capaz de tomar mais um pinguinho de água d'açúcar. Quando ele Djonai chegou ela tinha-o recebido logo com aquele brado de guisa: Djonai, Djonai, teu amigo Eusebio foi para terra de sodade! Resignação, filha, resignação! Foi vontade de Deus, era o seu dia e a sua hora que tinham chegado, embora seja verdade que muitas vezes a gente comete imprudências Djonai, Djonai, já não tens quem chamar

A Ilha Fantástica | 103

para te matar porco!... Lá isso era verdade! Porque falecido Eusebio, não só matava porco tão bem como aquele outro, o Moriçona, como até que era mais consciencioso, cortava um rabo como deve ser, sem os exageros abusados do Moriçona... É verdade, filha, mas paciência, temos que confortar com vontade de Deus. Mas Ele é grande, fecha uma porta, abre mil. Consolança!

Ney, por exemplo, passou por uma coisa parecida com aquela estória do xarope 93, mas... Mas qual estória! Damásia tomou-lhe a conversa, pegou-se a desbaratar sobre aquelas latas de petróleo. As pessoas estavam a criticar e com razão. De fato, Olga estava a mostrar muito mais sentimento, embora quem tivesse ficado casada fosse a Damásia. Se bem que um casamento assim de pouco mais ou menos era uma coisa que não valia a pena. Lela, que aliás e por sinal estava muito sério, via-se que não tinha tomado nada... quem diria que aquele rapaz era capaz de ficar um dia e uma noite inteira sem tomar nada, estando com dinheiro no bolso, de fato, só morte de Eusebio! Mas Lela tinha explicado a ele e a Djidjé que aquilo era um casamento mas também não era um casamento, porque tinha sido um casamento em artigo morto e no entender dele, Djonai, quando nhô padre os tinha casado Eusebio já era de fato um artigo morto, pois se até largou na cama diante de toda a gente. Coitado daquele rapaz! Logo agora que havia moia! Sim, porque Deus também havia de olhar para ele. Pena agora era a Olga estirada na cama e sem dar acordo de si. Tinha ido para a casa dela, sim senhor, se o falecido não fazia diferença entre as duas não era agora ele Djonai que ia fazer. Tinha-a encontrado deitada de lado, quatro pessoas a tentar virá-la sem conseguir mexer aquele corpanzil. Também, que gordura porca! Muita gente estava a dizer que Olga dera finiquito quando soubera que nhô padre tinha casado Eusebio e Damásia, mas ele Djonai achava que não, que aquilo era mesmo sentimento. Porque de fato, se Olga tivesse querido tinha ficado com Eusebio, Eusebio não tinha saído de casa. O que é, é que ela tinha mão leve, estava sempre a dar pancada no pobre Eusebio, coitado! Toda a gente diz que é uma vergonha um homem levar pancada de mulher, mas dondê que Eusebio, com aquele corpinho, tinha força para empeitar com Olga? Levava e bem levado! Por qualquer coisa, saía soco, saía bofetada. Ele mesmo vira um dia Eusebio a sair de casa, esfregando a cara. Se calhar naquele dia tinha sido bofetada!

E de fato Olga, a *Gorda*, como era chamada na sua ausência, tinha sido a primeira mãe de filho de nhô Eusebio. Chamavam-lhe a *Gorda* porque não só era alta como também exageradamente gorda, redonda como uma pipa de cem litros. Para a gozar costumavam dizer que bastaria tirar-lhe a cabeça para ela se transformar num guarda-fato de cinco portas. Mas todas essas coisas eram cochichadas só na sua ausência porque Olga era de gordura seca e ágil, carregava sozinha um saco de milho enquanto as outras mulheres eram ao par, ela pegava no saco e punha-o na cabeça sem ajuda de ninguém enquanto as outras precisavam de ser ajudadas e por isso era temida, espantava as mulheres, brigava com os homens e ainda não tinha aparecido ninguém capaz de lhe ganhar guerra.

Quando, depois de muitos anos de vivência e um filho morto, ficou a saber que Eusebio tinha arranjado rapariga, não se ralou muito, apenas esperou pela hora conveniente e foi bater a porta de nha Damásia. Nha Damásia perguntou quem é, bom de Deus, Olga respondeu proxe!, com voz calma, nha Damásia disse depois que lhe tinha parecido voz de gente de ca ma Compa e por isso é que abriu a porta. Mas o certo é que abriu e Olga entrou e puxou Eusebio de debaixo da cama onde ele entretanto se tinha escondido ao reconhecer a enorme figura a encher a porta, e aos pescoções levou-o de volta para casa. Enquanto isso, Damásia, que dera só um gritinho quando vira Olga tremia como vara verde encostada num canto. Mas Olga nem reparou nela, ocupada como estava em desencalacrar Eusebio de debaixo da cama. Home d'asneira, dizia-lhe, pedaço de porcaria! Vens espiar rapariga é debaixo da cama? Mas ou fosse apenas medo ou fosse mesmo verdade, o certo é que Eusebio dizia-se engatado numa tábua ou num ferro, ele não sabia bem, mas o certo é que quando Olga o agarrou pelas pernas que tinham ficado um pedaço de fora e o arrastou, veio Eusebio e veio cama e aí Damásia deixou escapar, ah nha cama!, e sentou-se nela. Eusebio lá conseguiu desengatar, Olga apanhou as calças que ele já tinha tirado e Eusebio lá foi para casa debaixo de pescoçadas: Atrevimento da tua parte em arranjar rapariga, ia-lhe Olga dizendo pelo caminho, já não estás bom para mulher, quanto mais para rapariga.

Olga não chegou a dizer nada a Damásia nesse dia "porque não tinha tido tempo", mas mandou-lhe recado para não se aproximar dela menos de vinte metros de distância, sob pena de ela Olga rincar nela aos bofetões. Porque logo no dia seguinte todo o meio de Porto já sabia de toda a estória com todos os pormenores e embora Damásia arrotasse basofarias inventando pegadas no cabelo a seu favor, a que acrescentou depois um soco no lombo da Olga, a verdade é que respeitou estritamente a determinação de não se aproximar a menos de vinte metros.

Sempre que nha Damásia via Olga desviava caminho, para não se meter em tentação, dizia para quem quisesse ouvir, e ficou mesmo algumas vezes sem ganhar o seu dia de trabalho na descarga de sacos no cais, porque Olga era um não faltar quando chegava navio no porto. Porém, tão longe não iam as exigências da Olga. Quando reparou no fato mandou-lhe recado de que dia de descarga no cais não era contado, trabalho de cada um é sagrado, não se pode brincar com barriga de filho de parida. Assim, os únicos dias em que nha Damásia se aproximava mais perto de Olga era nos dias das tréguas das descargas, mas sempre com cuidado para não se encontrarem cara a cara. Eusebio, esse fora proibido de sair de casa de noite e Olga e toda a gente ficou surpreendida quando Damásia surgiu grávida, embora houvesse rumores de que Eusebio saía de casa alta madrugada para ir para a pesca mas que afinal das contas ainda ia esperar clarear em casa de nha Damásia. Mas Olga que nunca soubera dessas peripécias de Eusebio ser visto a sair de casa de Damásia às cinco horas da manhã, quando viu Damásia de barriga deu uma última sova em Eusebio e pô-lo na rua com a sua malinha: Eu não preciso d'home quanto mais de porcaria d'home, disse-lhe. Mas Olga, que já não podia parir por causa do sebo que tinha nas entranhas, afeiçoou-se a todos os filhos de Eusebio, desde o primeiro. E com o passar do tempo as coisas tinham-se invertido, ela passara à rapariga e Damásia à mulher, situação que nhô padre veio a legitimar em artigo morto, como dizia Djonai.

Mas o certo é que Olga, carinhosamente assistida pela Justina, que preferiu deixar Justino aos cuidados da mãe para acompanhar aquela coitada naqueles dias tão maus, não deu mais acordo de si nem no dia da morte do Eusebio nem no dia do seu enterro e só três dias depois soube que o porto estava cheio de espanhóis e que havia moia no norte, embora os espanhóis tivessem chegado justamente quando o enterro de nhô Eusebio saía da igreja. Djonai comentou depois que tinha reparado que Vari, carpinteiro de obras finas, sim senhor, disto não restam dúvidas, bom em cadeiras, mesas, mesmo cadeiras de baloiço, igualzinhas àquelas que vêm de fora!... Mas tinha reparado que em matéria de caixões Vari não era tão bom como Sidônio. Claro que Sidônio já tinha uma grande prática, se calhar já fizera mais de mil caixões! Mas infelizmente estava no Sal, tinha sido de fato um azar para o Eusebio ter morrido de coisa de barriga e logo no dia seguinte à partida do Sidônio! Mas de resto estava bem, o caixão escapava e mesmo ele Eusebio estava muito bem amortalhado. Pena ninguém ter-se lembrado de lhe fazer a barba! Mas justamente quando o caixão saía da igreja, os marujos espanhóis passavam no meio de Porto. Todos montados em burros. Claro que se via que eram gente que não estava habituada a alimárias, explicava Djonai, todos tortos nas selas, uns quantos quase a cair. Claro que burro é um animal falso! Por mais que a gente os acarinhe, limpando carrapate, dando banho, dando ração de bandeja!... *Machinho*, por exemplo, é um falsão de primeira. Todos os dias tem a sua ração de bandeja! Deve ser dos poucos burros de meio de Porto que pode dizer à boca cheia que come milho todos os dias. Quando eu esqueço ele vem à porta e reclama batendo com cabeça e zurrando até eu lembrar. Mas qual quê! Ainda há dias espantou-se comigo, atirou-me ao chão, ia-me partindo a clavícula, dizia Djonai apontando o calcanhar. Mas os espanhóis... Coitados! Eusebio lá foi descansar! Agora eles!...

E foi verdade que a primeira coisa que os espanhóis viram ao entrar na vila de Sal Rei foi um enterro a sair da igreja, padre Higgino à frente comandando. Era de tardinha e quem não foi ao enterro de nhô Eusebio foi ver a chegada dos naufragados. Mesmo nha Damásia, aos berros na porta de casa com um lenço na mão acenando para Eusébio nha marido a caminho da Pedra Alta, parou um bocadinho o choro quando viu tantos homens em tantos burros molengões surgirem da esquina da igreja e atravessar o largo da Câmara. Ao ver o caixão, os espanhóis tentaram parar os burros. Mas todos recusaram parar, eles não sabiam fazer o xeeeeeeee! que é o travão do burro e por isso tiveram que se limitar a benzer, atravessando o largo.

Como gritou nha Damásia ainda na sua porta acenando com o lenço, nhô Eusebio partia para o eterno descanso da Pedra Alta deixando a moia para trás, sem fazer caso do *Marreab* encalhado na Baía das Gatas, *Marreab* que devia estar carregado de toda a espécie de comida de lata e outras coisas doces, dizia chorando, embora seja verdade que ainda não tinha chegado ao porto qualquer informação segura a respeito e a única coisa que se sabia era que um navio tinha encalhado e os tripulantes dado à costa. Aliás, João Manco, que desde o enterro de Ti Júlia passou a ser sempre solicitado para dizer duas palavras sobre todas as mortes da vila e povoações próximas, não deixou de referir, após as últimas orações de nhô padre, que sem dúvida que tinha sido uma verdadeira infelicidade o Eusébio ter morrido precisamente quando uma era de fartura se aproximava da ilha devido à abundância que todas as moias proporcionavam, sobretudo tratando-se de um navio de um país conhecido como um dos mais importantes do mundo.

Mas como reconheceu nhô Djonga dias depois, resumindo aliás a opinião geral, *Marreab*, como moia, tinha sido um fracasso. Um fracasso completo e total porque *Marreab*, além de velho, estava vazio, completamente vazio, ninguém entendia o que poderia estar a fazer um navio vazio nas costas da Boa Vista, tinha servido apenas para levantar antifa nas pessoas, abrir o espírito de cada um. Ah aqueles tempos em que naufragavam na costa navios carregados de toda a casta de coisa! Dizia-se mesmo, embora ele Djonga não confirmasse, não queria infernar a sua alma, mas dizia-se que a gente do norte chegava a apagar o farol e amarrar lanterna acesa no rabo dos burros para enganar os navios e levá-los ao naufrágio. Verdade ou mentira, ele não sabia, mas o certo é que frequentemente havia moia. Mas eram mesmo moias a sério, não esta asneira do *Marreab*. Ele Djonga lembrava-se ainda de uma moia farta quando ainda ele era rapazote de usar calções, mesmo muitos anos antes da guerra! Naquela altura havia fome rija porque não chovia, não havia trabalho de Estado, embora que na Boa Vista conseguia-se sempre escapar, era uma cabrinha, era um peixinho, graças a Deus que naquele tempo pé de pedra nunca deixava cristão com a sua caldeira emborcada. Nas outras ilhas é que era complicado, sobretudo na Praia, badio é um povo de barriga farta e por isso não aguenta morrinha de crise, até que tinha havido um levantamento e tinham deportado uma data de gente para Boa Vista. Cochô era um deles, vocês ainda são do tempo de Cochô? Um badio bom rapaz, mas desaforado lá fora. Não admitia abuso de ninguém, mesmo manco como tinha ficado depois que lhe tinham metido uma bala numa perna... Mas no meio daquela fome, um dia chegou notícia de moia no norte. Toda a gente largou para o norte, de burro, a pé, a cavalo, embora mais gente a pé que montada. Até Cochô tinha ido para as Gatas. Levou dois dias de caminho mas foi. Quando ele Djonga chegou, a zona das Gatas já era um mar de gente, a praia coberta de milho de Argentina, melancias, melões, lataria de toda a espécie e qualidade, toda aquela comida ali ao sol a estragar-se e toda a gente de largo, com medo de aproximar. Não havia polícias na ilha mas tinham arrebanhado todos os cabo-chefes e cabo-polícias do norte para guardar as coisas que davam à costa e ficavam apodrecendo ao sol sob a vigilância daqueles impostores de espada na mão e que não se cansavam de dizer para as pessoas: Cheguem p'ra trás! Não mexam em coisa de gente! etc. ... O primeiro dia foi o pior, estavam mais rigorosos, mas no segundo dia já estavam cansados, fartos daquele serviço e já fechavam os olhos um bocadinho. Mas o certo é que quando Cochô chegou no terceiro dia ainda havia guarda. Toda a gente estava à espera que ele chegasse e arranjasse má-criações, mas qual estória! Chegou manso, cumprimentador, salvando toda a gente, foi fazer um funco perto do quintalão onde ficavam os cabo-polícias e juntou-se a eles na conversa, na galhofa. Bem, uns dizem que ele lhes fez feitiçaria, outros dizem que não, que foi só conversa. Ele Djonga, católico praticante, não acreditava em feitiçarias e bruxedos, mas há coisas que a gente não sabe explicar, aliás toda a gente sabe que badio é perigoso nessas coisas!... Mas o certo é que no dia seguinte todos os cabo-polícias tinham ido embora, já não havia qualquer guarda e toda a gente encheu os seus sacos, carregou os seus burros de milho e latarias que saíam na costa. Essa sim, tinha sido uma moia farta, não esta asneira do *Marreab* que só tinha *brandy* e fusil.

Porém, o fato de *Marreab* não ser uma moia séria como as de antigamente não impediu que vivêssemos dias de grande alvoroço com aquela gente barbuda e simpática e que andava com os bolsos cheios de fuzis que nos ofereciam a torto e a direito. Disseram-nos depois que eram espanhóis e só sabiam falar espanhol mas a verdade é que dias depois já nos entendíamos perfeitamente e acabamos por invadir ca nha Bibi onde estavam instalados. Só o comandante é que estava num quarto sozinho e ainda bem. Porque via-se claramente que ele estava doido varrido. Não se misturava com ninguém e passou o seu tempo a dar longos passeios e a falar sozinho, fazendo grandes gestos com a mão como se estivesse a explicar alguma coisa. Mas com os marujos, já éramos amigos de trocar camisa. Iam para as nossas casas e até já comiam cachupa. E levavam isqueiros e *brandy Pedro Domec*, porque parecia que *Marreab* tinha um carregamento de isqueiro e *Pedro Domec*, e falavam dos seus filhos da nossa idade e que iam levar-nos para a Espanha. De noite misturavam-se com o pessoal da terra e pagodeavam à vontade, os espanhóis bebendo grogue, a gente da terra *Pedro Domec*, os espanhóis fartando-se de lagosta e perceves.

O geral alvoroço com os espanhóis só foi perturbado uma vez e foi quando se viu Olga, de luto carregado como se ela também tivesse ficado viúva, balançando o seu corpão rumo a casa de nha Damásia. Como ninguém sabia o que aquilo podia significar, se era paz ou se era guerra, o Largo de Santa Isabel ficou pendente dos passos pesados da Olga que parecia mais magra, desaparecido o largo sorriso alegre, até com os brincos forrados de preto. Levava na mão uma velha malinha, já escangalhada e amarrada em cruz com linha de pesca. Bateu à porta de nha Damásia, que estava encostada e apenas com uma fresta em sinal de luto fresco, e foi Tino, o primeiro filho de nha Damásia, quem veio abrir. Quando as pessoas no largo viram Olga a entrar tremeram de medo, o quê que aquela doida estaria a ir lá fazer e começaram a se aproximar para uma intervenção se fosse caso disso. Mas Olga disse a meia-voz que ia só levar os restos das coisas do Eusebio que estavam em casa dela. Mas quando viu Tino, não resistiu. Abraçou-se ao rapaz e largou guisa, guisa que de dentro foi secundada por nha Damásia. Caíram nos braços uma da outra e por longo tempo choraram juntas o seu homem. Deixa as pessoas falarem, disse nha Damásia em soluços, nós é que sentimos a nossa falta.

Mas a verdade é que ninguém falou, ou pelo menos não se falou mal. Pelo contrário, muita gente lembrou o encontro com lágrimas nos olhos e até Djonai confessou ter ficado com uma coisa atravessada na boca do estômago quando soube do abraço de reconciliação e do choro comum. Mesmo que a gente não deve dizer nem Quinta-Feira Maior, han! Aquelas lá, por exemplo, quem diria!, disse ele e contou aos espanhóis, em crioulo, toda a estória das latas de petróleo que o falecido tinha enchido de caca. Eles riam desavoradamente, passara já a tristeza dos primeiros dias, mas ninguém sabia se se riam por causa da estória se por causa do grogue que já bebiam como se nunca tivessem feito outra coisa na vida.

Mas o certo é que a opinião sobre as jaturas de nha Damásia durante o velório e o enterro mudaram consideravelmente e já não se falava dela como quem fala duma talobassa. Porque depois do abraço e choro comum, Damásia e Olga quase que juntaram os trapinhos. Começaram a trocar pratinhos de comida e depois visitas, ambas de luto carregado, ambas com os brincos forrados de preto, até que um dia surgiram no cais, as duas carregando um saco. Todo o mundo espantou-se, Olga costumava carregar um saco sozinha, mas nada disseram porque o corpanzil de Olga continuava a meter respeito e nha Damásia estava agora sob a proteção da Olga. Mas já se dizia à boca pequena que agora cozinha era só em casa d'Olga, que já ninguém via lume no pé de porta de nha Damásia, mas a verdade é que nha Damásia estava uma viúva com todo o proposto, já ninguém a via gritar na rua, pelo contrário, falava sempre baixinho, mesmo andar andava sempre devagarinho, de tal maneira que a carregar sacos do cais para o armazém de ca nhô David, enquanto as outras mulheres davam duas voltas, nha Damásia e Olga davam uma só.

Para Djonai tudo o resto estava certo, mas aquele falar baixinho incomodava-o. Que diabo, home!, quem a viu disparatar no dia da morte do falecido não a reconhece agora. Agora está até a querer dar ares de gente branco. Se bem que naquele dia ela estava de fato com cabecinha leve. Faltava-lhe só atirar pedras para ficar doida varrida. Mas que diabo, home! Até que um dia Djonai não resistiu, disse-lhe: Damásia, está tudo certo, mas Eusebio morreu vai para três semanas, já podes falar mais alto. Djonai, respondeu nha Damásia com a dignidade duma rainha ofendida, sou uma mulher casada e não admito desaforos. Mete-te na tua vida porque não tenho culpa de seres surdo e não teres sentimento. Djonai ficou embasbacado diante da profundidade deste discurso e também o riso dos espanhóis não o deixou falar, até porque pediam mais grogue, mais grogue e Djonai não tinha mãos a medir com eles. Não eram como esses safados e caloteiros da terra que era só fiado, só fiado, além de não cobrar ficava só a estragar o seu lápis no livro das dívidas. Mas os espanhóis partiram quatro semanas depois, numa tarde em que um navio enorme ficou ao largo e mandou uma gasolina vir buscá-los. Distribuíram pelos mais pequenos os restos dos fuzis, pelos mais grandes os restos de *Pedro Domec* e abraçaram todo o mundo, grandes e pequenos, o cais entupido de gente a despedir deles, mesmo lágrimas furtivas foram vistas em muitos olhos. Já na gasolina acenaram com as mãos e depois que se afastaram tiraram as camisas e por longo tempo acenaram com elas até que o navio grande os levou e não mais soubemos deles, e logo naquela noite já dizíamos, se calhar já chegaram em casa, não, ainda não, mas devem estar perto, e por muitos dias só falamos dos espanhóis, da falta dos espanhóis no meio de Porto, da saudade dos espanhóis, etc., até que, abruptamente, o vazio deixado pela sua partida foi preenchido pela novidade que correu a vila: na ca Fidjinho Titeia já havia aparelho de rádio, tinha chegado de S. Vicente, um rádio enorme, com a sua grande bateria ao lado, falava-se em qualquer parte do mundo e a gente ouvia, havia mesmo pessoas que diziam terem visto pequenos homenzinhos dentro do aparelho a falar.

Mas nunca ficou claramente estabelecida, quer a influência dos espanhóis quer a influência do aparelho de rádio de nhô Fidjinho na invenção do Nelson, embora todos nós estivéssemos certos de que alguma relação havia de certeza. Em primeiro lugar porque Nelson tinha sido um apaixonado dos espanhóis, onde estava um espanhol lá estava Nelson de certeza, dizia-se mesmo "mascote" dos espanhóis e até já pretendia dominar a língua deles.

D. Odália chegara mesmo a repreendê-lo com duas varadas, uma na cabeça, outra na ilharga quando ele levantara os braços para proteger a cabeça, num dia em que foi surpreendido na aula do quintal recitando que *lá casa* Pedro Domec *tiene por norma desde su fundacion en 1709 non concurrir con sus produtos a ninguna exposicion nacional ou estranjera*. À segunda varada Nelson disse, ai!, e D. Odália; ah!, já falas espanhol!, e Nelson, não, Sr.a professora, eu disse ai em crioulo!, e ela sorriu e ele chorando: Foi mesmo em crioulo! Foi mesmo em crioulo!

É certo que Nelson revelou sempre um espírito inventivo por excelência e por isso se Di era o homem da ação, ele era o homem do pensar. Solução que não surgisse dele, adeus!, de ninguém mais! Fora ele quem aconselhara uma vez um homem a montar a bicicleta em vez de montar na bicicleta para descer a íngreme encosta de Estância de Baixo a caminho de Rabil. Nelson passava, viu o homem atrapalhado, tentando conduzir a bicicleta mas a ser arrastado por ela, e o homem já suado, esfalfado e parado a meio da encosta e Nelson só disse-lhe, mas por que você não leva a bicicleta no ombro? Era de fato a única solução, simples, fácil, mas que não ocorrera ao homem e por isso ele disse: Oh menino, Deus há de criar p'ra bem!, e deu-lhe dez tostões e pôs a bicicleta ao ombro. Além de ter sido o primeiro a construir um papagaio com vela acesa dentro, que toda a gente via de noite por cima ca ti Guida, descobriu que quem esfregasse alho debaixo do braço na hora de ir para escola ficava com febre suficiente para faltar às aulas sem problemas. Porém, a sua descoberta máxima e de utilidade geral para nós foi quando um dia chegou de olhos grilidos e confidenciou-nos que se esfregássemos caca de galinha na mão antes de ir para escola, as palmatoadas não doíam quase nada. Antes de comunicar o fato ele fizera a experiência. Não tínhamos visto que ontem ele levou sem chorar? Pois era! Mas tinha que ser caca vermelha! Não de galinha vermelha, mas caca vermelha, parecida com chorrica de menino novo, e esfregada na mão ainda quente a sair da polpa da galinha. Esta confidência tinhanos sido feita na altura em que estudávamos todos os rios e serras de Portugal, desde Trás-os-Montes ao Algarve, sem deixar nada de fora e por mais boa cabeça que se tivesse, aquilo era de todo em todo impossível. Mas D. Odália era rigorosa, não admitia que os seus alunos não fizessem boa figura nos exames e por isso exigia aquilo tudo tintim por tintim, cada rio omitido valia uma varada, cada serra uma palmatoada. Por isso tínhamos utilizado o expediente de dividir os rios e as serras por zonas, por sistemas, como dizia o livro, e quando D. Odália chamava para a lição ela não reparava que ficávamos sempre na mesma ordem no semicírculo que se formava. Como sempre tinha sido Nelson o dono da ideia e segundo as suas instruções cada um estudava um sistema porque já se vira que D. Odália começava sempre do mesmo lado. Com um sistema bem sabido, cantado sem erro a exigir intervenção do aluno seguinte, tudo correria bem. E de fato, após contar os colegas e os sistemas, cada um ficou com o seu sistema ou o seu rio ou o seu cabo para decorar até à exaustão: sistema galaicoduriense: Peneda, Soajo e Gerês, entre os rios Minho e Cávado; Barroso e Falperra, entre... Mas o diabo tece-as! Não é que justamente naquele dia ela resolveu começar do outro lado! Ninguém sabia nada, porque o seu sistema era outro, tu!, tu!, tu!, nada, era de mais bater em tanta gente. D. Odália adiou a lição. Então Di introduziu uma modificação capaz de reparar esta brecha: manter a ordem do semicírculo e fazer duas contagens. Por exemplo: se ela começasse pela esquerda,

A Ilha Fantástica | 113

calhava a um o sistema cinco; se começasse pela direita, calhava-lhe o sistema oito. Portanto essa pessoa deveria decorar os sistemas cinco e oito. Esta solução funcionou razoavelmente, embora houvesse alunos que misturavam os sistemas, citando como sendo do Algarve rios do Minho, não distinguindo bem que Algarve era se ela começasse pela esquerda e Minho se pela direita. Acontecia às vezes que um irresponsável não citava todos os rios e serras, por exemplo, ficava a faltar um. Aí era uma chatice porque ninguém estava em condições de corrigir e era aquele levar na mão geral. Por isso é que a descoberta do Nelson chegava em boa hora. Saímos perseguindo as galinhas da zona da aula do quintal a ver se a cor da caca era vermelha, parecida com chorrica, mas disso apenas resultou apanharmos palmatoadas extra porque as donas das galinhas perseguidas deram uma interpretação menos nobre às nossas intenções e foram fazer queixa à professora. É que tinha acontecido que alguém tinha visto o Djongli a meter o dedo mindinho na polpa duma galinha e ele não conseguiu convencer ninguém que estava apenas a ver se a galinha tinha caca. Não senhor! O que ele estava era a ver se a galinha estava com ovo!

Mas mal tínhamos saído da experiência da caca da galinha e já poucos dias passados Nelson nos convidava para assistir à emissão de um telefone por ele inventado. Estávamos todos junto da janela de ca nha Fidjinho Titeia vendo aquela enorme caixa castanha com um pano a tapar a frente e que parecia esconder dentro a cabeça de um homem a falar e estávamos todos maravilhados como aquilo podia ser, a gente poder ouvir as vozes de outras pessoas que estavam noutras terras e as suas vozes chegarem até nós como se estivessem falando de dentro do aparelho, poder ouvir gente de S. Vicente ou da Praia ou de Lisboa ou mesmo da América!... A frente de casa de nha Fidjinho Titeia estava sempre entupido de gente a ouvir aparelho e foi a partir daquela altura que nhô Fidjinho, de simples caixeiro de cá nha David, passou a ser considerado como gente branco porque não só tinha mandado um filho para estudar em S. Vicente como até já tinha um aparelho que falava. Aquilo na verdade mais parecia um ato de feitiçaria que obra de gente de bem porque inclusive falava em línguas conhecidas e desconhecidas conforme a vontade de nhô Fidjinho e até calhou que uma manhã de domingo toda a gente parou na rua a ouvir uma missa que saía do aparelho.

Nelson ficou apaixonado pelo aparelho, mas sobretudo pelo formato, disse, porque para ele aquilo não era novidade nem tinha grande mistério. Já tinha visto em S. Vicente e era coisa simples: as pessoas falavam de um lugar onde tinham outros aparelhos parecidos, as vozes ficavam no ar e então o aparelho de rádio atraía as vozes que saíam para as pessoas ouvirem. A explicação não era grande coisa, mas isto soubemos depois. O que logo importou é que tínhamos uma explicação para aquele mistério de ouvir gente a falar sem estar lá. E foi então que Nelson nos convidou para ir ver o telefone. Pensamos logo que ele estava a passar-nos pau. Porque sabíamos que ele era medento, gostava de sair depois do jantar mas tinha medo de voltar para casa sozinho. Sobretudo depois da morte de Alfredo Manco, porque de noite ele desarvorava no meio de Porto, diversas pessoas já o tinham visto correndo aos saltinhos, tinham mesmo chegado a bater Marino nha Sangue com a cabeça na parede da igreja. Ninguém estranhava, todo o mundo sabia que era assim: enquanto o corpo não toma terra, a alma penada fica vagueando pelo mundo. Por isso Nelson procurava sempre arranjar um companheiro para o levar para casa porque em vida Alfredo Manco tinha sido seu vizinho e ele receava que lhe aparecesse em qualquer altura. Mas nunca dizia que tinha medo. Inventava sempre um pretexto para arranjar companhia: tinha bolos em casa, açúcar de pedra, doce, qualquer coisa. Às vezes tinha mesmo. Um dia convidou Djonglim para ir comer chocolate de Dakar, Djonglim foi, chegou até à porta, Nelson riu-se, disse, agora até amanhã, obrigado. Djonglim afastou-se furioso. No dia seguinte Nelson galhofou da partida que tinha pregado ao Djonglim, todos nós rimos, mas na hora de ir para casa não encontrou companheiro, ninguém quis ir com ele. E justamente ao dobrar a esquina da casa de Alfredo Manco, aquele vulto todo vestido de branco surgiu-lhe pela frente, todo tapado, só com a cara de fora e a cara era uma medonha caveira. Nelson não soube como saltou, meteu porta de casa dentro, caiu aos pés da cama de Ti Guida: Bocê benzeme, bocê esconjurome, já vi Alfredo Manco!, gaguejava ele, tremendo como varas verdes, Ti Guida aflita acordada em sobressalto, largou "grande foco, vida d'universo" não obstante católica de confissão e comunhão, só no dia seguinte Nelson ficou a saber que era Djonglim embrulhado num lençol tendo na cara a caveira de uma cabra.

Mas tudo isto fez com que não pensássemos estar Nelson a enganar-nos sobre o telefone porque os olhos já griliam outra vez, a voz nervosa denunciando uma ansiedade intolerável, possuído outra vez do largo sorriso. Mas nesse dia foi um desastre porque Nelson não contou com a noite a impedir a propagação da voz e foi em vão que ficamos ca mano Rui, ele ca Ti Guida, nós por turnos de ouvido na latinha de atum que servia de auscultador esperando uma voz que não chegava. O processo era simples: um enorme fio besuntado com vela e bem esticado, tendo na extremidade duas latinhas de atum de sete onças. Um bom bocado depois ainda não chegava voz, mas chegou Nelson pessoalmente, cansado da corrida. Era por causa da noite, de dia aquilo tinha funcionado maravilhosamente, ouvia-se clarinho.

Assim, amanhã... Mas Mano Rui tinha ouvido barulho sobre a sua casa, foi ver, identificou-nos, preguntou, viu o fio... Nelson estragara dezenas de metros de linha de pesca porque untara-a de vela. Fugimos, enquanto ele gritava debaixo do lato de Mano Rui. Porém, se a invenção do seu telefone contribuiu imenso para que Nelson esquecesse os espanhóis, o mesmo não se pode dizer do geral das pessoas que apenas tiveram como substituto o aparelho de nha Fidjinho. Sem dúvida que o aparelho contribuiu um bocado para manter o ambiente festivo iniciado com as pagodeiras espanholas e porque nhô Fidjinho, para não ter a casa sempre cheia de gente, decidira pôr um altifalante na janela e virado para a rua e também porque ainda corria muito *Pedro Domec* na terra e tanto a música alta como os copos mantiveram alta a moral por uns dias, embora Djonai tivesse sido franco em dizer que sim senhor!, mas *Pedro Domec* sem espanhol era como cachupa sem chacina. E de fato assim parecia. Porque a rapaziada que se fizera amiga dos espanhóis e que herdara os restos do *Pedro Domec* limitava-se a fuscar e passear meio de Porto, já sem anedotas espanholas, já sem os risos largos, já sem a fala bela porque um bocado incompreensível. É como uma missa cantada em latim, resumiu nhô Djonga, a gente está lá de cabeça aos pés, porque ajuda no mistério mas não entende nada do mistério Pois é isso, *Pedro Domec* sem espanhol é como missa cantada sem incenso, ou semana santa sem padre!

E parecia que era o sentimento geral e mesmo Lela opinou que de fato durante alguns dias eles tinham quebrado a pesada monotonia da vila com a sua festiva alegria de marujos. E como Lela expusera essa opinião de manhã cedo, ela não foi posta em causa porque sabia-se que na véspera ele nada tinha bebido. Porque a verdade é que quando Lela bebia todo o mundo ficava a saber porque ele tinha prazer em abrir a garganta e gritar: Eu estou fusco, han! Mas ninguém me deu, han! Foi o meu trabalho, han! Eu não sou ladrão do povo, han!... O seu palco preferido era a pracinha atrás da Alfândega. Sentava-se sempre nas costas de um banco, a cara voltada para a casa do administrador: Queres deixar esse povo sem gado? Não te chega o que roubas nas obras do Estado? Tem vergonha, administrador, trata de registar e dar de comer ao filho daquela pobre coitada que desgraçaste! Trinta aproximava-se, sempre manso, delicado, quase pedindo por favor: Lela, estás preso! Sim, lacaio, respondia Lela, é a tua vida miserável!, e acompanhava Trinta até à cadeia onde ficava de porta aberta. Nha Maria, a sua companheira dos longos anos seguintes à partida da Tanha, chegava um bocado depois com a cadeira de lona.

Mas quando opinou sobre a partida dos espanhóis, Lela não estava tomado e quando não tomava era homem de respeito, de palavra considerada. Só que diferiu um bocadinho de Djonai e nhô Djonga porque considerou que os espanhóis tinham significado uma quebra no nosso isolamento. Fazer-nos lembrar que o mundo não era apenas aquela pocilga onde vivíamos, que podíamos ter mais utilidade que servir para engordar Júlio César. Os espanhóis eram marinheiros como os da terra. No entanto, que diferença! Gente instruída, gente que sabia o que queria. Pediu mesmo a opinião do Titujinho que já fora marinheiro como ele Lela. Mas Titujinho apenas sorriu. Já estava velho, chegara mesmo a ponto de estar a fazer xixi nas calças, muitas vezes infelizmente não conseguia aguentar, o que queria agora era um descanso em paz. Apenas que a sua hora chegasse em bem! Tinha visto de fato quase todo o mundo. Estivera no Brasil, Rio de Janeiro, Lisboa, tinha assistido à entrada de Gomes da Costa em Lisboa e ouvido o seu discurso no Campo Grande: Ressurgimento da economia, moralização da política... Não! Cabo Verde está no cu do mundo e Boa Vista está no cu de Cabo Verde! O que havia a fazer era deitar e esperar a morte. Sim, sim, dizia Lela, mas isso é porque estamos abandonados, entregues nas mãos desses olhos fundo que só vêm aqui para encher. Já se vira exploração igual à da fábrica? Não! Nem no tempo de Mário Nascimento. A fábrica tinha chegado ao ponto de pagar em gêneros. Quer dizer: um homem trabalha para receber açúcar, milho e feijão. Quem já viu um tostão da fábrica, excetuando, tá claro, os engraxadores, os que estavam sempre de chapéu na mão, bom-dia-Sr. Júlio; bom-dia- Sr. Correia, bom-dia-Sr. ... e aqueles outros que estavam sempre de ouvido atento para ir contar o que um ou outro tivesse dito. Não! Boa Vista tinha acabado em nada. Já não havia gente. Só uns bardamerdas, que só sabiam beber grogue. Mas Titujinho calava-se. Já estava velho, não queria chatices, tinha mesmo desistido da sua guerra surda com João Manco que agora basofiava a sua propriedade de Mari Bijóme. Lela sim, Lela era político, mas por isso é que estava sempre nos braços da justiça. Não queria ver que é sempre assim: no mundo haverá sempre ricos e pobres. E pobre é para engordar rico e depois morrer e ser enterrado em esquife d'igreja.

    Tio Tone passeava, de há muito usava bengala e chapéu e fazia sempre questão de um de nós o acompanhar nesses passeios pela vila, na hora em que ia fazer o seu pupu na praia de Cabral é que nos arrebanhava a todos, filhos e sobrinhos, ele de cócoras dando de corpo e nós em frente dele sentados na areia em semicírculo, contava-nos da ilha e da vida, do avô que tinha vindo de S. Nicolau e por aqui tinha ficado, dos bens que tinha conseguido acumular ao longo dos anos e dos muitos filhos que tinha feito, mas também de como ele era distraído, tão distraído que um dia vinha da Hortinha, a sua horta de estimação de que cuidava com mimos de filho, as melhores tâmaras da Boa Vista eram sem dúvida as da Hortinha, tâmaras enormes e bonitas, tamarona, por exemplo, ou coquino ou redonda, qualquer delas eram tâmaras que podiam ser apresentadas em qualquer parte do mundo, mas um dia o avô quase já chegava em casa vindo da Hortinha aonde tinha que ir todos os dias, fizesse chuva ou fizesse sol, e de repente lembrou-se que tinha deixado lá o seu canhoto, um canhoto de estimação de que nunca se separava e embora a distância fosse bastante grande e ele estivesse a pé e o sol já estava quase a cambar, não hesitou, voltou para trás e ao lusco-fusco procurou em toda a horta e em todos os lugares onde poderia ter deixado esquecido o canhoto e por fim, já cansado e desanimado de o encontrar, deixou escapar um gemido desanimado, ah nha canhoto!, e o canhoto caiu-lhe da boca.

    Tio Tone parou para cumprimentar os amigos, disse que fazia tempos que não via Tujinho. Titujinho declarou-se esperando a sua hora.

De há muito que estava preparado, sabia que Deus seria misericordioso para esse seu filho que nunca tinha feito maldades particulares. Tio Tone concordou. Deus é bom pai, disse, e chamou Titujinho de parte para lhe lembrar que no dia seguinte ia haver a tradicional matança do porco que ao longo do ano era criado com os sobejos da casa, toda a família já contava com a sua habitual presença, ele Tio Tone estava a lembrar-lhe só para ter a certeza de que Tujinho não iria faltar nesse dia quase de festa.

Decidi, então, por minha conta e risco, que também iria convidar Justina para ir ajudar-nos na matança. Sabia que era um dia em que todas as pessoas eram bem idas lá a casa e, com um pouco de sorte, ninguém ficaria a saber como ela tinha aparecido, até porque de tempos a tempos costumava visitar a mamã que muito a tinha ajudado nos maus momentos por que tinha passado, especialmente porque quando ela se lamentava, estou feito uma coitada, a mamã brigava com ela, coitado é filho de gafanhoto, dizia-lhe, não és coitada de ninguém porque ninguém tem nada para te dar, vives a tua vida com o teu trabalho e na graça de Deus vais criar os teus filhos, essas coisas não começaram em ti nem vão acabar em ti, és uma rapariga nova e não sabes que sorte Deus te tem destinado, e para provar que ela continuava a ser uma pessoa útil, um dia convidou-a mesmo a ir com ela para juntas darem o clister a nha Baganha.

Nha Baganha era uma velha vizinha nossa, sem marido e sem filhos e sem ninguém por ela e que de dias em dias passava por nossa casa onde se sentava horas esquecidas mas sempre sem dizer uma palavra afora os cumprimentos de chegada e despedida. Toda a gente da casa já sabia que ela era assim e ninguém se preocupava e também que não valia a pena oferecer-lhe comida porque era do conhecimento geral que comia como um passarinho e que nunca bebia água. Mas quando um dia desabafou com a mamã que havia dois anos que não ia ao vaso, a mamã preocupou-se imenso, que coisa, essas porcarias por dentro fazem mal às pessoas, por isso é que você passa o tempo a queixar-se de tonturas e outras mazelas, e decidiu que no dia seguinte sem falta iria ela mesma dar-lhe um clister de azeite doce. E foi de fato e a partir daquela data todos os anos no dia de Todos os Santos tinha como uma das suas obrigações ir ministrar um complicado clister a nha Baganha, mas estava sempre necessitada de ajuda porque, como explicava, nha

Baganha tinha-se desabituado de dar de corpo e o seu organismo ou demorava-se a reagir ou então reagia intempestivamente e muitas vezes provocava desastres em que era preciso lavar tudo, até o colchão. Mas o que mais pena fazia à minha mãe era ver nha Baganha estirada na cama suportando todas aquelas misérias, sem dar corpo de si, como se aquilo não fosse nada com ela, apenas dizendo de vez em quando, já não vale a pena vocês se preocuparem comigo, a única coisa que agora desejo é morrer em paz...

Mas quando me aproximava da casa da Justina vi que ela estava à janela e tentei esconder-me, outra vez envergonhado. Desde o malfadado dia da espreitadela que não nos tínhamos encontrado mais, embora já estivesse farta de me mandar recados para ir visitá-la porque tinha uma coisa guardada para mim. Mas ela já me tinha visto e chamou: É perigoso, vem cá, estou com saudades tuas. Assim aproximei-me e disse-lhe a medo ao que ia. Mas o porco não é teu, riu-se ela. É nosso, respondi com orgulho, estou farto de lhe dar comida e água e cortar-lhe o cabelo e fui eu quem foi buscar carqueja para o pelar.

Dentro de casa nha Maria Santa-Bruxa engrolava padre-nossos e ave-marias pela alma do senhor doutor. Que tenha o eterno descanso, disse em voz alta e Justina sorriu, ela passa a vida nisso, mas é a sua distração, pelo menos arranjou uma ocupação. Justina agora ganhava a sua vida fazendo bolos e doces e também linguiça que mandava vender de porta em porta. Alfredo tinha acabado por estabelecer-se em S. Vicente e tinha perguntado se ela não lhe queria mandar os seus filhos. Justina concordou e agora só tinha o seu Justino que sonhava vir a ser doutor, como o avô português de que ela mal se lembrava.

6

Como dizia Tio Tone, a matança de porco era bem uma festa da família, porque fazia-se normalmente aos domingos e era um serviço que ocupava o dia inteiro, embora iniciado de madrugada, ainda escuro. Desde a véspera que o porco ficava em jejum natural, alimentado apenas a água, sem nenhum grão de farelo quanto mais comida sólida e quando se recusava a beber as enormes quantidades de água com que o queríamos enfardar nós dizíamos, ele bem que já sabe que amanhã vai morrer e por isso está triste e quase que por turnos passávamos o dia com ele, numa espécie de último conforto espiritual. No dia da matança todos nos levantávamos cedo porque achávamos que a nossa contribuição era essencial e praticamente indispensável para o bom êxito de todo o serviço, embora Moriçona, o matador, tivesse uma opinião um bocado diferente, achando que só servíamos para atrapalhar, mexendo onde não devíamos e sobretudo criticando ostensivamente quando ele cortava um rabo que considerávamos exagerado. Porque o pagamento do matador era o rabo do porco, cortado em forma de triângulo, ficando desse modo um rabinho pregado numa base de toucinho e carnes. E conforme o tamanho do porco, e também a consciência do matador, assim o triângulo era maior ou menor. Moriçona era bom matador, muito conhecido e gabado, sabia exatamente onde meter a longa faca para fazer o porco expelir todo o sangue, mas toda a gente dizia que ele exagerava no triângulo, isto é, no seu pagamento.

Matar um porco exigia longos preparativos. Antes de mais, a completa provisão de toda a espécie de temperos em casa. Tinha que haver grande quantidade de vinagre, porque ao mesmo tempo que se recolhia o sangue era necessário vazar o vinagre e mexer bem e continuamente para o sangue não coalhar. Necessário igualmente era amontoar bastante carqueja para esfolar o porco. Negociávamos as orelhas e a bexiga a troco de carqueja que íamos buscar no Pá Bedjo. As orelhas eram logo comidas no meio da matança, a bexiga servia de bola de futebol. De véspera os vizinhos e parentes mais chegados eram avisados: Vai dizer a fulana que amanhã matamos porco; vai dizer a beltrana para vir comer friginato amanhã...

O primeiro trabalho da madrugada era amarrar a boca do porco. Moriçona chegava com a sua faca pontiaguda, "especial só para matar porcos", e dirigíamo-nos todos ao chiqueiro. Com gestos vagarosos Moriçona acariciava a barriga do porco até ele ficar mansinho e depois montava-o para melhor lhe meter na boca uma corda fina. Nós logo montávamos também "para fazer mais peso e assim o porco ficar quieto", na verdade apenas para termos o prazer de montar num porco. Quando Moriçona conseguia meter-lhe a corda na boca enrolava-a em redor do focinho com duas voltas e dava nó-cego, para evitar qualquer percalço ou alguma mordidela na hora da facada definitiva.

Depois de bem amarrada a boca, era a vez de se agarrar o porco, deitá-lo de lado e amarrar-lhe as pernas, duas a duas e depois as quatro juntas. E isso tudo feito, ele ficava pronto para a faca, grunhindo furioso com a corda na boca.

Mas nunca se matava o porco entre as porcarias do chiqueiro. E então era preciso içá-lo para fora. Às vezes o porco ficava tão grande e tão gordo que todos nós juntados éramos ainda insuficientes para o levantar e era então necessário abrir uma passagem deitando abaixo parte do chiqueiro, mas desmanchar a parede também fazia parte da festa. Moriçona era seberbe, não se metia nesses trabalhos menores. A sua especialidade era o porco em todas as suas diversas facetas, desde capar a matar, passando por curar as suas doenças de que aliás se gabava de ser especialista. Capar um porco macho era relativamente fácil: era só amarrá-lo, com uma faca bem afiada extrair-lhe os dois grãos d'ovo, coser com agulha de vela e linha de barbante e depois desinfetar a costura com azeite a ferver. Toda a operação era muito dolorosa e na hora do azeite a ferver o porco berrava como se estivesse a ser morto, mas aquilo era remédio santo, raramente era necessário repetir o curativo. Porém, capar uma porca já não era tão simples, era uma operação de barriga aberta, praticamente de grande cirurgia, que chegava mesmo a levar muitas horas. Amarrava-se a porca pelos pés de trás e dependurava-se de cabeça para baixo num gancho fixado numa parede, a boca bem amarrada. Nós, enquanto ajudantes, seguráva- mos o bicho pelas patas da frente. Moriçona raspava cuidadosamente os pelos no lugar onde ia fazer a incisão e aplicava a faca.

Além de matador de porcos, Moriçona era também um grande contador de estórias, embora não tanto como nhô Quirino, porque parecia ter um fraco pelas estórias de bruxas e canelinhas e pateados que muito nos amedrontavam, enquanto nhô Quirino tinha evidente preferência pelos grandes personagens da história universal e pelas grandes solenidades das cortes dos reis. Porém, quando estava a operar, Moriçona nunca abria o bico senão para pedir os instrumentos necessários, concentrado no trabalho de procurar dentro da barriga da porca "a peça que faz parir", para a extrair e depois amarrar os sobejos com linha de barbante.

Uma única vez ele sofreu um desagradável desaire nessa sua atividade porque abriu a barriga de uma porca, vasculhou por tudo quanto era sítio, mas não conseguiu localizar a peça de fazer parir, não obstante ter quase completamente rasgado o bicho ao meio e exposto às moscas grande parte do seu interior. Já desanimado, disse que a porca não era nem macho nem fêmea, voltou a meter tudo para dentro outra vez, coseu com linha de barbante e jogou por cima azeite quente. A porca já estava tão maltratada que nem com o azeite quente ela se mexeu, mas Moriçona disse que não havia qualquer problema porque ela estava simplesmente desmaiada. E de fato, quando a arreamos para o chão, ela ficou parada como se estivesse morta, e só lá pelo fim do dia é que voltaria a recuperar-se. Decidiu-se em casa que aquele era um animal necessariamente estranho, que nem valia a comida que comia, até que apareceu prenha.

Quando o porco ficava finalmente colocado em posição de receber a facada, Moriçona cortava um bocadinho da pele no lugar onde ia cravar a faca, um de nós com o alguidar por baixo para receber o sangue, um outro com a garrafa de vinagre para despejar devagarinho e um terceiro com uma colher grande para mexer. Segundo Moriçona, a grande técnica para matar um porco era atingir-lhe o coração com uma única facada certeira. Não só isto fazia com que ele não sofresse muito, como provocava que sangrasse melhor e mais abundantemente. Infelizmente nem todos os matadores tinham essa habilidade, mas Moriçona era bom nessa arte e orgulhava-se disso. Aliás, toda a gente o reconhecia e, não fosse a sua tendência para cortar os rabos exagerados, certamente que seria sempre ele a ser solicitado para as matanças. Uma vez mesmo, nhô Alberto carpinteiro, homem também do seu português, para além de fazer cadeiras e mesas e mochinhas, chegou a classificar Moriçona de "perito na arte de matar porcos" tal qual ele era perito nas artes ligadas à madeira. Nós não sabíamos o que significava aquele palavrão, mas também isso importava pouco porque nhô Alberto era de S. Nicolau, dizia-se filho de padre e tinha a mania de falar difícil. Uma vez, por exemplo, passou por nossa casa e falou qualquer coisa para a minha irmã. Ela entrou para dentro e disse que nhô Alberto perguntava se nós tínhamos um burro "desponica". Burro desponica? Tínhamos de fato um burro, estava amarrado atrás do quintal, mas seria ele desponica? Meu pai não estava de momento para resolver e achou-se que o melhor seria dizer que não tínhamos. Mas felizmente que ele chegou logo depois, falou com nhô Alberto, e decidiu, sim senhor, o burro estava disponível.

Mas perito ou não, o valor de Moriçona como matador de porcos era reconhecido. Não só para matar como também para esfolar, não deixando um único pelo, mesmo nas partes mais difíceis. Para além disso ele sabia retirar o toucinho sem minimamente ofender a carne, cortar as vísceras peça por peça, bandoga!, comandava, agora bofe!, passarinha!, tudo saindo em perfeita ordem, o fel cortado sem vazar para evitar que envenenasse a carne, até que Moriçona puxava o coração: Estão a ver onde o apanhei, dizia mostrando a ferida.

O único senão do Moriçona era de fato cortar o triângulo demasiadamente avantajado. Quase os quartos traseiros de um porco, dizia Djonai, um abuso, um perfeito desaforo. Djonai aliás já não chamava Moriçona para lhe matar qualquer porco, mas também Moriçona dizia que nem que ele chamasse aceitaria ir. Não podia com gente de mão pertada, uns olho fundo, pito que nunca viu canhoto, comentava. Tinham brigado uma vez por causa do tamanho dum rabo. Djonai achou que Moriçona tinha-lhe ficado quase com toda a parte de trás do porco, mas Moriçona dizia que aquilo era forma de falar de gente d'asneira, de qualquer maneira aquilo era uma conversa sem fundamento, própria de um sovina como Djonai. Ele, Moriçona, um artista, nunca por nunca poderia ser colega de gente de camada de Djonai. Quem não sabia que Djonai até costumava espreitar a panela na cozinha, para saber a comida que sobejava?

Tendo ficado a saber dessa maldade de Moriçona, Djonai brigou, gritou, deu socos no balcão da sua loja, todo padre Varela ouviu: a sua casa era uma casa farta, graças a Deus. Não era como em casa de Moriçona que ficavam à espera daquele rabinho de porco para poderem comer carne. Ele não! Ele tinha gado, tinha chacina à vontade, até Machinho, seu burrinho de estimação, tinha a sua ração de milho em bandeja todos os dias de tarde. Agora, tirar-lhe um rabo de quase dois quilos, de quase cinco quilos, Deus livre! Assim não, Moriçona, assim é aproveitar de filho de parida, é abusar de coitado. Tinha mesmo dito à Maria Júlia, sua filha: Paga-lhe em dinheiro, paga-lhe em dinheiro, ele que cobre o que quiser, mas paga-lhe em dinheiro! Mas aquela era outra pateta que só tinha serventia para coisa de não pode ser. Aliás era por isso que ele Djonai estava com aquele menino na mão, falsinha ingratinha feita na minha casa inesperadamente, dizia referindo-se à neta que trazia ao colo. Ele Djonai nunca estivera de acordo com aquele namoro. Claro que tinha dado uma sova na Maria Júlia quando ficara a saber do namoro com o tal Miguel Badio, mas tinha sido uma sova ligeira, embora nunca tivesse querido aquele casamento. Miguel Badio nunca lhe tinha parecido boa-peça, atirado da Praia para Bubista, armado em mágico, só sabia enganar os pobres coitados com as suas aldrabices de um raio. Ele Djonai também tinha ido ver o espetáculo. Mas qual estória! Dinheiro deitado no mar. No mar não, no bolso daquele parbiça.

Miguel Badio, o Grande Fragobá, tinha feito anunciar com tambores por todo o meio de Porto o seu grande espetáculo para o fim da semana, Fragobá, o único mágico cabo-verdiano que engole lume pela boca e cospe fogo pelo rabo e toda a gente da vila tinha comprado bilhete para ir ver o Grande Fragobá engolir lume pela boca e cuspir fogo pela polpa como ele mostrava no enorme retrato que tinha feito dependurar por baixo da Alfândega, mas depois chega a hora da verdade e ele diz muito contristado, minhas senhoras e senhores, este número de engolir fogo é muito perigoso, posso morrer ao fazê-lo, não sou casado mas tenho filhos e assim vou substituí-lo por outro e deita-se no chão e fica inteiriço, como se fosse feito de madeira e diz que é um número de magia... Não, depois disso aquele rapaz nunca mais lhe tinha merecido confiança. Por sinal que ele já tinha ouvido uns zunzuns, embora seja verdade que o dono é sempre o último a saber. Mas um dia, por acaso, tinha ido ao quintal para ver se o *Machinho* estava bem, se Nhips não se tinha esquecido de lhe dar a sua ração de bandeja e calhou que ouviu ruído de conversa no portão. E quem era senão Maria Júlia e o tal! Já para dentro, disse ele. Como filha obediente, porque nesse aspeto não tinha mal a dizer, graças a Deus, ela não era como essas meninas de agora que não têm respeito pelos pais, Maria Júlia entrou para dentro de casa. Ele Djonai estava danado, mas dominou-se para não fazer uma desgraça. Apenas disse para Fragobá: Não quero que te aproximes da minha porta, por diversas razões. Mas ainda por cima o tal era atrevido porque respondeu: Não estou na porta, estou no portão! Mas já era demais e ali Djonai perdeu a cabeça, ficou mau, agarrou na tranca: É a mesma coisa, porta ou portão, gritou, esta é a minha casa, comprada com o meu dinheiro! Fragobá viu a tranca, afastou-se com dignidade, mas Djonai ainda gritou mais alto: Vai que não volta! Pensou que tinha cortado o mal pela raiz, mas qual estória! Era só ver aquele menino que agora estava a criar. Mas nem por isso Moriçona podia pensar que ele também era capaz de o enganar, lá porque um badio qualquer lhe tinha feito uma partida dentro da sua própria casa.

Mas com porém ou sem porém, e o único porém que lhe apontavam era relacionado com o tamanho do triângulo, sem dúvida que Moriçona entendia do amanho dos porcos. Após retirar uma a uma todas as miudezas, ordenava que puséssemos o porco de costas para o ar e fazia-lhe uma reta incisão do cachaço ao que queria que fosse o vértice do seu triângulo. E como estava com a mão na massa, aproveitava e com dois cortes seguros da afiada faca delimitava a sua propriedade. Depois, com perícia, retirava as duas mantas de toucinho. E a seguir o lombo, o lombinho, as costelas, as quartas. Como é que querem a carne, perguntava. Era sempre carne para assar, carne para linguiça, carne para salgar, as partes para os vizinhos e parentes. No dia que um matava porco todos os vizinhos tinham carne em casa. Tira-me parte de fulana, não te esqueças de beltrana, assim sucessivamente, além do prato de papa de milho com friginato. O friginato com papas era sempre o almoço do dia da matança. Fazia-se o friginato com todas as miudezas, fora bandoga, e juntava-se-lhe sempre uma boa porção de carne para poder render de modo a ser distribuído.

Dividir o friginato entre nós dava sempre guerra. Porque ninguém gostava do bofe e o certo é que bofe tinha de ser comido. De fato tinha um sabor esquisito e depois de cozido esfarinhava na boca como se fosse borracha velha. Mas felizmente que Moriçona estava lá para salvar a situação. Porque no dia da matança ele era sempre convidado para almoçar e nessa qualidade presidia à mesa e não tinha a mania de discutir comida, parecendo mesmo gostar muito de tudo, incluindo do bofe. Não há novidade, comadre, dizia ele depois de estar servido com os diversos, pode deixar todo o bofe para mim. E todos os nossos pratos se estendiam para Moriçona recolher os bofes. Este meu compadre é um bom sabido que está cá, dizia a mamã.

Além de trabalhar, Moriçona também comia sempre em absoluto silêncio, abrindo a boca apenas para meter colheradas, mastigando pausadamente, sempre de boca fechada mesmo quando passava a comida de um canto para o outro "para dividir o trabalho por cada lado", como explicava. Era sagrado ele deixar sempre um restinho de comida num canto do prato, como sinal de que se encontrava satisfeito. Regras de educação, dizia, não se deve nunca deixar o prato limpo limpo.

Mal ele empurrava o prato, nós dizíamos a uma: Moriçona conta-nos uma estória! E ele, afinando um pau de fósforo para palitar os dentes: contar estórias de dia faz pelar os olhos. Mas nem por isso nós desanimávamos: A gente arranca um fio de pestana, já não faz mal. Deixem compadre em paz, acudia a mamã em seu socorro, não estão a ver que o compadre está cansado, precisa fazer a digestão do almoço? Então conta só aquela vez que a feiticeira te enganou, espicaçávamos Moriçona e de fato ele logo reagia: Enganou-me não, queria enganar, mas eu fui mais esperto. Quando eu vi que aquela luz ia para o mar, sentei-me na areia. Mas feiticeira não te convidou para tomar banho? Sim, convidar convidou, dizia-me baixinho ao ouvido, para ir tomar um banhinho. Vai tomar um banhinho, vai, dizia com voz doce como açúcar, vai tomar um banhinho, vai! E se elas te arrastassem para o mar? Não, feiticeira não tem força. A coisa está em a gente não se desorientar. Quando a gente sente que está perdido, a melhor coisa é sentar-se no chão e esperar a manhã abrir. Por exemplo, eu: quando a manhã abriu eu estava de riba de banco de Marmileiro quando o meu destino era Estância.

Porque eu queria ir para Estância capar uns bichos e por isso, quando me pareceu que era madrugadinha, levantei-me. Meto-me a caminho e vejo de repente uma luz à minha frente. Pensei logo: tenho companheiro de jornada, e apertei o passo para apanhar o cristão. Mas quanto mais depressa eu andava, mais depressa a luz andava também, até que gritei: Ó cristão de Deus, espera companhia! Como resposta a pessoa acenou com a luz e eu corri para ela. De repente a luz apagou-se e eu já não sabia onde estava. Só ouvia o mar nas pedras: Bum! Bum! Bum!, e depois aquela vozinha: Vem tomar um banhinho, vem! Vem tomar um banhinho, vem! Sentei-me no chão tiritando de frio e adormeci.

Moriçona ficava sempre pela tarde fora, a pretexto de nos fazer companhia, de fato à espera da sua parte dos torresmos. E nós aproveitávamos: Moriçona, conta agora aquela vez que tu amarraste nha Mariquinha. E ele não se fazia muito rogado: Bem, eu fiquei desconfiado que Mariquinha é que me tinha pregado aquela partida da luz e quis confirmar se ela era mesmo feiticeira. Então um dia passava na minha porta vinda de Estância de Baixo, eu chamei-a, comadre Mariquinha, como vai a saudinha, a família, compadre está com o corpo esperto, bem obrigado, compadre, e a comadre Mari Guida, como está ela, tudo bem, comadre, ela não está aqui agora, mas não quer entrar um bocadinho, esfriar este calor, não, compadre, obrigadinha, venho com pressa, só fazer um mandado no porto, mas, comadre, entre uma coisinha para dar-me notícias do compadre que não vejo há que tempos, e assim falando ela foi entrando, ajudei-a a tirar a carga da cabeça e então pediu-me uma caneca d'água e logo que ela acabou de beber, eu emborquei a caneca. E ali ficamos os dois. Ela dizia: Bem compadre, tenho que ir, que vim com muita pressa! Eu dizia: Sim, comadre, fiquei muito contente de a ver. Não se esqueça de dar minhas mantenhas ao compadre. E ajudei-a a pôr o balaio na cabeça, mas ela ficou encostada na porta: Bem, compadre, tenho que ir andando! Sim, comadre, vá na hora de Deus. Mas ela não se desencartava. Então eu disse-lhe: Comadre, já que quer ficar mais um bocadinho a descansar, ao menos então saia deste sol, mas ela respondeu, não, compadre, este solinho faz-me bem! Embora já estivesse toda suada, com a roupa toda molhada. Eu estava a fazer um ceirão e continuei o meu trabalho. Então um bom bocado depois olhei para ela e ela continuava a falar sozinha e dizia repetindo muitas vezes: Não, este solinho faz-me bem! Este solinho faz-me bem! Ele há de me pagar este solinho que estou a apanhar! E depois disse: Compadre, dá-me mais um bocadinho d'água! Eu levantei-me e apanhei a caneca, mas quando cheguei na porta com a água ela já não estava. Mas olhem que ela vingou-se de mim bem vingado porque foi depois disso que abri a barriga daquela porca e não consegui encontrar a peça de parir.

Porém, a seguir ao almoço o pessoal da casa vinha perturbar-nos: não só precisavam da mesa para cortar a carne para a linguiça, como também tinham trabalho para nós, virar e encher de ar as tripas para serem colocadas ao sol. Picar a carne para linguiça era trabalho de gente grande. Picar, temperar em vinha d'alho, deixar até ao outro dia. Mas no dia seguinte teríamos a nossa parte do trabalho de brincadeira, na hora de encher as tripas com a carne picada. Enchíamos as tripas ao desafio: Se eu encher uma primeiro do que tu, puxo-te pela orelha com mão suja!

As mulheres da casa instalavam-se para picar a carne e nós instalávamo-nos para ouvir as faladeirezas. Começavam normalmente por uma qualquer faladeireza vinda de padre Varela. Ó que lugar, diziam, só faladeiras! Basta que até se dizia e com razão: Quente como faladeira de padre Varela! Mas dessa vez a novidade era o casamento da véspera, do Sr. Torricho com a Maria Celeste.

Sr. Torricho era secretário da Câmara, rapazinho de Sãocente, impostor lá fora. Ele é que tinha levado para a Boa Vista a moda das calças de ganga de bainha voltada e, além de bonitão, sabia vestir-se. Todas as meninas andavam caidinhas por ele, mas tinha sido a Maria Celeste a ter a sua sorte. Bem que merecia. Não tinha prenda nem bens, mas tinha beleza, era bonita lá fora. Quem não se lembrava daquela vez que nhô padre tinha feito um teatro e Maria Celeste tinha aparecido vestida de Nossa Sr.a de Fátima! Pois é, tal e qual Nossa Sr.a de Fátima, sem tirar nem pôr. A tal ponto parecida que muita gente chegou mesmo a pensar que era a santa em pessoa, assim parada no canto do palco, os pastorinhos ajoelhados diante dela. Era a cara de uma bonequinha de celuloide. Intentadinha, sem dúvida, namoradeira lá fora, era inclusivamente voz corrente que de há muito não era virgem, embora outros dissessem que não, que nunca deixava a coisa entrar, era só nas bordeiras. Mas o certo é que tinha sido a sua sorte casar com o Sr. Torricho.

Tinha sido um casamento simples, com copo d'água em casa da mãe, sem tambor nem nada, convites só para os parentes. De fato tinham mania de gente branco, cheios de novihoras, mas estavam de há muito na miséria, mesmo a louça para o copo d'água tinha sido emprestada pela D. Gracinha, louça fina e bonita...

Nesse momento chegou a Pepa e a Justina. Meus olhos devem ter brilhado de contentamento porque Justina foi direita a mim e passou-me o braço pelo pescoço dizendo a toda a gente que eu era um bom perigoso que estava lá, embora sem dúvida bom rapazinho, muito amigo de lhe fazer companhia. Vinham só dar fé da matança de porco e ver se não havia um torresminho e um cafezinho. Mas então ainda não sabiam a novidade? Home! Também essa gente d'agora não tinha serventia para nada. Uma coisa era vê-los esticados em impostoria, outra era vê-los na hora da verdade. Sim, porque não se falava de outra coisa no meio de Porto: Sr. Torricho tinha runciado! Das onze da noite até às oito da manhã ele estivera lá a tentar sem nada conseguir e agora estava sentado na varanda feito um coitado. Não que ela, Pepa, tivesse visto, eu morro pela verdade. Mas toda a gente sabe que ele não fez nada. Oh que sodade! Já não há homens como antigamente, os de agora são todos uns bardamerdas, a gente vê, pensa que é gente, afinal só uns mariolas. Ela no seu tempo... Mas as mulheres queriam era saber pormenores, aliás toda a gente pensava que a Maria Celeste já não era nada dias-há, que o seu autor tinha sido o anterior secretário da Câmara que se tinha servido dela. Falava-se mesmo que tinha chegado a ir para São Vicente botar menino e era deveras que quando voltara estava magra escaveirada, sem sangue no corpo e até se disse que estava tuberculosa. Mas se o homem tinha runciado... Uma coisa não tem nada a ver com outra, sentenciou Pepa, runciar não tem nada a ver com virgindade. A culpa não é dela, é dele. Ele é que não teve serventia. Agora é enrolar, sapar, botar cachorro. Não tem mais serventia!

Pepa explicava como tinha tomado conhecimento do desastre. De noite não tinha chegado a ouvir o foguete, mas também não tinha ligado uma importância de maior porque esta gente d'agora está a mudar todos os costumes. Por exemplo, casamento sem tambor. Onde é que já se viu casamento sem tambor! Aquele era o primeiro. Mas mesmo as mulheres d'agora não tinham propósito. Antigamente, toda a noiva, antes de sair da casa dos seus pais para ir para igreja ou registo, abraçava-se à mãe no quarto, depois de vestida, e chorava, com ou sem vontade. E era quase certo toda a gente chorar de verdade porque casamento é como lobo no saco: ninguém sabe o que vem depois. Pois é, agora, em vez de choro, era riso. Saíam do quarto sorridentes como se já soubessem o que as esperava. Ela Pepa, quando a sua filha Crisolita se tinha casado, Crisolita já pronta para ir para a igreja, ela dissera: Não, filha, chora aqui na casa da tua mãe para não teres de chorar depois na casa do teu marido. Mas Crisolita era runha como prego, de olho seco, não chorava por nada deste mundo, aliás era o único filho que nunca chorava quando ela dava de lato. Porém, naquele dia, ela Pepa tanto tinha insistido, chegara mesmo a dizer: Então não vai haver casamento porque daqui não sais enquanto não chorares! E de fato lá acabou por ver-lhe uma aguazinha nos cantos dos olhos. Mas agora estava tudo mudado. Antigamente, além do foguete, havia o lençol, onde toda a gente que queria podia ir ver os pingos de sangue. Por exemplo a Fidjinha: depois de 18 anos de namoro com Djo Bibia, que toda a gente sabia ser intentado, mulherengo lá fora, ninguém já dava nada por ela. Bem que ela fartava-se de rir espancando a mão no seu por baixo: Menina nova, sem varia na joia! Mas ninguém acreditava: Só se for no olho! À pois! No dia do casamento, não só Djô Bibia largou foguete, como todo quem quis viu o lençol. Aliás, Fidjinha fora sempre uma rapariga bem-comportada. Por isso é que não tinha ligado importância por na véspera não ter ouvido o foguete. Mas hoje passei lá de manhã, eu é que limpo a casa do Sr. Torricho, e vi tudo fechado e estranhei: Home, com'home!, até ainda nesse desafuro, pensei. Mas lá pelo meio-dia ouvi o abalo: Maria Celeste tinha ido para casa da mãe e tinha-se queixado que o rapaz nada tinha feito durante a noite. De fato a noiva só tinha falado com a mãe, mas por acaso a Maria da Luz estava na sala a ajudar a arrumar a louça de D. Gracinha e assim ouviu tudo: Tinham chegado ao quarto e despido e deitado, ela cheia de medo, mas ele apenas tinha dito: Boa-noite!, e pegara-se no sono e tinha roncado até de manhã. Ora esta não é posição de um homem de bem na noite de casamento. A pobre coitada estava com os olhos inchados de tanto chorar. Pelo menos era o que tinha dito a Maria da Luz. Fusco, de certeza que ele não estava, aliás, não era doido para fuscar no dia do casamento. E portanto, a conclusão tinha que ser ele ter algum defeito!... Sim, porque na Boa Vista não, mas nas outras ilhas costumavam aparecer muitos homens com o defeito de não gostar de mulheres. Não viam a D. Gracinha que, apesar de casada, estava sempre só, o marido sempre fora de casa?

É que se dizia à boca cheia que ele era defeituoso, só gostava d'homens.

Desde que chegara que Pepa tinha tomado conta da conversa, sentada num canto sorvendo um cafezinho, as mulheres picando a carne para linguiça. Mas a avó entrou, logo com o seu rebuliço: Despachem com este serviço, que há mais que fazer. Ainda falta fazer torresma, encher chouriço de sangue... Meninos, o quê que vocês estão a fazer no meio de gente grande! Todos pra rua! Pepa, boa-tarde!

Velha rabugenta e chata de quem a morte parecia ter medo porque era da idade de Ti Júlia e no entanto continuava aguentando-se firme e troçando dos que se deixavam morrer. Já tinha enterrado o marido e mais três filhos num total de doze e geria com competência cerca de 26 netos, entre grandes e pequenos, que pupulavam pela casa. Tio Tone costumava dizer que o grande problema da mãe era nunca ter admitido que os outros também acabam por crescer, mas tanto ele como meu pai prefeririam nunca a contrariar, deixando assim que fosse ela a ordenar conforme a sua ideia. E de fato, ali mesmo distribuiu as tarefas de cada pessoa, disse que era o que mais faltava a Pepa e a Justina ficarem lá na faladeireza sem nada fazer e decidiu os bocados que deviam ser mandados a cada vizinho, remeteu para a cozinha as pessoas que achou que não entendiam de picar carne para linguiça e terminou por pedir licença a Moriçona porque em lugar de mulheres não deviam estar homens, que ele fosse para a sala onde estava o Antoninho e aquele pateta do Tujinho que agora só sabia falar da morte. E tivemos que sair, Muriçona para a sala onde Titujinho discorria sobre a vida eterna como ele a tinha lido uma vez num livro, nós para a rua onde *Roldão* e *Oliveiro* pelejavam gloriosamente por um osso de porco e decidimos que estava na hora de irmos ver alimentar o *Boiona* que, desde que se encontrava pendente de umas lonas de navio, se tinha transformado em mais uma das nossas brincadeiras. Nos seus tempos, *Boiona* tinha sido um belo e enorme touro, de um tamanho tão descomunal e nunca visto que o simples fato de saber que ele estava amarrado dentro da sua casinha, que ficava por sua vez dentro de um enorme quintalão, fazia com que nos desviássemos daquela zona com medo de um dia ele se enfurecer e desatar a atacar tudo e todos, embora fosse na verdade um manso e pachorrento boi.

Depois da instalação da fábrica de conservas de atum, o Sr. Correia, que também se dizia entendido em agricultura e pecuária, tinha arrendado, de parceria com meu pai, uma horta que pretendiam que fosse de regadio, tendo para isso mandado importar duas bombas eólicas que ali foram colocadas, a princípio de fato com grandes resultados, mas que depressa se mostrariam inúteis por falta d'água nos poços, apesar dos enormes esforços no sentido da sua perfuração, até que numa noite de temporal acabaramno chão despedaçadas por não terem tido força para aguentar a fúria do vento. E assim o Sr. Correia tinha decidido passar a dedicar-se à criação de gado, pelo que tinha comprado uma boa quantidade de vacas da terra e depois importado o *Boiona* com o objetivo de melhorar a raça do seu gado.

Porém, *Boiona* tinha provado muito mal em termos de reprodução, embora não se possa dizer que por culpa própria. Acontecia apenas que o seu tamanho e peso era insuportável para as vacas da terra que logo caíam desfalecidas no chão mal ele subia para cima delas e por isso em três anos apenas tinha conseguido fazer duas crias porque não conseguia introduzir-se nelas, quanto mais emprenhá-las.

Desesperado com os fracassos que todos os dias se acumulavam e de forma alguma a justificar o avultado preço do animal, Sr. Correia tinha inventado um sistema de cavaletes dentro do qual as vacas eram colocadas e onde o touro passou a subir convencido de que subia para cima das vacas, na verdade trepando para cima de rijíssimos paus forrados de peles a imitar as cores das vacas. Depois, com as mãos, o tratador ajeitava-lhe a sua coisa de forma a ele entrar nas vacas e fornicá-las sem as aleijar com o seu enorme peso, mas mesmo com esse sistema de recurso, apenas duas crias tinham sido produzidas. O fato de o *Boiona* ter-se revelado um tão péssimo reprodutor viria a refletir-se negativamente na sua dieta que, de abundante em palha verde, para além de milho, sêmea, vitaminas e outras coisas, viu-se reduzida a simples e descuidada palha amarelada e já sequer com direito aos banhos com mangueira que dia sim dia não ele tomava a princípio, embora também seja verdade que a sua má sorte estava diretamente relacionada com o fato de a Ultra se estar a abeirar da situação de falência. Mas de qualquer modo *Boiona* acabaria por ficar excessivamente descuidado e mal alimentado e, tendo-se exageradamente enfraquecido nesse ano de desmedidas secas, acabou por tropeçar e cair e não mais se levantou pelas suas próprias forças, recusando obstinadamente todo e qualquer alimento a partir dessa data. Sr. Correia estava já completamente desinteressado da sua sorte, mas meu pai, que tinha aprendido a amá-lo naquela mansidão de patriarca, não quis conformar-se com a sua morte. Num grande esforço para o manter vivo e de pé tinha inventado soerguê-lo pelo ventre com a ajuda de fortíssimas lonas de vela de navio puxadas por diversas roldanas e seguras numa armação de mastros colocados em forma de guindaste, mas mesmo assim, quase dependurado do chão e de cabeça bamba, *Boiona* recusava-se a se alimentar, mantendo-se durante dias numa desoladora sonolência. Desesperado de ver um animal tão belo e que poderia ser tão útil na melhoria do gado vacum na ilha a morrer assim de inanição, meu pai mandou pilar grandes quantidades de milho e, com a ajuda do tratador e mais quatro homens, esforçava-se por o alimentar à força, despejando-lhe, com a ajuda de um funil, baldes de papas de farelo pela garganta abaixo, que o touro engolia com um resignado esforço.

Mas para nós era um prazer particular ver *Boiona* assim dependurado e inofensivo, a ele que tanto terror nos tinha inspirado nos dias da sua grandeza, e aproveitávamos para nos aproximar dele e tocar-lhe nos pequenos chifres, correr-lhe a mão pelo pelo e dizer-lhe com feroz ironia, ah *Boiona*! dja bo câbâ na nada!

7

Mas contra tudo que Titujinho previa e apregoava, tendo mesmo de há muito feito o seu testamento onde distribuiu os seus parcos haveres para os amigos e familiares, porque, para além da incontinência urinária, agora igualmente sofria de intensas dores reumáticas, provocadas, como dizia, pelos longos e terríveis anos que tinha passado de riba de água de mar em labuta pela vida, quem morreu poucos dias depois foi o Djonai, mais precisamente no mesmo dia da morte do *Boiona*. Djonai morreu às quatro da tarde, de repente, sem mesmo dar um ai, apenas um soluço lhe saiu do peito. Mas como era homem do seu soluço, Maria Júlia ouviu aquele e apenas considerou-o como mais um e pensou que lá chegava mais um ataque de soluço a substituir o constante vozeirar de Djonai. Porque Djonai ou estava a falar ou a soluçar e quando Maria Júlia o acusava de falar demais e por isso é que soluçava, ele respondia que Deus lhe tinha dado a sua boca era para falar, ninguém tinha nada com isso e acrescentava que a verdade é que já tinha reparado que só soluçava quando não estava a falar e por isso é que estava sempre a falar para não estar sempre a soluçar, porque a coisa de que tinha mais medo na vida era de morrer de soluço. Maria Júlia retrucava que nunca ouvira falar de ninguém que tivesse morrido de soluço, soluço não era doença nem era nada, era só soluço, mas Djonai respondia que também nunca tinha ouvido falar que alguém pudesse morrer de espirro e no entanto lá estava o exemplo do Chia a mostrar que a gente bem perfeitamente que pode morrer de qualquer porcaria, incluindo espirro.

De fato, Chia tinha tido um ataque de espirros sem mais quê nem porque, espirrou tanto que ficou cansado, pasmado, os olhos fora da cabeça, o nariz pingando, a boca aberta sempre na expectativa de mais um espirro que ele sentia formar-se por dentro e bem lá no fundo, e como ele tinha a mania de contar os espirros porque toda a gente sabe que espirrar até três é bom sinal, é sinal de que a gente não vai morrer nesse dia, e por isso Chia contou os três primeiros e respirou aliviado, já tinha o dia ganho, mas como continuasse espirrando continuou contando na expectativa de que parasse num número ímpar, mas quando chegou a cinquenta e quatro disse Atchim! Chiça! 54!... Nha Antônia, sua mulher, que se atarefava na cozinha gritou: Almoço na mesa!, mas Chia: Atchim! 55! Larga-me da mão com estória de comida destas hora! Atchim! 56, não estás a ver o que estou a fazer? Atchim! 57, nha Antônia só naquele momento reparou que Chia se concentrava todo no esforço de espirrar, as duas mãos sobre os olhos para evitar que saltassem na força do espirro, Atchim! 58!, nha Antônia disse ao menos deixa de contar para não cansares mais, mas Chia: Atchim! 58, depois como é que eu sei que número é que deu, mas nha Antônia viu logo que aquilo não podia ser coisa boa, perguntou só por perguntar se Chia tinha posto cancan no nariz, ela bem sabia que Chia não usava cancan e Chia: Atchim! 59! Merda! Larga-me da mão com essa conversa e assim continuou até chegar a 92 e ali caiu de borco, nha Antônia já aos gritos, povo juntou, Chia já espumando pela boca, Atchimmmm! 93! Não pode ser, disse ele, mas nha Antônia viu-o ficar quietinho e sossegado e lamentou depois que tinha que ser sim senhor porque de fato Chia tinha-se enganado no 58, repetira-o duas vezes e assim tinha sido um total de 94 espirros e não 93, Chia tinha morrido convencido de ter sido enganado por um número ímpar. Mesmo que ela tinha um pressentimento de que Chia haveria de morrer de uma qualquer coisa estranha, chorava, desde aquela vez que sonhando que comia milho assado Chia acabara mastigando e engolindo a sua dentadura postiça, adquirida debaixo de tanto sacrifício.

    Por essas e por outras Djonai receava imenso essa estória dos soluços, a morte é traiçoeira e ainda por cima não gosta de ficar culpada, inventa sempre quem culpar das mortes, e agora estavam a acontecer coisas muito esquisitas, parecia que o planeta estava a mudar, também nunca se tinha visto gente grande morrer de coisa de barriga, e no entanto lá estava o falecido Eusebio que Deus haja...

    Mas na hora da sua morte apenas um soluço saiu do peito de Djonai e por isso só muitas horas depois viriam a descobri-lo morto e sentado na sua cadeira de lona. Não estava para morrer de soluço, comentava-se durante o velório e era verdade, até porque o quase permanente soluço de Djonai preocupava toda a gente e chegou mesmo a preocupar os espanhóis durante a sua estada na vila, tendo eles aconselhado, com muitas palavras, gestos e depois com uma demonstração prática, que colherzinhas de açúcar por baixo da língua dariam resultados favoráveis. Seria tiro e queda, disseram eles fazendo o gesto de cortar e tombar, mas todos os presentes riram perante mais esta sugestão porque a verdade é que já tinham experimentado em Djonai todos os remédios de terra contra soluço, e todos eles sem nenhum resultado concludente. Por exemplo, um dia nhô Djonga encontrou Djonai sentado na sua malona soluçando como se estivesse a praticar uma diversão, cada soluço pulsando-lhe a barriguinha para fora, nhô Djonga entrou com o rosto fechado e sem cumprimentar e falou na sua voz mais séria, um ar de gravidade nas palavras, Djonai, se foste tu deveras como estão a dizer, fizeste uma coisa muito feia, indigna mesmo de um homem como tu, e perante o olhar espantado de Djonai, nhô Djonga disse-lhe que naquela manhã tinham desaparecido da igreja todos os ovos das galinhas de nhô padre e a verdade é que alguém tinha visto Djonai a entrar na igreja de manhãzinha, e isto, enfim...

Mas ouvindo até ao fim Djonai sorriu, ó Djonga, disse ele, infelizmente isto não dá resultado comigo. A Maria Júlia experimentou este remédio há que séculos! Aliás, já experimentaram tudo: Há dias o Valério ia-me quebrando a porta para me espantar. Ele já me disse que o *Machinho* partiu uma perna, há tempos veio por trás e pegou-me na clavícula com dois dedos (dizia apontando o calcanhar) fingindo ser um cachorro a morder: Au! Au! Au!... nada, mas olha, já passou! E foi assim que Djonai descobriu que o melhor remédio contra soluços era papear e a verdade é que soluçava quando não tinha gente com quem conversar.

Maria Júlia já estava a admirar-se daquele sono tão prolongado, contra todos os hábitos do pai que nunca dormitava mais que uma meia hora, e numa das suas voltas pela casa aproximou-se da cadeirona onde normalmente Djonai ressonava e naquele dia estranhamente silencioso. Tentou dar-lhe um pequeno abanão mas quando viu que ele não se mexia pôs a língua no céu da boca e gritou como se tivesse acabado de ver o diabo. A casa logo se encheu de toda a vizinhança, mas já nada havia a fazer: Djonai estava morto!

Mas todos foram de acordo em como Djonai tinha tido uma morte feliz. Sem o aparato de nhô Eusebio e sem as aflições do Chia. Pelo contrário, tinha passado que nem um anjo, e não fosse a barba de repente espigada, uma barba rala e grisalha, dir-se-ia que Djonai, no seu único fato castanho de casamento e enterro, era um anjo daqueles grandes que às vezes costumavam aparecer às pessoas.

Além da perda de um amigo, amigo de peito, amizade de longos e longos anos, desde o tempo da escola, nhô Djonga só lamentou que Djonai tivesse morrido assim de repente e sem receber os sacramentos da santa madre igreja, nem ao menos a extrema-unção, de que ele certamente bem precisado devia estar, dada a sua condição de comerciante. Mas foi vontade de Deus, paciência!

Já de regresso do Sal, Tio Sidônio aprimorou-se no caixão: só crepe e cetim, até porque, estabelecido na vida como de há muito parecia estar, Djonai devia ter deixado algum do seu. Nada de vichi, nada de fundo de lona, só coisas finas! E no fim Tio Sidônio estava e mostrava-se incontestavelmente satisfeito com a sua obra: não tinha havido morrinha nos gastos, até porque a Maria Júlia, não obstante alagada em lágrimas, tinha acabado por dizer entre soluços que se gastasse o necessário, e nhô Simão tinha recebido instruções concretas: fornecer tudo o que fosse necessário para um esquife de primeira! Às dez da noite Tio Sidônio deu o caixão como pronto e contemplou-o orgulhoso: É exato e qual uma coisa vinda de fora, acabou por exclamar feliz e puxou do seu tabaqueiro para uma pitada recompensadora. João Manco entrava. Contemplou o belo caixão manquejando à volta dele e acabou por dizer virando-se para Tio Sidônio: Desta vez, Sidônio, tiraste mesmo um bufo que cheirou e olha que se esta terra fosse uma terra onde morresse gente a sério, como, por exemplo, em S. Vicente, olha que tu farias fortuna só em caixões porque durante o tempo que lá estive, não houve nenhum dia em que não visse um funeral.

Tio Sidônio sorria porque de fato a obra estava de primeira. Ele tinha-se mesmo permitido introduzir pequenas modificações, se calhar aprendidas na sua breve deslocação ao Sal, que no entanto só valorizaram o esquife em termos de beleza. Por exemplo, sobre o forro preto do exterior tinha produzido uma cruz de alto a abaixo em cetim roxo, cruz essa que se destacava em solenidade e grandeza quando se fechava o caixão. E assim, gravemente, descalço mas de casaco fechado e gravata preta, sempre que chegava alguém mais íntimo Tio Sidônio levantava-se do seu canto e aproximava-se do defunto, fazendo sinal ao cujo para chegar mais perto. E com palavras sussurradas, rosto fechado de tristeza, mesmo algumas vezes com os olhos úmidos, mostrava a obra, o interior, a ausência de pregos à vista e depois fechava o caixão para que a cruz de cetim roxo pudesse ser igualmente admirada. E de fato todos admiravam a obra com unção e era ainda com gravidade que apertavam a mão de Tio Sidônio a dar-lhe os parabéns, lamentando que a Boa Vista fosse tão pequena para um tão grande artista, era pena Sidônio não se ter habituado ao Sal onde certamente teria um futuro brilhante...

Houve apenas dois momentos de relativa contrariedade, mas qualquer deles foi ultrapassado satisfatoriamente. O primeiro foi quando Ti Craus chegou e compungidamente o artista o considerou digno de admirar a obra. Porque Tio Sidônio interpretou mal a apatia e o silêncio de Ti Craus diante do caixão, que era devida à morte repentina do amigo Djonai, pensou que Ti Craus estava com intenção de manifestar alguma reserva e então sussurrou-lhe muito baixinho e quase ao ouvido que a ele lhe faria uma cruz ainda muito mais bonita. Ti Craus não gostou de ouvir isso, largou logo o estado apático, griliu os olhos e disse em voz bastante alta, mesmo para toda a gente ouvir, vai pro Espaço mais a tua boca e a tua cruz, vai gorar a tua gente, seu cangalheiro de um raio, ante o espanto dos presentes que nunca tinham julgado Ti Craus homem de más palavras, sobretudo num lugar daqueles.

O segundo momento de contrariedade para Tio Sidônio foi na hora de sair o funeral. Porque, além de comerciante, Djonai desempenhava também as funções de regedor substituto, portanto uma espécie de funcionário público, e o administrador não só estava pessoalmente presente para acompanhar o enterro, como inclusivamente levou a bandeira nacional para com ela cobrir o esquife até o cemitério. Ora aquela viagem, casa-igreja-Pedra Alta, era o momento em que a cruz de Tio Sidônio iria ser plenamente apreciada e admirada e por isso quando viu a bandeira cair assim sobre o seu caixão, tapando a sua cruz, esteve para ter um ataque de coração.

Mas mesmo essa parte acabaria por se resolver a contento de Tio Sidônio porque logo à saída da porta, no meio daquela barafunda de gritos e choros e adeuses, o esquife no ar para poder sair na porta, nunca se soube se por golpe de vento se pela própria mão de Tio Sidônio, mas o certo é que a bandeira resvalou-se de cima do caixão e foi o próprio Tio Sidônio que a agarrou e a esticou de novo, desta vez dobrada uma terça parte por causa do vento, mas deixando desse modo claramente visível os braços da cruz, onde afinal das contas estava na verdade a maior parte do sacrifício Daquele que morreu por nós, como logo lembrou nhô Djonga, sacristão permanente.

Só Lela revelaria pouco apreço e entusiasmo pela cruz do Tio Sidônio, quase não ouvindo as piedosas explicações sobre não ter sido possível substituir as dobradiças de lona por outras de ferro como certamente melhor conviria a caixão tão bonito. Sim, Sidônio, disse ele impaciente, caixões é a tua especialidade, e esta maravilha é sem dúvida a tua obra-prima. Parabéns!, e afastou-se, arrastando atrás de si um cavalheiro ainda novo e barrigudinho, uma alta careca que foi logo batizado de "cabeça de bli" e que arrastando-se para os lados de Maria Júlia, não só disse os meus sentidos pêsames em português como continuou por aí fora falando só português com sotaque, o que a princípio pareceu um certo despropósito e presunção, mania de gente branco, na medida em que estávamos habituados a ouvir o Lela falar português mas apenas quando estava fusco ou então quando estava zangado, mas o certo é que depois ele foi perfeitamente bem aceite e de manhã já estava integrado porque após um momento recolhido no quarto diante da Maria Júlia, momento esse em que falou do seu saudoso amigo que afinal ele não pudera abraçar como desejava, foi para a sala e encetou conversa com Tio Sidônio sobre a excelência do caixão, quis mesmo saber se era de alguma fábrica especializada e ante o modesto largo sorriso do Tio Sidônio a arrepiar-lhe o bigodinho, não!, foi feito aqui, eu é que fiz! Ele apertou-lhe a mão com entusiasmo, apresentou-se, Gustavo Andrade, disse que era da Boa Vista mas vivia fora, em Lisboa, desde os 14 anos e já ia em 55 sem nunca ter voltado, uma vergonha, disse sorrindo.

Ele e Djonai tinham sido colegas de escola no tempo do saudoso padre Porfírio que Deus tenha em sua santa glória. Grande homem! Preto retinto de cor, mas homem de juízo branco! Quarta classe de instrução primária do tempo do padre Porfírio valia à vontade 7.o ano de agora ou oxalá. Ele, aliás, era por exemplo vivo: não tinha mais que quarta classe! E no entanto tinha emprego de pena em Lisboa, onde de há muito tinha a sua vida feita, viera apenas ver umas tias já velhinhas no Rabil, matar saudades dos amigos. Mas pobre Djonai! Ele, Andrade, mal desembarcara, tomara logo do burro e fora pro Rabil onde tinha estado a descansar, sempre com ideia de vir para a vila ver amigos e um ou outro parente que ainda restasse. Mas qual não foi o seu espanto quando já de tardinha, quase de noitinha, chegou a nova: Djonai tinha morrido de repente! Tinha sido um abalo na povoação, toda a gente lamentando e ele pessoalmente tinha ficado imensamente sentido. Tinha logo pedido que lhe arranjassem um burro e lá estava para o último adeus.

O Sr. Andrade falaria, aliás, durante o velório, com muita propriedade e demonstrando grande conhecimento, de uma infinidade de doenças que matam de repente e de outras que não matam mas deixam na mesma uma pessoa escangalhada para o resto da vida e mencionou nomes como trombose, embolia, enfarte, falou da esclerose e como aos poucos tinha começado a falar ligeiramente mais alto, sempre, bem entendido, com o devido respeito pela presença sagrada da morte, as pessoas começaram a chegar as suas cadeiras para mais próximas da dele e às tantas já havia um círculo no qual pontificava o Sr. Andrade, a careca luzidia de suor, a barriguinha pulsando com uma respiração difícil. Só quando Sr. Andrade falou com tal precisão de tantas doenças que matam de repente mas tratando-as como se fossem de trazer por casa é que houve como que um movimento de pânico generalizado. De fato ele mencionava nomes estranhos e desconhecidos de doenças que nunca tinham aportado à ilha e falava delas com à vontade e sem-cerimônia como se fosse alguma dor de cabeça ou simples constipação ou alguma inflamação de gengiva e mesmo Ti Craus acabou por lançar na direção dele e Tio Sidônio, que o acompanhava com compreensivos movimentos de cabeça, um indeterminado mas acusador olhar reprovativo.

Mas passado este momento ansioso, o Sr. Andrade viria a revelar-se um homem interessante e que muito animou o velório de Djonai porque falava sem cessar, sem dar mostras de cansaço na voz, como se tivesse uma grande quantidade de energia concentrada mas estivesse munido de um redutor que deixava escapar sempre uma quantidade exata porque falou longas horas, praticamente das nove da noite às cinco da manhã mas numa voz sempre igual e que nunca alterou para mais ou menos nem nos momentos mais dolorosos ou sublimes.

Só cerca das onze da noite viria a correr o primeiro grogue e também a novidade que estavam cinco litros à disposição. Sr. Andrade fez um pequeno aparte para elogiar o bom gosto do falecido na escolha do grogue que era incontestavelmente bom e disse ser pena não haver uma bafinha que melhor acomodasse a boa aguardente. Tio Sidónio, pressuroso, amável, disse sorrindo que lá para mais logo todos poderiam aconchegar o estômago com uma canjinha quente porque tinha visto o Nhips às voltas com um capadinho já morto e portanto era natural que a canja não tardasse. Sr. Andrade esfregou as mãos à ideia da canja e disse que já reparara que bafa era uma coisa pouco utilizada na Boa Vista, ou pelo menos não havia muito o costume das bafas. Parece que não há tradição, disse e contou de um dia no Rabil em que estava com uns amigos tomando uns grogues no Papá Manel e ele acabara por sugerir que arranjassem umas bafas. Mas todos protestaram, não, não vale a pena, Deus livre, para quê, etc., mas ele tinha insistido, pediu uma lata de atum e a verdade é que mal a lata foi aberta, ficou vazia. Com as mãos, imaginem, aquele pessoal meteu as mãos na lata e limpou-a num instante! E diziam que não queriam bafa, e ria-se comedidamente de mão na boca.

 E seria ainda a propósito de comida que ele contaria as suas desventuras no Rabil acerca de problemas com casa de banho. Porque estava em casa da tia, mulher já velha que o tratava com muito carinho, enchendo-lhe a barriga de bochada, chacina, cuscus de patona, leite... De manhã, cachupa guisada com linguiça ou buchada, cuscuz, tudo bem regado com café com leite; dez hora, leite ou água de coco; almoço, papa de milho com guisado de capado... Mas passaram-se quatro dias e ele sem nunca ter ido ao vaso! Porque pensava: Como é que vou fazer as minhas necessidade? É claro, começou a ficar com a barriga inchada e um dia saiu, foi para trás de um muro, mas mal arriou as calças, viu uma mulherzinha avançando na sua direção. Subiu logo as calças e muito rapidamente voltou para casa. Mas claro que tinha de continuar a comer e a beber, com tantos convites de parentes e amigos... Mas um dia a tia disse-lhe, Gustavo, sabes, já estás cá há oito dias, sabes, os intestinos, a barriga (e ele esfregava a barriga mostrando os gestos da tia), não tenhas acanhamento, ponho-te o penico na sala, em cima duma cadeira, fazes o teu servicinho... Ó tia, Deus livre, estou bem, não te preocupes, etc., mas a verdade é que já estava mal, já se sentia aflito e apenas a ideia de se ver sentado num penico sobre uma cadeira o retinha. Mas uma noite já não aguentava mais, teve que sair da cama, ir para a rua de madrugada, foi evacuar atrás da igreja. Mas de resto estava bem, a amabilidade das pessoas encantava-o, não tinha mãos a medir com os convites que recebia.

Todos os presentes eram unânimes em louvar o bom humor do Gustavo que, sim senhor!, sabia animar um velório. O falecido também era entendido nisso, velório em que ele estivesse ninguém fechava os dentes, era conversa até de manhã, ninguém sentia sono. Mas era um dom de Deus, cada um pro que nasce! Djidjé era também bastante animado, mas nada comparado com o falecido Djonai, coitado, que Deus o tenha na sua santa glória. Mas curiosamente Djidjé demorava, não era seu costume, normalmente era dos primeiros a chegar porque não perdoava aquela groguinha de graça, mas naquele dia... Mas de qualquer modo ele não estava a fazer muita falta porque afastada que acabou por ficar a desconfiança inicial pelas doenças repentinas e de nomes esquisitos que sem dúvida tinham lançado algum pânico entre os presentes, o Sr. Andrade viu todas as reservas contra ele desaparecerem instantaneamente quando continuou contando entre risos que se tinha esquecido de levar papel para trás da igreja e por isso tivera que limpar a polpa com pedra. Imaginem! Uma coisa que eu tinha feito até aos 14 anos e que só voltei a fazer agora aos 55! Sim senhor! Voltas do mundo! Alguma vez eu iria pensar que voltaria a limpar polpa com pedra?

Mas aí Baptista, até agora calado, pensativo, entrou na conversa para fazer um rasgado elogio ao ato de "limpar polpa com pedra". Ele era emigrante na Holanda, vida de cão, sem dúvida, porque o trabalho que nos dão para fazer é só o trabalho que o branco recusa, quem nunca esteve lá não faz ideia das misérias que temos de suportar todos os dias para ganhar aqueles tostões, mas, verdadeiramente, a única coisa que sentia falta no estrangeiro era de fazer pupu atrás de cemitério e limpar polpa com pedra de mar. Aquelas pedras redondas, roliças... Até podia dizer, sem exagero, que vinha de férias só para fazer pupu atrás do cemitério e limpar polpa com pedra de mar!

Todos riram dessa loucura do Baptista e Tio Sidônio perguntou se o Gustavo não tomava mais um cleps. Sim, porque a partir do momento do pupu, o Sr. Andrade como que se humanizou e passou a ser Gustavo tu-cá, tu-lá e mesmo Ti Craus acabou por perdoar o Tio Sidônio, tendo mesmo chegado a ponto de elogiar a beleza não só da cruz como até do próprio caixão. Sim senhor! Trabalho daqui da ponta da orelha! É verdade, ajuntou Sr. Andrade, de alto lá, tirar-lhe o chapéu!

Lela parecia ressonar porque estava sentado com a cabeça encostado na parede, a maçã de adão subindo e descendo, de quando em quando um ronco cavo saindo pela boca ligeiramente entreaberta. Por isso todos o olharam quando parou de ressonar para dizer: Sim, Sidônio é sem dúvida um artista de caixões!, continuando no entanto na mesma posição, sem se mexer do seu lugar. E foi nesse momento que Nhips veio convidar os presentes para tomar uma canjinha para espantar o sono. Levantaram-se todos ao mesmo tempo e atravessaram o quintal em direção ao quarto que servia de casa de jantar, Lela prevenido com a garrafa de grogue.

Gustavo elogiou a bela canjinha, disse que sem dúvida que a galinha dá boa canja, mas não há comparação com canja de capado. Canja de capado tem seu lugar à parte, sentenciou! Evidentemente que o cozinheiro tinha muito a ver com isso, a mão no tempero era essencialíssimo, mas mesmo assim sabor de capado era outra coisa. Chacina então! Imaginassem que desde os 14 anos não comia chacina. Pois é: conservou no entanto aquele sabor na boca tal qual! Comeu um dia no Rabil e disse logo: é chacina! E sem dúvida que cachupa com chacina é outra coisa, não pode haver melhor!

Mas enquanto mexia a canja no prato para esfriar, se calhar porque ninguém pegava na palavra, mesmo Lela estava fraco de conversa naquela noite, os restantes já abrindo a boca, já passava das duas da manhã, o Gustavo retomou a falar da tia. A tia, coitada, já estava velha, esquecendo tudo. Um dia acordou-o da sesta: Meu filho, bebe este copinho de leite. Deves estar com o teu fraco, mas o almoço já não demora muito! Ora tinham acabado de almoçar há bem pouco tempo, ele não tinha mais espaço, até porque andava a alapardar-se. Mas excelente criatura. Ele Andrade tinha-lhe perguntado: Tia quantos anos você já tem? E ela respondeu: Certo, certo, eu não sei!, mas todos os anos pra Santa Cruz, no meio da missa, eu faço anos!

Todos riram muito desta pilhéria, Tio Sidônio mais que nenhum, ainda estava feliz pela comparação do amigo Gustavo, sim senhor! O amigo Gustavo era sem dúvida um tratante, embora ninguém fosse capaz de desconfiar olhando aquela cara bolachuda e aquele campo d'aviação que ele tinha na cabeça, disse Tio Sidônio e chegou mesmo a passar a mão pela careca do Sr. Andrade.

Mas nesse momento um grito enorme ressoou por toda a casa, um grito fundo, longo, patético que fez nhô Djonga parar a colher a meio caminho da boca e ficar assim ali parado, o espanto no rosto de toda a gente e foi ainda Tio Sidônio que teve forças para dizer: Deixamos o morto ele sozinho!, e todos se precipitaram para dentro de casa, lançaram logo um olhar ao caixão, o morto de fato ainda estava lá, mas Maria Júlia no quarto tinha os olhos esbugalhados, tremia enrodilhada na cama, gaguejou que papai está sentado dentro do caixão. Durante um momento ninguém reagiu, mas após um instante Lela aproximou-se de Maria Júlia. Descansa um bocadinho, disse-lhe pousando-lhe a mão na testa, talvez um copo d'água com açúcar, tantas emoções juntas criam às vezes essas alucinações, precisas repousar, etc. Mas não, insistia ela, ouvi tudo muito silencioso, fui espreitar na porta do quarto, papai estava sentado no caixão. Creio em Deus-pai-todo-poderoso, disse nhô Djonga enquanto benzia em largo e repousante pelo-sinal que apanhou da testa ao umbigo e de ombro a ombro. O falecido já está nos braços de Virgem Maria, nossa mãe santíssima. Paz à sua alma!

Mas como se mesmo assim duvidasse das suas próprias palavras, agarrou um espelho de pé alto e foi postar-se na porta da rua e ali ficou fitando o espelho com atenção, respondendo às perguntas com monossílabos e sem tirar os olhos do espelho. Mas passado um bocado desistiu, colocou o espelho no seu lugar: Pelo menos não vi nada, disse.

O Sr. Andrade aproximou-se de nhô Djonga. O amigo Djonga que desculpasse, até o tratamento, mas ele não sabia o nome verdadeiro... Ora essa, sempre Djonga para os amigos, mas, nome verdadeiro, Mateus do Espírito Santo... Pois é, Gustavo Andrade! Mas ele tinha ficado um bocado confuso com aquela estória do espelho... Djonga sorriu: Era um costume antigo, ignorância do povo! Bem que às vezes...! Ele pessoalmente não acreditava, mas era sobretudo para que depois não se dissesse que quem de direito não tinha feito tudo. Mas em resumo era isso: o povo acreditava que se se pusesse um espelho na porta da casa depois da morte de uma pessoa era possível ver-se a sua alma a atravessar o espelho. Não que ele Djonga acreditasse! Mas!...

Mas um novo grito agora mais agudo voltou a interrompê-los e era ainda a Maria Júlia que agora afirmava que Djonai estava dentro do quarto e queria mesmo sentar-se na cama e de fato ela encolhia-se na cabeceira, fechava os olhos, os lábios arrepiados, desvairada: Ele quer pôr-me as mãos, lá está ele a vir, não, não, não, não quero! Vai para o espaço superior... Grande foco vida d'Universo, disse Tio Sidônio sem grande convicção. E tu és um foco de tolices, disse-lhe Lela, mas Tio Sidônio insistiu em não lhe dar troco. Nhô Djonga é que se sentiu mais à vontade para providências imediatas. Do seu próprio pescoço retirou um terço que enfiou na cabeça da Maria Júlia após benzê-la com a cruz. A seguir largou porta afora e voltou pouco depois trazendo a caldeirinha e o hissope. Num instante tinha voado à igreja. Depois, com rasgada solenidade após um momento de concentração, espargiu água-benta em todos os cantos da casa, por cima de Maria Júlia e por cima de Djonai em quantidade tal que fez perigar a imaculidade do fato castanho porque grossas nódoas começaram se desenhando nas abas do casaco. Santo remédio, disse ele quando acabou, não há defunto que não tenha medo da água-benta.

E de fato Maria Júlia acabou por adormecer. Lela insistiu, após outra vez sentados e bebendo mais grogue, que eram apenas alucinações, visões motivadas pela fraqueza física ou espiritual. Grandes comoções eram igualmente responsáveis pelas alucinações, assim como casos de fadiga extrema, etc. No caso da Maria Júlia era até normal. Encontrar o pai assim de repente...

Mas apenas o Sr. Andrade acompanhou Lela nessas explicações, achando mesmo que ele falava muito bem, com muita propriedade. O resto, ou abanava a cabeça, duvidosos, ou manifestou a sua dúvida. Quase de certeza que Lela dizia coisa de livros e não da vida. Tio Sidônio, por exemplo, foi dos que mais abanou a cabeça, no que foi secundado por Djulai e Ti Craus. Já nhô Djonga disse que Lela falava de coisas dos livros e "toda a gente sabia o que são os livros". Evidentemente que ele Djonga sabia, desde que entendera o seu nome, e ele próprio já não era rapaz, que Lela era de uma família de gente de livros e mesmo de pena. Já seu irmão Silvério era homem dos seus discursos e era ele e João Manco que faziam quase todos os discursos de casamento da ilha, a pedido dos padrinhos. Sobretudo de gente do interior... Mas agora vir dizer que... Em suma: com todo o respeito que ele Mateus do Espírito Santo tinha, quer pelo Lela, quer pelo Sr. Andrade, pessoa que ele acabara de conhecer mas cuja simpatia de imediato lhe encantara, achava, com perdão, que tinham dito uma leviandade pouco séria, pois toda a gente sabia que os espíritos apareciam, sobretudo quando o morto ainda estava fresco, ainda em casa. Porque, por diversas razões, sobretudo no caso de Djonai, coitado, cuja alma tinha saído do corpo sem qualquer preparação espiritual e sem os sacramentos da Santa Madre Igreja, acontecia que a alma não encontrava de imediato o caminho do Além. Então ficava andando de um lado para outro e algumas pessoas, sobretudo familiares chegados, eram bem capazes de as ver... E, para reforçar os seus argumentos, citou o caso de Babeje: Babeje tinha morrido, mas era homem muito apegado à matéria, gostava demasiadamente do mundo, e até se dizia que, sendo mação, dera muita gente na conta. Mas afinal tinha chegado a sua hora e acabara por morrer. Mas qual quê! Babeje não quis desapegar-se do mundo nem da sua casa, constantemente era visto na varanda, muitas vezes deitado na escada... A sobrinha, então, andava desesperada, todos os dias aos gritos. Inclusive uma manhã foi abrir a loja e encontrou Babeje junto da gaveta a contar dinheiro...

O Sr. Andrade sorria contrafeito, Tio Sidônio e Ti Craus confirmavam com a cabeça a exposição de nhô Djonga. Lela dobrara-se para trás na cadeira e encostava a cabeça na parede, um sorriso de piedade nos fiapos do seu bigodinho: Bem-aventurados os pobres de espírito, comentou.

O velório estava agora resumido aos seis, mas Djulai era mais figura de corpo presente, só de vez em quando é que metia uma colherada na conversa. Não faltava a nenhum velório, mas dizia-se que ele apenas trocava a cama por uma cadeira: dormia quase toda a noite! Sobretudo quando encontrava à mão uma cadeira de lona. Quando se precatava, Djulai estava ferrado no sono, muitas vezes ressonando alto e escandaloso porque como cheirava cancan tinha uma respiração difícil e barulhenta. Mas naquele dia não fora o caso, Djonai tinha morrido na cadeira de lona e por isso a cadeira lá estava no seu lugar, aberta, apetecível, mas Djulai não se atrevia. Aliás, ninguém se atrevia porque correu notícia de que "Djonai tinha tido um mal de morte na sua cadeira" e por isso em toda a noite ninguém se aproximou daquela cadeira. Mas nhô Djonga, não querendo ficar por baixo, quando ouviu Lela numa espécie de leve ressonar, a cabeça encostada na parede, bateu-lhe no ombro: Vai descansar ali assim, disse e Lela abriu os olhos e viu que nhô Djonga lhe apontava a cadeira do Djonai. Abanou a cabeça: Não gosto de cadeira de lona, respondeu, não é bom para os rins! Todos riram alto e nhô Djonga disse-lhe: Sabes muito, Lela, mas

Sr. Andrade estranhou: Mas eu vi uma cadeira de lona em tua casa, ó Lela! É só para quando me levam para a cadeia, explicou ele e ressonou alto, mas nhô Djonga não se considerava ainda vingado: De fato, nem tu já deves saber bem onde é a tua casa: se é onde moras, se é na cadeia. Mas Lela nunca tinha sido homem de engolir desaforos, mesmo em casa de morto. Abriu os olhos e falou pausadamente: Eu estou bem tanto num como noutro, porque nunca fui para a cadeia por vergonha, senão vergonha de vocês. Dizem que me põem na cadeia por bebedeira, mas a verdade é que me põem na cadeia por dizer que a fábrica engorda com o sangue do povo, que os administradores vêm pra'qui enriquecer... Enquanto um como tu acredita que rodeando a igreja de joelhos, amansa Deus para ele mandar chuva... Não estás a ver que ficaste corcunda foi de tanto bater a mão no peito? Eu acredito que se não houvesse tanta exploração, tanta roubalheira, todo o povo viveria com mais dignidade.

Ti Craus tinha-se encavalitado na cadeira e repousando a cabeça nos braços cruzados no espaldar dormia a sono solto; Djulai acordava de vez em quando para mudar de posição e aproveitava para bocejar. Tio Sidônio como que se assumira como o comandante das velas e por três vezes durante a noite ele já colocara velas novas por cima das quase consumidas e pela quarta vez estava nesta operação enquanto Lela falava. Olhou a cara séria do Lela por cima da vela, os olhos brilhantes de umidade ou humildade?, a bananona de garganta subindo e descendo, Lela com os olhos pisados de cansaço e botanas de grogue por baixo deles. Falava torcendo a boca e levantando os lábios como se tivesse na boca uma coisa amarga que quisesse cuspir. Meus senhores, disse Tio Sidônio, esta não é conversa de casa de morto. Respeitem este defunto que estamos aqui a guardar. Quem é que fica a ganhar com esta conversa? Ninguém!

Eu por mim o que quero é que não me falte o pão nosso de cada dia e graças a Deus não tem faltado. Quando não aparece uma mochinha para fazer, ou um cabelo para cortar, vou para pé de pedra apanhar um peixe. E Deus não me tem faltado, para mim e para um bom proxe.

Sr. Andrade concordou com Tio Sidônio. De fato estavam lá num gesto de amizade e velando um amigo de todos eles. Pra que, pois, zangarem-se, ofenderem-se? Era certo, no entanto, que nem tudo que Lela dissera tinha sido despropositado... Talvez o momento! Mas ele mesmo

Andrade vivia numa terra onde as pessoas discutiam estas questões... E não pessoas quaisquer! Indivíduos de cabeça! Metiam-nos na cadeia, é certo, mas a verdade é que não se cansavam de dizer que o povo era explorado por meia dúzia. Ele mesmo fora uma vez contactado. Mas não se metia nessas coisas. Deus livre! Tinha mulher e filhos, tinha conseguido uma posição invejável e que nunca tinha sonhado e também que nunca teria se ficasse na Boa Vista. Estava satisfeito: tinha casa própria, não pagava renda, ganhava o suficiente, férias todos os anos... Não! Não tinha razão de queixa da vida...

Sr. Andrade dizia essas palavras amáveis num tom contrafeito, humilde, como se estivesse envergonhado de mostrar a sua opulência diante daqueles deserdados. Porque "deserdados" foi a palavra que Lela utilizou para caracterizar os presentes e todos os outros que ele abrangia num gesto largo. Sentia-se que ainda não estava fusco, mas quase, as palavras saindo-lhe da boca de lançada, e dos deserdados excluía apenas Djonai que tivera a sorte de morrer e ainda por cima sem sofrimento. Deserdados da sorte, disse ele, atirando as palavras como se estivesse a fazer um ditado e por isso esperasse um tempo para as pessoas escreverem. Deserdados da sorte, abandonados pelo Governo, vendidos à Ultra. Em qualquer outra parte do mundo as autoridades interviriam para impedir a desumanidade da Ultra, mas aqui não, porque aqui a Ultra é Deus, é Autoridade, é Senhor Todo-Poderoso. A Ultra fica um ano inteiro sem pagar os trabalhadores, mas quem refila vai para a cadeia. Humberto ainda está preso, porque cometeu o crime de ir ao escritório da Ultra exigir o seu salário! Onde mais pode acontecer isto, senão na Boa Vista? Se, como dizem, Cabo Verde está no cu do mundo, Boa Vista está no cu de Cabo Verde!... Mas de fato, não vale a pena! Estes aqui são coitados: nunca abriram um livro, nunca saíram do meio destas areias. Sidônio, por exemplo, acha que é um artista porque faz caixão; Djonga pensa que é importante porque tem a chave da igreja, ajuda a missa e na Semana Santa estende a imagem de Cristo, aliás já gasta e esburacada, na porta da igreja...

Tio Sidônio e nhô Djonga abriram a boca ao mesmo tempo, mas Sr. Andrade levantou as mãos, indicou Djonai estendido no caixão, chamou a atenção deles para uma tosse seca, magoada e sem forças que vinha do quarto que ficara com a porta aberta. Era a Maria Júlia que acordava, se calhar por causa do barulho. Mas de qualquer forma já era manhã, tinham cumprido o seu dever e com bastante agrado, devia dizer. Não agrado pela morte do pobre Djonai, bem entendido, mas agrado do dever cumprido.

E justamente Maria Júlia surgiu à porta do quarto, já toda de preto, olhos pisados da noite maldormida. Todos se tinham calado à vista da abatida filha que chorava seu pai morto assim sem mais nem menos porque, nos quase sessenta anos da sua vida, Djonai apenas tinha adoecido de constipação.

Mas de repente a casa voltou a encher-se de gente. Chegavam, aproximavam-se do caixão para uma olhadela ao defunto, abraçavam a Maria Júlia: Resignação, filha, foi vontade de Deus! E sentavam-se. Mano Rui, nhô Fidjinho e Djidjé entraram ao mesmo tempo, todos com ar consternado, quase envergonhados. Tinham saído só para ouvir as notícias, saber o que se passava pelo mundo, o sono tinha-os apanhado na sala de nhô Fidjinho até aquela hora da manhã! Que maçada! Agora vocês ficam no nosso lugar, disse Djulai que finalmente tinha acordado, nós também precisamos ir repousar um bocado.

Lela, Djulai, Sr. Andrade e Ti Craus saíram juntos, Tio Sidônio ficou aguardando mais uma muda de velas e nhô Djonga manteve-se pro que desse e viesse em nível das aparições de Djonai. Mas as mulheres estavam outra vez a tomar conta do defunto, mesmo nha Maria Santa-Bruxa tinha entrado na companhia de Justina e agora aguardavam a chegada de Ti Compa, que era a grande especialista da guisa, para começarem a chorar.

Ti Compa tinha fama: Choradeira lá fora!, dizia-se dela, porque, quando Ti Compa abria a boca para chorar, ninguém resistia, todo o mundo, até os homens, a acompanhavam. Mesmo os mais crus acabavam por enxugar os olhos. Nha Mari Guida fez sinal a Maria Júlia: Vem tomar uma canjinha para pegar fraqueza, desde ontem que não comeste nada. Maria Júlia abanou a cabeça, mas nha Mari Guida insistia, ralhou mesmo: Assim nem forças tens para chorar teu pai!

Maria Júlia cedeu diante deste argumento e aceitou engolir duas colheres da canja da noite, justamente no momento em que Ti Compa entrava silenciosa, embrulhada num xaile preto com trancinhas nas barras, o lenço azul-escuro cobrindo-lhe o cabelo já branco com uns fios ainda pretos, a boca desdentada. Não se aproximou do falecido porque dizia que quando via a cara de um morto ficava a sonhar com ele por muitos dias e assim ficou um momento parada à porta, como que desnorteada, até ver Chencha sentada junto da janela que dava para o quintal. Chencha criou espaço e arranjou cadeira para Ti Compa, trocaram algumas palavras, remeteram-se ao silêncio circunspecto da sala onde Tio Sidônio ainda aguardava para substituir as velas consumidas. Nhô Djonga viu Maria Júlia surgir do quarto, Ti Compa levantar-se e cair nos braços dela. Abraçaram-se longo tempo, a velha apertando a jovem nos braços, soluçando no seu ombro, a boca aberta em respiração entrecortada, as gengivas à mostra, Maria Júlia de olhos fechados, cansada de pêsames e choro. Nhô Djonga deve ter considerado que já não era lá mais preciso, Maria Júlia estava entregue em boas mãos, saiu porta fora sem despedir, em passo de passeio como quem sai para voltar. Afastando-se, ainda ouviu Ti Compa abrir a guisa: Ah nha fidjinha, teu pai já te largou!... Leviandade!, comentou alto para si próprio.

Evidente que Ti Compa não carpia a troco de alguma coisa, Deus livre! Só que ela chorava sabe e por isso casa de morto onde ela estivesse era morto bem chorado porque Ti Compa não só chorava como fazia os outros chorar. As suas comparações e recados eram conhecidos, porque ela lembrava-se dos mortos mais antigos para lhes mandar saudades e outros recados pelo morto presente. Do fundo respondeu Chencha em guisa igualmente alta: É devera, é devera. Djonai já foi seu caminho!...

E Ti Compa e Chencha entraram em despique, cada uma do seu canto, uma guisa funda enchendo a sala, transbordando para a rua:

— Ó Julinha, ó Julinha, já não tens teu pai!...
— Ó filha fêmea, ó filha fêmea, Djonai já nos largou!
— Já não temos Djonai para nos arranjar açúcar!
— Já não temos Djonai para nos dar fiado!
— A tua filhinha já não tem quem chamar-lhe falsinha-ingratinha!
— Já não vemos Djonai a atravessar meio de Porto para ir pagar contribuição!
— Djonai já está na morada de sodade!
— Não te esqueças de dar Chia mantenha!... E em guisa sentida desencovaram a vida de Djonai desde a sua meninice. Djonai gritando contra o mafor da Ultra; Djonai dando socos no balcão contra o fiado; Djonai dando toma aos caloteiros; Djonai no caminho de Baxom

montado no *Machinho* a ir ver as suas hortinhas; Djonai passando um p'lá manhã inteiro para ir de padre Varela para Câmara porque parava em todas as portas; Djonai amigo de toda a gente; Djonai mau de boca pra fora, mas bom de coração...

— Já não tens o teu papá para te correr mão na cabeça!

— Já ficaste largada neste mundo de desespero e safadezas, tu mais a tua filhinha, sem quem ver pra vocês!

Tomadores de grogue de meio de Porto já não têm onde vir bater de madrugada!

A guisa assim cantada alastrou-se para o geral da sala que já se enchera de mulheres e era agora um choro pegado em soluços de fundo, Ti Compa e Chencha em solo de desafio, Justina chorando mansamente. Porque todo esse tempo Ti Compa estivera pendurada do pescoço de Maria Júlia e chorava por cima da cabeça dela, ela com a cabeça encostada no xaile de uma hora assim, Ti Compa garganteando sobre os seus cabelos despenteados.

Mas após substituir as velas mais uma vez, Tio Sidônio aproximou-se delas e mansamente puxou Julinha daqueles braços que a sufocavam e levou-a soluçando para o quarto enquanto Ti Compa parava um momento e olhava desorientada em redor. Mas Tio Sidônio voltou, conduziu-a à sua cadeira ao lado da Chencha. Trocaram algumas palavras, Chencha igualmente tinha fama de boa choradeira e iniciaram agora uma guisa mansinha, toda de garganta e nariz, a boca fechada. Era uma música triste que vinha do fundo da alma, aqueles sons sem palavras comovendo as pessoas, minando-as por dentro, provocando soluços impensados. Ti Compa cobrira já a cabeça com o xaile e apertava-o no queixo com as mãos como se fosse uma touca e estava dobrada para a frente, a cara quase a tocar os joelhos, salmodiando com a garganta e o nariz, Chencha acompanhando em tom menor. Mas Chencha não aguentou mais, abriu a boca:

— Ó que sodade, ó que sodade deste bom pai!

— No chora, no chora, no chora Djonai!

Então a sala transformou-se numa aleluia de soluços e olhos vermelhos de lágrimas, Ti Compa em choro isolado, as restantes mulheres acompanhando em fundo suave. Ti Compa chorava só com a garganta, os olhos secos, como se a sua função fosse apenas fazer chorar. Desde muito nova que chorava sabe, toda a gente sabia disso e assim Ti

Compa era sempre chamada para os mortos. Evidentemente que se fosse um morto de gente chegada, Ti Compa ia imediatamente. Mas se não era familiar perto, ou gente de amizade, Ti Compa só ia se chamada expressamente porque era uma mulher muito tímida, mesmo tão tímida que se tinha casado, tivera muitos filhos com Ti Djo Coleta mas nunca por nunca ser se enchera de coragem para comer diante de Ti Djo Coleta, quanto mais agora doutras pessoas. Comia sempre na cozinha, longe até dos olhares dos seus filhos. Falava com todos, era amável na sua timidez e nunca levantava a voz senão quando chorava e chorou toda a gente, grandes e pequenos, exceto Ti Djo Coleta.

Aliás isto era uma coisa que intrigava muita gente porque Ti Compa, tão choradeira para estranhos, não abrira a boca na morte do marido de muitos anos. Quando Ti Djo dera aquela queda de andaime e fora do chão para cama e da cama para a Pedra Alta, tudo num espaço de dois dias, Ti Compa ficou tã, de boca aberta, nem um grito lhe saindo da garganta, sem um pingo d'água nos olhos.

Porque tinha sido de fato uma coisa esquisita: Ti Djo caíra do andaime, ficou no chão, sim senhor, mas nada lhe doía, não parecia ter nada partido, apenas um esmorecimento nas pernas. Ele estava a pôr mais uma mão de palha nova na cobertura da casa para poder aguentar as águas sossegado, e de repente aquilo. Mas ele não tinha dores, só aquele esmorecimento. Ti Compa fez-lhe fricção de azeite de pulga, ele ficou na cama. Ah kale! De tarde não sentiu as pernas, de noite não só já não falava como até chegou a largar na cama, no outro dia morreu. Ti Compa não só não deitou um pingo d'água pelos olhos, como durante tempos ninguém lhe ouviu um pio. Ficou três dias sentada na cama sem comer nem beber nem dormir, nem sequer deitar, os olhos sempre abertos e secos, fixos num buraco da parede onde havia uma casa de aranha. Mas na terceira noite ela disse, Djo, chega-te para lá! E deitou-se e adormeceu e ficou a dormir até outro dia de tarde. Foi a partir daquela altura que Ti Compa apanhou o hábito de se sentar sempre nos cantos da casa, tendo mesmo um dia sido encontrada esgravatando um umbral de lado de dentro. Com a ponta de uma tesoura velha e já ferrugenta tinha feito um buraco suficiente para meter um dedo e de fato tinha lá dentro o dedinho mindinho e sorria ao mesmo tempo com um olhar estúpido e beatífico. Assim, a incompreensão inicial por ela não ter chorado o marido (runha como prego, dizia-se dela. Basta era preciso mandar chamar-me, eu tinha que vir chorar a nossa amizade! Amizade de muitos anos, acabado assim de um momento pra outro! Já não lembras quantas vezes fomos juntos pra Baxom para ver as nossas hortinhas a morrer à míngua!...

E assim sucessivamente, Ti Compa relembrou o casamento de Djonai com Mana Tília, como ele estava roscom, até flor na botoeira, como tinha sido uma festa à-vontade, tudo à larga, sem morrinhentezas, os cinco contos de réis que Djonai disse depois que tinha gasto com o casamento, a lojinha de açúcar, grogue, petróleo, a guerra que Djonai tivera com Filipe uma vez que, contra o seu natural calmo embora palavroso, tinha quebrado uma garrafa para lanhar a cara de Filipe. E lembrou depois a morte de Mana Tília depois de tanto sofrimento no segundo parto, Djonai desesperado em cima da malona, grogue vai, grogue vem: É mentira! É mentira, o que é que vou fazer agora sem ela... E foi todo o consumir de uma vela enquanto Ti Compa chorava Djonai. O enterro foi às cinco da tarde, o administrador tinha levado a bandeira nacional que ficou na retaguarda do caixão. Atravessaram meio de Porto, fizeram uma rápida passagem de entrar e sair pela igreja que nhô Djonga tinha aberta de propósito, pena padre Higgino estar ausente, rumaram Pedra Alta, um imenso cortejo de toda a vila atrás de Djonai, os homens revezando-se nas arças do caixão, as mulheres com latas d'água na cabeça.

Cacrinha assomou na Pedrona, lançou o seu adeus em guisa gritada para Djonai. Tal como minha avó, Cacrinha nunca ia ao cemitério, mas despedia-se dos mortos sempre da Pedrona, minha avó a todos mandava àquela parte. Sr. Andrade fez questão de carregar o caixão um bocado, mas foi pouco tempo pois ele estava esternotado e cansou-se depressa. Lela sabia que era fraquinho, não tinha forças para caixão pesado, lá ia ele de chapéu na mão ao lado de Tio Tone, fazendo sinal na hora de render mão. Djonai foi metido na cova, cada um agarrou um bocado de terra que atirou sobre o caixão: Deus te dê um descanso na Glória! Pechas e Teófilo começaram enchendo a terra. Quando estavam a meio gritaram: Água!, e a água das latas caiu sobre a cova e eles calcaram, voltaram a encher e depois mais água e quando a campa ficou rasa fizeram um parapeito de terra à volta que encheram de mais água. Tio Sidônio já tinha providenciado uma bela cruz pintada de preto que ele levava na mão e que espetou no topo da cova: "João Baptista Semedo — 1900-1956 — paz à sua alma".

Naquela noite, e durante toda uma semana, não houve altifalante na janela de nhô Fidjinho. Um vizinho tinha sido dado terra, todo o bairro estava de luto.

8

Mas foi na sequência da morte de Djonai que viria a dar-se o desagradável incidente que pôs finalmente termo a uma luta que já durava há mais de três anos e sem qualquer trégua de parte a parte entre Mano Teteia e o administrador. Aliás, esse incidente foi tão importante e ficou tão célebre em toda a ilha que cerca de vinte anos depois seria ainda considerado como a causa próxima da morte de Mano Teteia.

Mano Teteia exercia no Rabil o seu ministério de professor e além disso era também regedor, responsável por isso pelos aspectos de limpeza, ordem e justiça da povoação, funções que exercia como um bom pai de família como aliás gostava de ser considerado. Em muitos anos de exercício da autoridade nunca tinha achado necessário mandar alguém preso para a vila porque defendia que a roupa suja deve ser lavada em casa e se as pessoas tinham preferido ir morar no Rabil em vez de no Porto, isso só queria dizer que a comunidade estava disposta a respeitar as suas próprias regras, pelo que os estranhos não deveriam ser metidos nas suas contendas. Assim, optava por impor e fazer respeitar critérios que considerava de família, tanto mais que, como dizia, as desavenças acabavam por se circunscrever a guerras de galinhas e porcos, quando não se limitavam à mera disputa da propriedade dos ovos das galinhas que saltavam dos quintais dos seus donos. A experiência de fazer justiça tinha-lhe ensinado uma regra de ouro para apaziguar ou pelo menos não deixar ir longe de mais as questões que lhe eram submetidas e que cumpria escrupulosamente: nunca permitir que as partes envolvidas repetissem junto dele as ofensas e injúrias trocadas durante as quezílias. Considerava isso não só de mau gosto como suscetível de renovar os rancores já eventualmente serenados, apesar da forma cortês com que sempre começavam a falar, Sr. regedor, com atenção e devido respeito, e por isso sempre que alguém dizia "Sr. regedor, com atenção e devido respeito!", ele saltava aos berros da sua cadeira de autoridade, alto, alto, não diga mais nada, pare já, não quero ouvir nem mais uma palavra, concentre-se primeiro, beba um copo d'água!, Morgada, Morgada, traz aqui por favor um copo d'água, porque já sabia que depois dessa expressão de solene cortesia de certeza que a seguir vinha asneira grossa, malcriações, ofensas irreparáveis com palavrões pelo meio e que depois de repetidas iriam dificultar-lhe a boa conciliação das partes. E assim desse modo brando lá ia ele regendo o seu Rabil.

Mano Teteia tinha nascido na vila mas depois de colocado no Rabil como professor acabara de tal forma por se habituar ao lugar que já muito raramente ia ao Porto, preferia normalmente tratar os seus assuntos na vila por escrito e através de um portador de confiança, já não estava para longas jornadas na sela de um burro por melhor trote que ele tivesse, embora fosse verdade que o seu era um macho de trote largo. Porém, logo que soube da morte de Djonai, decidiu que dessa vez não podia faltar, teria que ir pessoalmente apresentar os seus pêsames à família enlutada, um amigo de criação como tinha sido o Djonai merecia essa consideração. E de fato, dois dias depois, de fato escuro e gravata preta, apresentou-se à Maria Júlia e demais familiares, não sem antes ter passado para dar aquela falinha sacramental ao meu pai.

Mas embora Mano não fosse homem de muita bebida, era uma groguinha antes do almoço para abrir o apetite, outra ao fim da tarde para fechar o dia, ele tinha um hábito conhecido de toda a gente: deslocava-se de fato à vila com pouca frequência, mas sempre que para lá ia metia-se nos copos. Porque eram amigos e parentes que não via há muito e assim encontrava ou procurava um ou outro e eram dois dedos de conversa, sobretudo com João Manco naquela interminável discussão sobre os segredos da língua portuguesa, e no meio disso tudo era aquele groguinho vai, groguinho vem e na hora do regresso estava normalmente com uns grãos na asa. E assim, naquele dia, depois de estar um bom bocado com os parentes de Djonai, com os quais tomou uns cálices em memória do defunto, partiu depois para o botequim de Mano Rui onde continuou a conversar e a tomar, lamentando embora as saudades do amigo Djonai e do seu bom grogue sempre cheio de matos diversos, verdadeiras especiarias de toda a espécie e qualidade. E lá para o fim da tarde, já bastante chamuscado, decidiu regressar ao Rabil.

Ora de há muito que o Sr. Coralido estava à espera de uma oportunidade como aquela para apanhar Mano e dobrá-lo pelo rigor da lei. Tinham sido muito amigos ao princípio, mas na sua indefectível qualidade de regedor do Rabil, Mano Teteia tinha acabado por entrar em desaguisados com o homem por causa de uma contenda relacionada com foguetes. Estava um governador para visitar a Boa Vista e por essa razão Mano Teteia tinha solicitado à Câmara na Vila que "providenciasse prover a Regedoria do Rabil de foguetes em número suficiente a servirem de lenitivo na chegada de Sexa Governador". Porém o administrador tinha feito ouvidos de mercador e disparado sozinho todos os foguetes na Vila e quando Sexa chegou ao Rabil não houve qualquer foguete. Sempre cordato e pacificador em tudo que não se relacionasse com os segredos da língua portuguesa, dessa vez Mano Teteia não gostou do gesto do Sr. Coralido que considerou ofensivo da honra e consideração do povo do Rabil e não teve qualquer dúvida em iniciar o seu discurso de boas-vindas ao Governador lamentando que a incúria do Sr. administrador aqui presente tenha impossibilitado a portuguesíssima povoação do Rabil de devidamente festejar o grande homem que nesta hora de felicidade se encontra entre nós...

Bem, a partir desse insidioso remoque acabaram-se os groguinhos juntos, os convites para almoçaradas, os dois costa com costa, nem bom-dia boa-tarde, carta vai, carta vem pra Praia, cada um atacando o outro como melhor podia e sabia. Mano sentia-se particularmente firme e seguro nessa luta, não só por saber que a razão e o direito estavam do seu lado, sinto que tenho carradas de razão, dizia, como também porque estava escudado no seu sobrinho que trabalhava no palácio e andava permanentemente de fato e gravata junto do Sr. governador. Assim afirmava para todos que queriam ouvir que era agora somente uma questão de tempo, mais dia menos dia acabaria por pôr aquele homem para fora da Boa Vista, já tinha denunciado todas as suas patifarias e abusos e negociatas, todas as fraudes que ele andava a fazer nas folhas das obras do Estado, até defuntos apareciam a trabalhar nas estradas, já tinha escrito até para Lisboa, dizia mostrando orgulhoso a resposta que tinha recebido do gabinete do Ministro das Colônias a acusar a recepção da sua exposição cujo conteúdo tinha sido levado em boa conta pelo gabinete de Sua Excelência o senhor ministro.

Mano mantinha-se por isso firme nessa luta que considerava de interesse nacional, não cedendo um palmo de terreno, chegando mesmo a ponto de ir ao Porto e não se apresentar ao administrador como era seu dever como regedor, e o administrador ir ao Rabil e ele não o procurar, "se quiser que me procure debaixo do meu teto"...

Mas o Sr. Coralido sabia dessa fatalidade de o Mano fuscar sempre que vinha à vila, andava à espreita de uma oportunidade para o apanhar em flagrande delito e assim, quando da porta da Câmara o viu montado no seu macho de trote largo já a deixar a boca de Porto, chamou Trinta e ordenou-lhe: Traga-me já aqui aquele homem! Trinta ainda hesitou um momento, mas diante do imperativo Já!, do Sr. Coralido, correu esbaforido e ainda conseguiu apanhar Mano Teteia já quase no meio de banco. Mano começou por recusar voltar, invocou mesmo a sua qualidade de regedor do Rabil, mas Trinta disse que eram ordens do Sr. administrador, o único remédio era voltar. Mano perguntou então se estava preso, mas a isso Trinta não soube responder, disse que preso preso talvez não, mas as ordens eram para voltar de qualquer maneira e Mano acabou por aceitar.

Quando chegou à porta da Câmara, Mano estava feito uma fera e começou logo por mostrá-lo acusando o administrador de "seráfico facínora prepotente, imbuído dum desejo sanguinário de lhe queimar a sua bolacha que já nem chegava à mesa", mas felizmente que ele Boaventura da Silva, conhecido e respeitado por todos, grandes e pequenos, por Mano Teteia sabia dominar o "antídoto para a mordedura daquela serpente em figura de homem". Mas o administrador não se deixou enervar por aquelas palavras ofensivas, pelo contrário manteve-se calmo e sereno e educadamente pediu ao senhor regedor Boaventura que fizesse o favor de entrar para o salão nobre da Câmara. Mano entrou, dizem que aos tropeções, e já completamente fora de si, disse que desejava conhecer imediatamente as razões legais que levaram o senhor ao desplante de se permitir desviar-me do meu caminho a horas tão tardias como estas. Deve saber que estou na Vila desde a manhã do dia de hoje e se precisava falar comigo teve muito tempo para o fazer. Mas parece que as palavras já lhe saíam entarameladas e gaguejantes e o senhor Coralido não teve dúvidas em afirmar perentório e com um sorriso: O senhor está bêbado! Está bêbado e conduzindo uma alimária em estado de embriaguês.

Ao que parece Mano Teteia não esperava uma acusação daquela natureza e por momentos hesitou na resposta a dar, pelo que o administrador logo continuou que bem o tinha visto tombado sobre o cabresto do burro, e mais que ninguém o senhor sabe que não pode andar montado num burro bêbado pelas ruas, o senhor representa a autoridade do país, está a dar um muito mau exemplo e por isso está preso em nome da lei e em flagrante delito de condução de um burro em estado de bebedeira.

Só muitos anos depois Lela viria a perdoar a Mano Teteia ter-se deixado dobrar pelo Piolhão. Porque, ao que constava, à calma do Sr. Coralido, Mano Teteia tinha respondido com alarido e aos gritos de, bêbado é você, bêbado é você que! que!... gaguejando, afirmava Lela, como se de repente tivesse voltado outra vez aos tempos da escola primária e diante do lato da professora, em vez de pura e simplesmente ter mandado aquele animal à mais pura bardamerda. Enfim, concluía, um perfeito trouxa. Porque o que se contava era que tendo Mano violentamente reagido à acusação de estar fusco, o administrador, muito apaziguador, tinha-lhe dito que já que ele recusava aceitar encontrar-se num estado que era visível para qualquer um, então que ele Mano ali mesmo e na presença de testemunhas fizesse um 4 com as pernas, para desse modo provar publicamente que não estava bêbado. Ora, ainda segundo o Lela, a obrigação de um rapaz como Mano era logo mandar o homem encher barriga de merda, dar as costas e seguir a sua jornada, ele que o prendesse se quisesse. Mas em vez disso Mano tinha-se deixado cair na esparrela, antriberte como sempre tinha sido desde menino. Sim, que necessidade tinha ele de provar a quem quer que fosse que não estava bêbado, se tinha bebido à sua custa ou então à custa dos seus amigos? Mas não, Mano tinha aceitado fazer o tal 4, e o resultado lá estava: ao cruzar a perna direita sobre o joelho esquerdo tinha-se desequilibrado e ridiculamente estatelado no soalho da Câmara. E ali de fato tinha ficado como que em estado de bêbado, enquanto o administrador, cruzando os braços e depois as pernas, fazia e mantinha por longos minutos um firme 4, ante o humilhado olhar do Mano Teteia ali de borco no chão. E mesmo naquela hora foi julgado por embriaguês pública e notória.

Envergonhado e cabisbaixo, Mano Teteia tinha-se defendido invocando não ter feito o 4 por nervoso e excitação, circunstâncias essas que o Sr. administrador considerou como atenuantes mas nunca justificativas. E como juiz do julgado municipal não podia senão condenar o arguido Manuel Boaventura da Silva, vulgarmente conhecido por Mano Teteia, na pena de três meses de prisão por condução de alimária em estado de embriaguês. E deixou espaçar um bom bocado, a Câmara já cheia de gente, já ia para cerca de oito horas da noite, todo o mundo lamentando a pouca sorte do Mano, tão boa pessoa, tão considerado, a ser achado naquela situação de cadeia. Mas o Sr. Juiz ainda não tinha acabado de falar. Disse a seguir que, atendendo à ausência de antecedentes criminais e ao bom comportamento anterior e ao fato de o arguido durante longos anos ter sido regedor da povoação de Rabil, serviço que poderia ser considerado de bom para a Nação, suspendia-lhe a execução da pena por um período de três anos.

E assim foi um Mano Teteia amarfanhado e em lágrimas que desceu os degraus da Câmara Municipal, procurou atarantado o seu macho e lá partiu para o seu Rabil com Tio Tone a acompanhá-lo até a boca de Porto.

Ninguém teve qualquer dúvida em atribuir a prisão e julgamento do Mano a mais um ato de vingança daquele demônio em forma de gente, embora mesmo nhô Djô Patcha, sempre solidário com o seu compadre, tivesse tido muitas dificuldades em entender direito o que se tinha passado entre os dois a justificar uma ignomínia tão grande. Porque, não obstante homem de muitas letras como gostava de basofiar, nhô Djô Patcha acabou por ficar confuso e desorientado com a avalancha de informações e palavras arrevesadas e difíceis que Mano empregou para lhe explicar a desavença. Aliás, Mano era conhecido como useiro e vezeiro nessa mania de dizer coisas que as pessoas tinham dificuldade em entender porque falava só português mas um português de dicionário, colorido de imagens que inventava não se sabia onde nem para quê. Por exemplo, ao contar uma vez um seu feito, que ele considerava de heroico, de coimar umas cabras que tinham entrado na sua tapada, Mano exemplificou num pedaço de papel que o dono das cabras, com o intuito de o ludibriar, tinha atracado o bote no cais enquanto fazia o contrabando na baía. (A baía era a tapada onde as cabras tinham entrado, sendo o cais o funco onde o pastor morava.) Mas ele que não era tolo nenhum, tinha visto a marosca de longe, pelo que tinha bordejado para sueste como quem navega com vento de popa e aí, a uma distância de mais ou menos uma milha, tinha ficado a bolinar, até que pela noite dentro embicou para norte, fundeou na baía, isto é, na tapada e numa abordagem total coimou todas as cabras que ali se encontravam, ele sozinho mais um chicote de cavalo-marinho...

Mano Teteia viria a morrer mais de vinte anos depois de Djonai, com a idade de 89 anos, lamentando sempre não ter tido nem a felicidade do passamento de Djonai nem a rapidez da morte do Chia. Pelo contrário, dizia, estou a ter uma morte lenta e angustiada, expressamente proibido como ficou tempos depois pelo enfermeiro da Vila de nem sequer cheirar um cálice de aguardente quanto mais levá-lo à boca. Estou atravessando um longo e mortificante calvário, costumava lamentar-se e quando Tio Tone lhe respondia que mais Cristo tinha sofrido por nós na cruz ele discordava com azedume: Não, primo Antoninho, aquilo foi uma coisa rápida, célere, de horas, nem chegou a meio dia! Não, não há qualquer comparação, de há anos a esta que venho sofrendo física, espiritual e moralmente.

E de fato a doença de Mano Teteia era uma coisa sabida em toda a ilha, embora nem ele nem ninguém e nem o enfermeiro conhecessem do que se tratava e passados os primeiros anos em que todos lamentaram o coitado do Mano Teteia cujo estado o punha apaticamente sentado numa cadeira de lona sem força nem para abrir a boca para falar, ele que tinha sido o maior falador da Boa Vista, já ninguém acreditava que pudesse vir a morrer dela. Mesmo nhô Sarafe, seu antigo colega de escola, quando desceu da Estância para o Rabil para apresentar os sentidos pêsames a Mana Tina, a viúva, disse estar profundamente chocado com aquela morte: Há pouco mais de um ano encontramo-nos na Vila e dei-lhe um aperto de mão, disse sentido, mas nunca me passou pela cabeça que aquela seria a nossa última mãozada.

Lela, porém, não hesitou um momento em acusar o administrador Coralido de ter contribuído decisivamente para a precipitação da morte de Mano Teteia graças ao grave e abusivo incidente judicial por ele provocado anos atrás, isto é, mais precisamente dois dias após o enterro do falecido Djonai que Deus tenha na sua eterna glória.

Tio Tone, homem pacífico por natureza, lembrou a Lela que "dois dias depois da morte de Djonai" tinha sido há mais de vinte anos, mas nem por isso Lela deixou de insistir que essas coisas ficam para sempre gravadas em nós e a verdade era que desde aquela data que nunca mais Mano Teteia tinha sido o mesmo homem, tanto mais que essa doença que acabava agora de matar o pobre coitado se lhe tinha manifestado muito pouco tempo depois do famigerado incidente.

E é certo que tenha ele morrido de simples velhice, doença de Deus ou abuso do Sr. Coralido, a verdade é que Mano Teteia nunca mais ficou o mesmo depois daquele abalo que, por tão grande e inesperado, movimentou toda a Vila para a porta da Câmara e nos dias seguintes abalou toda a ilha, com grandes e pequenos, parentes e aderentes comentando e lamentando a infelicidade de Mano Teteia, até ao ponto de nhô Djô Patcha ter sentido necessidade de largar o seu sossego de Cabeça dos Tarafes e montar de novo o seu burro e ir até Rabil dar um abraço de solidariedade ao seu compadre naquela hora de "tão grave e intensa agonia". Eu que pensava que só a morte já me tiraria da minha casa, disse enquanto saboreava um grogue no botequim de Monquito.

De fato, a romaria que continuava na Vila em casa de Djonai onde tinha havido morte, era em tudo parecida com a que se fazia em casa de Mano Teteia no Rabil, com gentes das diversas partes da ilha chegando a toda a hora, todos trazendo uma encomenda, um sinal de amizade ou apenas um abraço ao amigo Mano. Praticamente apenas duas pessoas não se deslocaram a Rabil: Tio Tone e Lela. Tio Tone porque, na qualidade de primo e amigo de infância, acompanhara todo o drama desde o princípio e mesmo, como zelador da Câmara, tinha acabado por servir de defensor oficioso ao réu e depois tinha feito companhia ao Mano Teteia até à boca de Porto a caminho do Rabil; Lela porque, embora com o tempo viesse a modificar a sua posição sobre o incidente, na altura dos fatos tinha reagido de forma muito diferente de toda a gente, comentando mesmo que sem dúvida, Mano Teteia, rapaz de muita leitura e mesmo alguma esperteza, tinha demonstrado no incidente com o administrador ser tão asno como o seu asno e, apesar de viajado para S. Vicente e Praia onde certamente teria convivido com gente com certa ilustração, tinha provado não ter nenhuma experiência de vida.

Ele não compreendia como um homem com os pergaminhos de Mano Teteia se tinha deixado abater pelo Piolhão. Para ele isso era uma coisa incompreensível ou então compreensível apenas pelo fato de as pessoas tenderem a negar o que consideram indecoroso. Porque era um fato que Mano estava com uns copos. Bêbado bêbado, talvez não, mas com uns copos era evidente. Então para que negar a evidência, expor-se ao ridículo daquela forma para depois ficar envergonhado e fechado em casa? Sem dúvida que o grogue é o nosso desespero, mas que faríamos nós sem ele? Ele Lela, de uma vez que o Piolhão lhe tinha chamado de bêbado, tinha respondido com todas as letras: sempre à minha custa, à custa do meu trabalho, nunca à custa deste povo martirizado. Porque tinha que ser assim: burro, onde ele te der o coice, lá mesmo deves dar-lhe de pau.

Assim, e com a saída de Mano Teteia da lista, os nossos heróis estavam agora reduzidos a Lela e Pepa e nhô Teófilo, os únicos que tinham levantado a voz e desafiado o Sr. Coralido com vantagem, embora seja verdade que Lela desconsolava-nos um bocado nos dias em que não estava tomado porque se calhava o administrador passar, ele levantava-se muito respeitosamente e tirava o chapéu murmurando qualquer coisa com os lábios, embora explicasse depois que aquilo era apenas um cumprimento irônico, ele levantava-se e tirava o chapéu mas era sobretudo para dizer: Bom-dia, Piolho! E embora nos seus grandes dias de copos Lela fosse o maior, nesse pequeno particular gostávamos muito mais de nhô Teófilo, mesmo com as suas grandes mentiras de debaixo d'Alfândega, porque o administrador passava, impostor e esticado, e nhô Teófilo lá continuava sentado e pachorrento com o seu canhoto na boca, se ele me cumprimentar eu respondo daqui onde estou, se não, Deus com cada um de nós, ele não está a dar-me nem um dia de trabalho.

Lela, porém, não simpatizava com as mentiras de nhô Teófilo e não compreendia que se ficasse horas e horas a ouvir um homem dizer que Terra Boa dava melancias que um homem não consegue carregar sozinho. Mas também não gostava de Titoca, "cachorro de piolho, armado de pau rosnando à porta da Ultra", embora Titoca só rosnasse de noite, de dia ele era um homem afável, risonho, contador de partidas, mesmo carinhoso. Mal começávamos a ficar rapazotes e ele logo nos tratava de "compadre". Era bem uma promoção a caminho da vida adulta Titoca passar por nós e cumprimentar, bom-dia, compadre!, boa-tarde, compadre, e nós respondendo prazenteiros pela importância que ele nos dava. Mas de noite, à porta da Ultra, Titoca não era o mesmo homem. Estando no seu posto de guarda, ele não nos reconhecia por nada deste mundo e ao nosso, boa-noite, compadre!, ele respondia áspero e seco com um simples boa-noite, sem já o afável compadre e sempre de rosto fechado e sem sombra de sorriso. Ora isso era uma coisa que nos afligia, aquela mudança assim de dia para a noite, sem outra explicação visível que não o imenso sobretudo quase até ao chão que ele vestia de tardinha, fizesse frio ou fizesse calor, e o manduco que lhe servia de bengala e de arma, embora nenhum perigo ameaçasse o seu trabalho de vigilante. Mas Titoca era zeloso e cumpridor disciplinado do seu dever e a tal ponto que quando a novidade da "limonada galeano" chegou a Boa Vista vinda de S. Vicente, como toda a gente Titoca comprou uma garrafinha para experimentar. Porém, desconhecendo que aquilo não continha álcool e com medo de comparecer a cheirar a bebida no seu posto de trabalho, todos os dias antes de sair de casa tomava uma colher de sopa de limonada e metia uma foha de louro na boca.

Titoca parecia achar que a irascibilidade devia ser a característica dominante num guarda-noturno. Não gosto que ninguém me chame a atenção no meu trabalho, dizia e por isso ficava toda a noite enroscado à porta da fábrica, atento a ruídos inexistentes e espantando-nos quando nos juntávamos "debaixo da luz" para contar partidas.

Lela explicava que a mudança assim do dia para a noite de Titoca era devido à sua condição de escravo que toma o cajado do dono e logo pensa que já é dono também. E vai assim pensando até que um dia leva um chuto no cu e é posto no olho da rua. Por isso ele não gostava de Titoca e mesmo uma noite, de detrás da pracinha da Alfândega, gritou-lhe de "cachorro de piolho de guarda a Ultra". Da porta da Ultra à pracinha não é mais que 50m, a noite estava calma, só o barulho do Blakstone, Titoca ouviu, veio de manduco levantado para dar cabo desse velho desavergonhado. E levantou o pau sobre a cabeça de Lela, eu desgraço-me e vou pro Fortinho, dizia, eu desgraço-me e vou pro Fortinho!, mas baixou o pau, fez o pelo-sinal, Pai, Filho, Espírito Santo, amém!, voltou para o seu posto de trabalho debaixo dos berros de Lela chamando-lhe de covarde.

E assim Lela e Pepa e nhô Teófilo reinavam como incontestáveis soberanos da nossa galeria dos desaforados da ilha, Mano Teteia já desrespeitado e arrumado numa cadeira de doente, tendo preferido pedir a demissão do cargo de regedor não fosse correr ainda a suprema vergonha de ser exonerado, já nem de casa saía, como se dizia agora sempre metido nos cacos, quando uma tarde Filipe veio gloriosamente juntar-se na tribuna dos nossos heróis, quarto elemento que, na qualidade de parente ainda que afastado, vinha briosamente vingar e substituir Mano Teteia. Porém, nunca houve uma versão completa e definitiva do que efetivamente aconteceu naquela tarde no "campo de Salazar", cada um apresentando a sua interpretação e mesmo o seu fato, todos pretendendo tudo ter visto com estes olhos que a terra há de comer. Certo certo, no entanto, sabe-se apenas que o desacato verificou-se quando se disputava um jogo Sal-Rei-Sporting. Filipe estava fusco e assistia ao jogo com gritos entusiasmados na qualidade de antigo jogador, berrou de fora do campo para um jogador que tinha falhado um gol, o Sr. Coralido, que também estava presente, ordenou-lhe que calasse a boca. Filipe não gostou, disse-lhe, vá mas é à bardamerda!

De toda a confusão seguinte e dos tiros falhados, até hoje ainda as diversas opiniões divergem, porque enquanto que numas versões Filipe aparece metendo ao administrador gancho por dentro, daqueles que a gente sabe que só chão é remédio, noutras ele briga de fato apenas com Trinta e nem chega a providenciar gancho por dentro porque Trinta, ele mesmo, se encarrega de queda própria, sem necessidade de intervenção do Filipe.

Assim, pois, os pareceres se dividem, mas todos aceitam ser certo que, depois do bardamerda, Trinta terá recebido ordem para prender Filipe e conduzi-lo aos calabouços, primeiro porque Trinta não era polícia para tomar essa iniciativa por conta própria, segundo porque ao aproximar-se de Filipe deu-lhe voz de prisão de uma forma tão educada que se Filipe não estivesse fusco decerto que nenhumas dúvidas teria tido em aceitá-la.

Mas Filipe, já por si só um fusco impliquente, estava completamente desarvorado com a discussão com o administrador porque nunca ninguém, nem Tio Tone, o tinha mandado calar-se quanto mais uma cabeça de melancia. E por isso, e não obstante o esmero de Trinta na correção da voz de prisão, Filipe não aceitou. Vai pra bardamerda tu também, vai prender tua mãe!, dizia ele enquanto Trinta, rondando à volta, ia dizendo, Filipe, por favor, ele mandou eu tenho que cumprir, é o pão dos meus filhos que tenho de respeitar, mas Filipe estava naquela teimosia de, eu não fiz nada, estava sossegado no meu lugar a ver o jogo, gritei viva Sal-Rei ele mandou-me calar, eu mandei-lhe bardamerda, Trinta, Filipe por favor...

Disse-se depois que, com toda aquela mansidão, quase de certeza que Trinta acabaria por levar Filipe porque Filipe já protestava sem convicção, apenas um leve resto de orgulho, sabia ser Trinta amigo pessoal de Tio Tone e tinha grande respeito por ele. Mas infelizmente o Sr. Coralido não era homem para esses salamaleques e estava impaciente, aproximou-se dos dois e gritou exigindo prisão imediata, prenda este homem já e de qualquer maneira, meta-o a ferros já imediatamente!, e assim Trinta não pôde mais continuar hesitando e teve que puxar manduco.

Atirou a primeira manducada, Filipe agarrou o cacete, abraçou-se a Trinta, bem que nessa hora pode ter havido gancho por dentro porque o certo é que Trinta caiu, Filipe ficou de pé, o manduco na sua mão. Trinta levantou-se tonto, puxou a pistola, mas ficou com ela pendente na mão a cinco metros de Filipe.

Dizem que o Sr. Coralido exigiu tiro imediato, dispare! Filipe largou o manduco no chão, abriu o peito da camisa, mata, gritou, podes matar!, pelo seu lado o Sr. Coralido insistia, Trinta disparou, disse-se depois que passou sobre a cabeça de Filipe. Filipe baixou mão na pedra, trouxe duas, atirou uma contra Trinta, não acertou, Trinta voltou a disparar, disse-se que passou no meio das pernas de Filipe. Segunda pedrada de Filipe não acertou em Trinta, terceiro tiro de Trinta igualmente não acertou em Filipe e ele, já chorando, mata-me seu filho da puta, mata-me seu cão da merda!, e Trinta voltou a disparar, dizem que a bala enterrou-se no chão aos pés de Filipe. O administrador, já apoplético e escumando raiva, batia os pés no chão e gritava, dispara essa merda, mata-me esse cabrão!, e dessa vez Trinta aguentou a pistola com as duas mãos, apontou com cuidado e carregou no gatilho. Mas não saiu nenhum tiro. Avisado por Tio Sidônio, Tio Tone soube em casa do abalo, correu ao campo de futebol, encontrou manduco aos pés de Filipe, Trinta a cinco metros de distância de pistola inútil na mão, o administrador gritando aos presentes que agarrassem o Filipe, agarrem-no, é uma ordem!, mas ninguém se mexia, Filipe agora no meio do campo de futebol de camisa ainda aberta e braços em cruz gritando, podem matar, podem matar!

Tio Tone aproximou-se de Filipe, exerceu autoridade familiar, ordenou a Filipe cumprir as ordens do Sr. guarda, pegou mesmo do chão o manduco de Trinta e entregou-lho depois de o limpar da terra vermelha de Salazar. Filipe prontificou-se a cumprir as ordens de Tio Tone, mas fez questão de afirmar que como tio e não como empregado da Câmara, Trinta tartamudeou que ordem era cadeia, Tio Tone repetiu, Filipe aceitou.

Claro que Filipe era forte, bom pegador de queda, e valente lá fora. Uma vez inclusive tinha manducado um polícia com o manduco dele próprio polícia e toda a gente tinha achado bem-feito, era nhô Sarafo que tinha mão leve no pau, passava o tempo a ameaçar: Se os vossos pais não vos educa, eu vos manduco!, e toda a gente tinha medo dele, até que se soube que uma madrugada Filipe o tinha manducado bem manducado. Mas com Trinta as pessoas já não achavam tão bem-feito, enfim, se fosse outro polícia ou mesmo o administrador...

Mas Trinta era um bom homem, um coitado que não ofendia uma mosca e via-se como é que o pobre homem andava trepassado por ter disparado sobre Filipe em perigo de matar. Claro que mesmo trepassado Trinta afirmava para quem queria ouvir que tinha disparado para atingir, mas ninguém acreditava. Coitado! É o seu dever, tem que dizer assim, mas qual estória, àquela distância, até um cego conseguia acertar! Do tiro que não tinha saído, esse sim, esse talvez. Porque via-se que ele apontava mesmo para o peito. Aquele se calhar era mesmo para acertar, mas os outros, os outros não. Ele não quis ficar com um morto nas costas a persegui-lo toda a vida, justificava-se o Trinta. Trinta dizia aquilo mas era só de boca para fora, até porque o administrador tinha-lhe chamado polícia de merda que só serve para encher rol, sem mais serventia que para transportar capacete. Vergonha da farda, tinha ele dito, deixar-se humilhar daquela maneira vil por um bêbado zaragateiro...

Mas quem dias depois viria a pagar as favas foi Marino nha Sangue, porque ou quis fazer como Filipe, seu colega de cacos, ou então porque estivesse do seu natural mudado, ele que como regra deixava-se prender, tal como Lela, sem desacato de maior, nem lacaio ele sabia chamar, apenas dizia para Trinta, bo é nha sangue, no bai, no bai!, o certo é que dias depois, não se sabe bem o porquê, nha Sangue recusou prisão. Melhor: não foi bem recusar prisão; deixou-se prender, acompanhou Trinta até à porta da cadeia, mas ali chegados recusou-se a entrar, fez desaforo, baixou mão na pedra.

Trinta nem falou. Andava ainda de brios alevantados, fora muito ofendido pelo administrador, e já juntava gente para ver a repetição do espetáculo, o administrador, de braços cruzados e rosto fechado, olhava, da porta da Câmara, nha Sangue de pedra na mão, gritando: Matóme! Matóme!

Trinta, sem outras conversas, disse-lhe, vou contar até três e se ainda estiveres com pedra na mão eu disparo. Se calhar nha Sangue contava com a já conhecida falta de pontaria do Trinta, mas dessa vez ele acabou de contar, nha Sangue tinha ainda as pedras na mão e continuava gritando, Matóme, Matóme, e então Trinta puxou da pistola, meteu bala na câmara, apontou e colocou uma bala na canela de nha Sangue.

Nha Sangue caiu enrodilhado, as pedras escapando-lhe da mão, o povo gritando, já mataram nha Sangue. Lá mesmo nasceu guisa bradada, mas Trinta manteve-se calmo, senhor de si, meteu a arma no coldre, aproximou-se de nha Sangue, ajudou-o a levantar-se. Nha Sangue viu sangue, gemeu, estou ferido, estou morto, quero ir pra enfermaria, mas Trinta foi firme, primeiro cadeia como estava determinado e só depois enfermaria! Nha Sangue ficou fraco à vista de sangue, dizia-se aliás que ele não era lá muito valente, era mesmo um bocado sprizibe, só tinha garganta, desafiava gente pra guerra mas depois fugia e assim, já sem mais protestos, apenas gemendo e chorando, entrou para a cadeia ajudado por Trinta.

Trinta fechou a porta do calabouço, deu a volta a chave, meteu a chave no bolso e deu dois passos para trás para toda a gente ver que nha Sangue estava a ferros. Depois aproximou-se outra vez, abriu a porta e disse: Agora enfermaria! Nha Sangue saiu manquejando, não podia andar, foi para enfermaria abraçado ao Trinta, a sua cabeça caída no ombro de Trinta sempre gemendo, tu és do meu sangue, nós é que somos irmãos.

E assim Trinta voltou a ficar credor do respeito geral como um bom homem, bom polícia, nada dado a guerras, mas... E o "mas" era o caso de nha Sangue que de vez o tinha reabilitado como exímio atirador. Apontara na canela e na canela tinha acertado. Portanto no caso de Filipe não o tinha atingido simplesmente porque não tinha querido. E compreendia-se: era amigo da família, quase colega do Tio Tone que era zelador da Câmara, a amizade entre eles de certeza que ficaria estragada se por acaso tivesse matado ou mesmo ferido o Filipe. Porque Tio Tone não tinha brincadeira com Filipe, mesmo não obstante as suas gatas. Como exemplo, lá estava a forma como ele tinha passado a comportar-se com o administrador. Do bom-dia, Sr.

administrador!, passara para um simples e seco bom-dia!, e isto porque, na qualidade de presidente da Câmara, o administrador era seu chefe. Mas não fosse isso e nem um Deus salve, porque como lhe tinha dito lá mesmo no campo de futebol um homem no seu perfeito tino não manda assim disparar sobre outro ser humano. Já se tinha visto muita coisa na Boa Vista, mesmo muito abuso, mas daquela espécie era a primeira vez. E citava exemplos de grandes homens que tinham passado pela ilha e citou Sr. Barbosa que tinha sido um administrador digno, quase um pai de família para o povo e numa altura que nem polícia havia porque não era necessário. Tinha as suas manias, é certo, tinha mesmo a mania de ir para a Câmara de pijama de seda às cores, mas cada doido com a sua mania, tanto mais que nunca tinha feito mal a ninguém, antes pelo contrário.

Tio Tone era homem considerado, todo o mundo conhecia Antoninho de nha Augusta, ele já era funcionário antigo, respeitado, de bela caligrafia, tão bela que um governador tinha mandado distribuir pelas escolas da colônia cópia de uma exposição que ele tinha feito, com o objetivo de servir de modelo de letra a ensinar aos alunos. Daí que não receava zangar-se com o administrador, começou mesmo a criticá-lo entre os amigos, chegou até a cogniminá-lo de "Mãos Sangrentas" numa queixa que apresentou contra ele.

E foi assim que Filipe foi enfileirado ao lado de Pepa e Lela e nhô Teófilo, porque a fama da sua bravura correu a ilha, comparada apenas à dos homens de antigamente. Porque infelizmente já não havia gente como as pessoas de antigamente que nunca admitiam desaforos de ninguém. Mas Filipe sim, Filipe tinha sido homem macho que não dá abuso. Mostrou ser homem que veste calça de cintura pra riba! E assim durante os três meses que passou na cadeia não lhe faltou cigarro mandado por toda a gente, afora Tio Tone que era firme em não sustentar vícios. Tinha acabado por largar o cancan desde que soubera de um homem que cheirava cancan e que depois de morto tinha sido encontrado na autópsia com uma pasta dentro da cabeça do tamanho de uma pasta de chocolate, só cancan acumulado. Depois de saber isso Tio Tone não só largou o cancan, quebrando a martelo todos os tabaqueiros, como transformou-se num apóstolo do não cancan e não cigarro. Mas recusou-se obstinadamente a meter-se no não rogue porque como nunca tinha bebido não podia falar com conhecimento de causa dos malefícios da bebida. Assim, garantia a Filipe café, almoço e jantar, agora vício não. Mas Filipe não se importava, eram três meses de descanso, cadeia era de porta aberta, saía quando queria, entrava quando entendia, cigarro não lhe faltava, tinha mesmo a reserva de uma caixa de falcões quase cheia, para além de outras encomendas que recebia dos amigos.

E estávamos ainda saboreando a pública vitória do Filipe, visitando-o na cadeia, roubando cigarros para lhe levar para além de ovos e pedaços de queijo para o seu lanche das dez horas, quando uma manhã fomos sobressaltados pela aflitiva notícia de que o túmulo de Maria de Patingole tinha sido assaltado durante a noite. Durante todos os tempos tínhamos convivido com a solitária solenidade de Maria de Patingole debaixo da Rochinha e com a lenda que já existia à volta da sua morte, vítima da febre amarela. O tempo tinha transformado seu pai num comerciante de grande riqueza e que tinha feito enterrar a filha com uma enorme quantidade de objetos de ouro, grandes cordões, enormes pulseiras e brincos cravejados de pedras preciosas e as enormes riquezas que a imaginação tinha feito criar por baixo daquela pedra de mármore tinham excitado durante mais de cem anos a cobiça popular, mas o terror que os mortos inspiravam, muito mais que o respeito pelo sagrado do lugar, tinham continuado a defender Maria de Patingole da profanação do seu túmulo. E assim, naquela manhã a vila amanheceu alvoroçada, num misto de repulsa e de admiração pelo valente que finalmente se tinha atrevido a enfrentar a cólera divina.

Tempos atrás, padre Higgino tinha-nos esclarecido sobre o significado das misteriosas palavras escritas naquele mármore de mais de cem anos, pelo que a violação do túmulo apresentava-se agora com um sentido mais dramático e ofensivo da história da ilha. E por isso, durante o sermão do domingo seguinte, padre Higgino, no seu português arrevesado, exortou os cristãos contra os vendilhões do templo e que assim se expunham à excomunhão da igreja, cometendo um pecado que o próprio Deus teria certamente muita dificuldade em perdoar, não obstante a sua eterna bondade. Disse mais, que deveria competir aos cristãos ofendidos reparar esse gravíssimo dano, pelo que a coleta daquele dia seria toda ela destinada ao arranjo do túmulo da falecida Júlia Maria Louísa Pettingal, a bem-amada filha de Mr. Charles Pettingal.

Mas a profanação do túmulo de Maria de Patingole teve pelo menos a vantagem de estabelecer as pazes entre o poder civil e o eclesiástico, porque no fim da missa o Sr. Coralido apresentou-se na sacristia onde beijou a mão do padre Higgino e se confessou revoltado com aquele ato diabólico cujos malfeitores ele iria fazer tudo para descobrir, mesmo que tivesse que chamar a polícia da capital, dado que infelizmente o único existente na ilha era apenas um verbo de encher, ao que padre Higgino, como amigo de Trinta, preferiu não fazer comentários. E finalmente o administrador garantiu que já no dia seguinte e a expensas da Câmara ele mandaria arranjar o túmulo para que ficasse outra vez como novo. Agradecido, nhô padre acompanhou-o à porta da igreja onde se despediram com votos de até breve. Padre Higgino sorria encantado: Mais tarde ou mais cedo o poder temporal acaba por se render ao poder divino, disse, aliás em cumprimento daquilo que o próprio Cristo já tinha dito: Nenhum poder tu terias, se do Alto não to tivessem dado.

E de fato, dias depois seguimos todos em procissão para debaixo da Rochinha, o Sr. Coralido ao lado do padre Higgino que, com litros de água-benta, voltou a abençoar a tumba de novo reconstruída com cal reforçada com cimento, depois do que celebrou uma breve missa *in memoriam*. Padre Higgino tinha essa facilidade: era capaz de rezar uma missa dentro do mais breve tempo de que dispunha e de uma vez que estávamos com pressa por causa de uma jornada que íamos fazer ao interior e que, para fugir ao calor, ele queria fazer antes do Sol se levantar, rezou a sua missa matinal em menos de 5 minutos.

Mas quando voltamos para casa regressados do túmulo de Maria de Patingole encontramos a vila em grande alvoroço, todos já esquecidos da profanação. Tinha acabado de chegar um telegrama de S. Vicente, finalmente a Tanha tinha voltado e dentro de dias estaria a caminho da Boa Vista a bordo do *Ildut*. Em casa de Tio Tone, Lela comentava a novidade, aparentando, no entanto, um ar de suprema indiferença:

Quantos anos já não se passaram desde esses tempos, dizia. Tio Tone relembrava aqueles dias amargos: O velho Fefa tinha acabado por morrer abandonado, sem o consolo da filha e o apoio do genro, lamentava. Apenas por teimosia, por maldade, a velha mania de fazer pouco dos outros, retrucava Lela. Tio Tone concordava. De fato tinham sido maus dias aqueles e sem dúvida que muitas vezes a incompreensão dos pais conduz à infelicidade dos filhos. É claro que também o destino de cada um tem muito a ver com isso, por que quem garante que Tanha e Lela estavam destinados a ficar juntos?

Mana Tanha tinha sido a primeira namorada do Lela, quando ainda não tinham 18 anos. Tinha sido um amor de pesadelo mas que a tudo tinha resistido, desde cabelo cortado moda rapaz a chicote de cavalo-marinho que Mana Tanha apanhou de Pai Fefa num dia que Pai Fefa, vindo de meio-de-banco, viu Mana Tanha, que tinha ido a Cá Manel buscar água, pôr a sua lata no chão junto de uma moita de tarafes e depois de olhar para um lado e outro entrar para o meio deles. Pai Fefa disse que ainda hesitou em apanhá-los em pleno flagrante delito de pouca-vergonha, mas receou que encontrando-os talvez cangados não resistisse à tentação de fazer alguma asneira, talvez mesmo capar o desaforado. Assim foi para sua casa onde aguardou a filha já de cavalo-marinho preparado e enquanto a açoitava foi gritando para toda a gente ouvir que a tinha apanhado com o cachorro do Lela no meio dos tarafes a fazer tudo que toda a gente sabia. Toma fazer pouca-vergonha, ia dizendo a cada chicotada, até que Tanha ficou caída no meio do quintal, as pernas cheias de vergônteas, um lanho na cara, Pai Fefa arquejante de chicote na mão, berrando que tinha visto toda a porcaria.

Mais tarde, já mais calmo, deslocou-se à casa de Tio Tone e com a cara entre as mãos, confessou-lhe que de faco e embora de longe, tinha visto o Lela deitado de riba da sua filha Antônia: Imagina, Antoninho d'Augusta, o que é ver um bandido daqueles deitado de riba de uma filha!, dizia Fefa chorando e exigia a justiça aplicada com rigor para servir de exemplo a esses mariolas abusados.

Mas Tio Tone, não só na qualidade de zelador da Câmara mas também de amigo das partes envolvidas no conflito, quis exercer uma ação conciliadora. Em primeiro lugar, disse ele, o fato de ele estar deitado em cima dela, por si só não queria dizer nada. O problema era na verdade saber o que ele tinha feito, porque até podia acontecer que... Enfim, bem podia acontecer que ele não tivesse prejudicado a menininha. Mas em segundo lugar havia outra questão que era necessário ter-se em conta: Lela tinha pegado na Tanha ou apenas (no caso de ser esse o caso!) ou apenas se tinha servido dela? Porque ele Antoninho d'Augusta não entendia e por isso mesmo não admitia que um homem pegasse numa mulher. Aí de fato ele defendia castigo severo. Mas no caso, como tinha ouvido, de Tanha e Lela serem namorados, então não se poderia falar em pegar. O rapaz quando muito poderia ter-se servido dela, mas pegar não. E isto, é claro, mudava completamente o caso de figura.

Mas não obstante essa argumentação vinda de uma pessoa que Fefa muito respeitava, ele não se mostrou satisfeito, queria que as autoridades tomassem providências com aquele bandido, porque, pelo que ele julgava ter visto, estava quase certo que a filha já não era nada. Tio Tone sugeriu então casamento, o casamento limparia tudo, tanto mais que ambos eram jovens, parecia que gostavam um do outro, até que poderiam vir a ser felizes. Mas Fefa estava brabo, rejeitou logo a ideia de casamento: Casamento! Mas que Deus livrasse tal coisa com aquele ali, o que ele queria era cadeia para aquele velhaco! Mas infelizmente não havia meios técnicos na Boavista para ver se uma mulher estava virgem, todo o exame ginecológico era feito em casa com o auxílio de um ovo ou então na enfermaria apenas a olho e dedos do enfermeiro, e mesmo Sr. Barbosa, na época administrador do conselho, quando teve de examinar a ofendida por causa da queixa que Fefa tinha insistido em apresentar, ficou duvidoso sobre as coisas que "via lá pra dentro" e, embora hesitante, acabou por escrever no relatório que Tanha levou para S. Vicente que tinha constatado na "coisinha" da ofendida "pequenos inchacinhos" que, estava convencido, deveriam ser atribuídos a "marradinhas do bibicho do arguido".

Porque, não tranquilizado com a conversa com Tio Tone, Fefa no dia seguinte tinha levado a filha para casa de nha Titiche e pediu-lhe que visse como e em que situação estava aquela rapariga. Titiche era parteira e também especialista em determinar a virgindade das meninas. O seu método era simples e ao mesmo tempo rigoroso e infalível: a paciente deitava-se na cama com as pernas abertas e pousadas sobre a cabeceira. Titiche vinha com um ovo untado em azeite doce e tentava metê-lo nas "partes obscenas" da cuja. Se o ovo entrasse, ficava claro que já nada havia por lá; se o ovo não entrasse isso queria dizer que a pessoa ainda não tinha entrado na vida. Com lágrimas nos olhos Tanha rogou a Titiche que não lhe fizesse aquilo, já não valia a pena, ela sabia que já não era nada, mas Titiche foi firme: Cala-me essa boca, pateta! Não sabes o que estás a dizer! E submeteu Tanha a demorado exame,

Fefa na sala à espera, ela no quarto examinando tudo muito cuidadosamente e acabou por dizer a Fefa que diante de Deus e do ovo, Tanha era rigorosamente virgem. Podia de ter havido qualquer coisa, assim uma ou outra brincadeira mais atrevida, mas virgem ela estava de certeza. Sim, alguma coisa houve de certeza, dizia Fefa, porque na posição em que eu vi, era o que mais faltava que não tivesse havido nada. Sim, alguma coisa houve de certeza ou aquele bandido nem sequer é homem macho. E queria que Lela pagasse por essa alguma coisa que tinha havido e assim apresentou-se na Câmara queixando-se e exigindo cadeia. Mas infelizmente Sr. Barbosa nem tinha a experiência de Titiche nem a podia chamar oficialmente para fazer o exame porque aquela estória do ovo não lhe quadrava muito bem. E tinha optado por ele mesmo fazer outro exame. Mas o que viu não o tranquilizou porque, como disse depois a Tio Tone, aquilo tanto podia ser marradinhas de bibicho como furúnculos naturais. E honestamente declarou que só S. Vicente poderia responder cabalmente àquela questão e como o que Fefa queria era ver o Lela no Fortinho, única forma de lavar sua honra machucada, arranjou passagem da Tanha para S. Vicente e ela seguiu viagem para se apresentar no tribunal acompanhada do relatório do Sr. Barbosa.

Tanha partiu para S. Vicente, mas nunca mais deu qualquer notícia. Soube-se depois que ela nunca se tinha apresentado no tribunal. Fefa clamou e exortou Deus contra a filha ingrata que já não era sua filha, porque quando soube da Tanha ela já estava em Dakar. Longe das misérias da Boa Vista e dos abusos do pai, como escreveu a Lela na única carta que ele recebeu dela.

Fefa morreu muitos anos depois, sem o prazer de ver Lela no Fortinho, mas sobre a sua cova na hora do enterro, Lela ainda o acusou pela última vez de lhe ter estragado toda a sua vida. Porque Tanha escreveu aquela única vez, Lela ainda chegou a acalentar a ideia de se lhe juntar em Dakar, mas depois só ficou a saber dela por ouvir dizer porque nunca mais Tanha respondeu às suas cartas apaixonadas.

9

Começamos todos a viver com insofrida ansiedade a chegada de uma Mana Tanha que nunca tínhamos conhecido senão de ouvir falar, tanto Lela como Tio Tone respondendo às nossas perguntas sobre como ela era e o que fazia em Dakar, que idade é que teria, se era feia ou bonita, se, como uma prima nossa que tinha vindo de S. Vicente visitar-nos, ela tomava café de manhã na cama sem lavar a boca, se andava de bico pintado e se punha pó de arroz na cara, eles satisfazendo a nossa curiosidade conforme podiam, Tio Tone debitando alguns conhecimentos de que se lembrava, sim, depois de tantos anos ela devia estar a falar só francês, não, não fazia ideia se ela tinha filhos, Lela concordando com tudo e emitindo opinião sobre a colonização, infelizmente em Cabo Verde a colonização era feita pelos próprios cabo-verdianos, mas também o quê que havia aqui para colonizar, só se fosse pedra e água de mar, durante todos aqueles dias sem levar uma pinga de grogue à boca, conforme João Manco ele estava em estágio, preparando-se para a longa lua de mel que se aproximava a largos passos, com amigáveis palmadinhas nas costas João Manco aconselhava Lela a se revigorar com gemadas, nelas é que podes pôr um pouco de aguardente, é um tónico de primeira qualidade e de conhecidos efeitos afrodisíacos, aconselho-te também a camoca, dizem que a camoca com leite é tiro e queda, mas é claro que se Lela tivesse problemas ele lá estava para o substituir no serviço, os amigos são para as ocasiões e numa destas sempre às ordens, Tio Tone mandava João Manco calar-se, falas como barata dado bolo, parece que tomaste o lugar do Mano Teteia, não estás a ver que estás a afrontar o Lela...

Vivíamos, pois, nessa ansiosa espera, já só faltam seis dias, já só faltam cinco dias, quando quatro dias antes de ela chegar aconteceu a tragédia. Esperávamos todos juntos do portão da D. Odália para a aula do quintal, Di, ainda a propósito da Tanha e da lua de mel do Lela, justamente procedia a um rigoroso interrogatório para saber qual de nós já tinha visto o pai em cima da mãe a fazer má-criação, quando ouvimos um grande ui oh nha mãe, oh nha mãe! e depois vimos a Zabel correndo com as mãos na cabeça e logo a seguir foi o abalo de que um morto acabava de sair na praia de Cabral. Na véspera tinha havido um temporal como nunca antes os velhos se lembravam de ter visto, com o mar de Pedra Alta com vagas tão altas e tão fortes que pareciam querer engolir o cemitério, ululando pelo caminho como um monstruoso touro enlouquecido, a enorme e encrespada língua de água e espuma como que desafiando e atroando o céu, e mesmo nhô Fidjinho, conhecedor do mar e das costas, já tinha avisado: Que ninguém saia da sua casa, porque quando este mar está assim, enquanto não matar não fica descansado, é deixá-lo até ele amansar-se sozinho, ninguém consegue enfrentá-lo e sair-se com vida.

Corremos todos para a Pedra Alta já esquecidos da escola e quando desembocamos no largo da Cruz já corria gente para os lados da Pedra Alta, as mulheres já em guisa fechada. Que filho de parida tinha saído para o mar com o temporal que se fizera na véspera? Mas ficou logo esclarecido que o único barco que tinha largado tinha sido o *Vera Cruz*, por ordem do dono da Ultra tinha ido ao Sal levar uma carta urgente.

Quando chegamos à praia de Cabral já o corpo de Antônio Mandrongo estava arrastado na areia. Ele estava nu de cintura para baixo, se calhar tinha tirado as calças para diminuir o peso e assim nadar melhor. Mas estava cheio de feridas, na cara, nos braços, nas pernas e ainda escorria-lhe sangue de uma ferida grande na barriga da perna. Via-se que não tinha morrido há muito tempo, aliás alguém afirmava ter visto de manhã cedo uma cabeça a flutuar no mar, infelizmente tinha pensado tratar-se de um cachorro que tivesse caído de algum navio. Coitado de Antônio Mandrongo! Era motorista de *Vera Cruz*, se calhar, no meio do temporal da véspera, tinha caído no mar e os companheiros do navio não tinham dado por ele. Ah filho de parida que para ganhar o pão de cada dia tinha que enfrentar aquele mar desesperado.

Quando Zabel chegou e viu Antônio Mandrongo já de braços cruzados, os olhos arregalados, ali mesmo deu coisa de coração, ficou espumando pela boca, foi necessário levá-la em braços para casa. Antônio Mandrongo continuava estendido na areia, os olhos teimosamente abertos, resistindo aos piedosos esforços que algumas pessoas fizeram para lhos fechar no meio daquela guisa baixinha que o mar cobria com o seu rangido feroz, as ondas crescendo e bramindo nas pedras, a espuma parecendo uma renda no cascalho da praia de Cabral, levantando nuvens de salpicos nas saliências da costa que vinha de Marmeleiro, praia de Cruz, praia de David, até de Rochona, e que parecia uma chuva miudinha que nos batia na cara. Era um mar feroz e belo que fascinava e atraía e também metia medo quando as ondas vinham tão altas que tapavam o ilhéu dos nossos olhos e depois desaguavam na Pedra Alta e no Manteu.

Mas pouco depois alguém gritou que tinha encontrado um leme. Era um achado de um terrível significado e de fato todo o mundo desabalou numa guisa alta, os gritos competindo com o mar porque se o leme tinha sido encontrado, só queria dizer que o *Vera Cruz* tinha ido ao fundo. Todos os homens se espalharam pelo meio das pedras e pela praia a ver se aparecia mais alguém. E de fato, dos lados do cemitério veio o grito: Está aqui um!

Era Roque, filho de nhô Banda. Roque estava ali, quietinho, dormindo amparado numa pedra, mas já tão dentro da terra que o mar não chegava nele. Roque foi acordado pelos gritos e ficou com o ar apatetado de quem vinha do outro mundo. E é certo que ninguém queria acreditar que Roque pudesse estar vivo ali onde ele estava, porque nenhum cristão era capaz de poder ter nadado no meio daquelas pedras e sair ileso, sobretudo numa noite escura como aquela da véspera, e Roque não tinha uma única escoriação. Uma onda pegou-me e pôs-me aqui, explicava Roque, mas ninguém aceitava uma daquelas. Aquilo não foi onda, foi Deus, algum santo, talvez santa Filomena, diziam fascinados diante de um Roque cansado, abatido, sem força para andar, sem voz para falar, uns olhos espantados donde caíam grossas lágrimas.

Contou que tinham largado de madrugada, no meio do mar bravo e vento fresco. Quando chegaram na costa da Pedra Alta viram que o mau tempo era demais, o mar estava muito bravo. Então resolveram voltar para trás, mas na manobra uma onda apanhou *Vera Cruz* de lado, emborcando-o. Roque disse que ele e nhô Banda, seu pai, tinham nadado juntos um bom bocado, mas por fim nhô Banda acabou por se cansar e disse-lhe, eu já não posso mais. Roque viu que o pai se afundava, agarrou-o e tentou aguentá-lo, papá, aguenta só mais um bocadinho, mas nhô Banda já estava sem forças: Já não aguento mais, disse, e começou a ir para o fundo e então Roque largou-o porque nhô

Banda levava-o com ele e quando Roque ficou só naquele escuro de breu, gritou pela sua mãe porque pensou que a sua hora também tinha chegado e foi então que veio aquela onda que o pôs na terra e no lugar onde foi encontrado.

Mas os botes e os outros barcos de pesca já rondavam o mar a ver se ainda havia alguma vivalma. Com binóculo perscrutaram o largo, seguiram a correnteza da água, mas lá pelo fim da tarde voltaram desanimados, o mar já mais calmo. Seis filhos de parida a pagar sem dever, desinquietados nas suas casas para irem morrer daquela maneira. Oh como vida de pobre é triste! E quem iria agora olhar pelos orfãozinhos? Sim, porque todos eles tinham filhos pequenos. Zabel tinha um de um ano e estava grávida outra vez. Justo pagava sempre pelo pecador. Os donos dos navios nas suas casas com as suas mulheres, deitados no quente, coitado a morrer no mar por eles porque eram gente que tinha contrato com Aquele Homem e que davam pessoas na conta deles. Oh vida de pobreza!

Só o velho José Mateus não participou daquela tristeza geral. Lamentou apenas não haver Centro Redentor na Boa Vista, os mortos de hoje vão ali de certeza. Todos quererão falar, contar as suas coisas. Atrapalham-se uns aos outros, empurram as pessoas, gritam, choram, só para poderem ser chamados a falar. Chegam às vezes cansados de longas caminhadas pelo Astral, só para deixarem um recado para uma pessoa de família. E as pessoas não sentem medo, perguntei inquieto. Não, as pessoas não sentiam medo. Como é possível aliás sentir-se medo de um morto, ria-se o velho José Mateus, eles são como os vivos: Falam como nós, pensam como nós. O que é é que estão numa outra vida, que tanto pode ser melhor como pior do que esta. Tudo depende de como se comportaram neste mundo.

José Mateus era um português deportado, velho e manco, mas desaforado lá fora que tinha chegado a Boa Vista uns anos atrás, ele e mais dois barcos de pesca e duas mesas de matraquilhos. Tinha mais de oitenta anos, mas poucos dias depois já vivia com a Antônia, uma moça de cerca de 18 anos e de uma beleza viva e cativante com quem estabeleceu uma relação de avô, professor e amante e a quem não apenas fez dois filhos como também ensinou a ler e escrever e a fazer doce de batata e abóbora que nos vendia em pequenas forminhas de alumínio por dois tostões e cinco tostões. Tinha arrendado uma sala onde jogávamos de noite à luz de um petromax, cada dez bolas custavam dez tostões, mas depressa tínhamos aprendido que a máquima também funcionava com moedas de dois tostões e assim só quando ele estava presente é que pagávamos o preço real, mas nesses casos a gente evitava meter golos para poder fazer render o tempo do jogo. Mas por causa do doce de batata eu tinha-me tornado um frequentador assíduo da sua casa e foi então que ele decidiu iniciar-me no espiritismo de que era um apaixonado, emprestando-me toda a sorte de livros sobre o assunto, desde *A Verdade sobre Jesus* até à *Vida Fora da Matéria* mas, apesar das suas explicações, eu não me sentia muito convencido com aquela igualdade de vidas, tanto mais que Antônio Mandrongo deitado na areia não me largava. Via-o constantemente, os olhos abertos recusando-se a fechar como se não estivesse convencido de que tinha morrido. Aliás, ninguém acreditava naquelas mortes. Não tinham sido naturais, não senhor, aquilo tinha sido mesmo obra de maçonaria. De certeza que tinham sido dados na conta! Bastava ver a sorte do Roque, saltando aquelas pedras sem um arranhão. Toda a gente sabia que os "maçongos" só podem dar na conta pessoas de uma certa idade, não lhes admitiam dar gente muito nova. Tinha sido por isso e por mais nada que Roque tinha escapado ileso. Todos os ricos são maçongos porque só se pode ser rico sendo maçongo. Fazem um contrato com Aquele Homem, vivem bem neste mundo mas depois de um certo tempo têm que lhe dar a alma. Mas se conseguem que outro morra em seu lugar, ficam garantidos por mais uns anos. Toda a gente sabia, por exemplo, que Babeje tinha morrido velhinho velhinho, já gagá, e só tinha morrido porque já não lhe admitiam dar mais ninguém na sua conta.

Da parte de tarde, Antônio Mandrongo já lavado, vestido fato completo e bem barbeado, repousava no meio da sala. Zabel, sobre a cama, chorava. Velório de verdade era só em casa dela porque era a única que tinha corpo. Mas toda a vila estava de luto. Tio Sidônio fez um bonito caixão para Antônio Mandrongo, forrado de azul, ele era ainda muito novo para o preto, decidiu, e assim Antônio Mandrongo já estava aconchegado no seu caixão, a cara tapada com um lenço porque insistia em manter os olhos abertos.

Chencha, mulher de nhô Banda, já estava no Porto, trazida de urgência do Norte onde tinha ido festejar S. João. Chencha abriu guisa na boca de Porto, atravessou a vila chamando nhô Banda, Banda que já não traria mais peixe para casa, Banda que já não apanharia mais fuscas, Banda que depois de morrer ainda tinha podido salvar seu filho Roque, Banda companheiro de muitos anos de bons e maus momentos e que agora estava na terra de sodade...

O velório estava silencioso, todas as caras fechadas naquela tristeza. Dar seis pessoas na conta de uma só vez tinha sido demais, uma maldade. Todos pais de filhos pequeninos que iam ficar ao deus-dará. Lela entrou, os olhos já vermelhos, em equilíbrio pouco firme, sinal de que já não estava ele só. Sentou-se e desembrulhou uma garrafa de grogue que silenciosamente circulou de mão em mão. Depois aproximou-se do caixão, olhou demoradamente António Mandrongo e disse-lhe como numa oração: Morreste para que a fábrica viva. Todos nós estamos condenados a morrer em nome da fábrica e ninguém consegue escapar a este destino. Deus abandonou-nos! Paz à tua alma.

Os presentes olharam Lela, resignados naquela fatalidade. É o destino do pobre, disse Júlio, a fábrica é que tem trabalho. Onde tirar um dia de trabalho se não for na fábrica? Sim, disse Lela, o Governo vendeu-nos à fábrica. Se não fosse assim, como é que o patrão-mor autorizaria que um barquinho como *Vera Cruz* saísse no meio de um tempo daqueles? O patrão-mor nem sabia que o *Vera Cruz* tinha saído, só soube hoje, disse alguém. Estão a ver, perguntou Lela. Quem manda é a fábrica: Manda no patrão-mor, manda no administrador, manda em toda a gente.

Trinta estava encostado à porta. Tossiu para aclarar a garganta: Lela, disse ele, hoje é um dia de muita tristeza para todos nós e por isso não gostaria de ter de prender-te, mas tens de lembrar que eu sou agente da autoridade, tens de me respeitar. Lela olhou Trinta: Eu sei que atacar a fábrica é atacar o Estado, porque a fábrica é o Estado, está tudo vendido à fábrica.

Os presentes apoiaram Trinta, aquilo não era conversa de casa de morto. Cada um cumpria o seu destino porque Deus sabe o que faz, fecha uma porta e abre mil. Lela calou-se e saiu, levando a sua garrafa. Já na rua deu uns passos afastando-se da casa, mas não resistiu e berrou: Ladrões! Exploradores do povo! Assassinos! Mas Trinta fingiu não ouvir. O largo da Cruz estava naquele silêncio de morte.

Nem se ouvia o marulho da beira, porque o mar tinha ficado outra vez manso jato. É sempre assim, explicou, nha Fidjinho, depois de matar fica manso como uma cabra de casa. Aliás, quando saí para a rua de manhã e o vi já quase a abrandar, eu pensei cá comigo, hum, esse mar já matou! Djidjé chegou para os pêsames e para a vela. Desde manhã que não tinha parado, disse. Era dia de pagar contribuição e o abalo tinha-o apanhado na porta de ca nha Maninha Mosso, toda aquela gente a correr esbaforida para d'Riba d'Alto, ele a perguntar o quê?, o quê?, ninguém sabia dizer direitamente o que tinha acontecido. Quando chegou na Câmara toda a gente estava na rua a perguntar. Vinha agora mesmo de dar os pêsames nas outras casas. Coitado do Mandrongo. Tão bom rapaz! Tomador sem dúvida, mas muito respeitador. Não era daqueles que bebiam e insultavam, como por exemplo o Lela que ele acabava de encontrar na rua gritando malcriadezas. O Virgílio, coitado, é que devia estar a morrer de tristeza. Ele e o Mandrongo é que tomavam caco juntos e até o Mandrongo gostava de dizer: O Mandrongo e o Virgílio são dois amigos leais. O Virgílio gosta da pinga e o Mandrongo ainda mais. Estava sempre a dizer isso ao Virgílio e riam os dois e emborcavam os copos de vinho. Sim, porque só bebiam vinho tinto enquanto cantavam, "lá em cima está o Salazar, cá em baixo está o Carmona. Juntaram-se os dois à esquina, tocando a concertina, dançando o soridão"... Aliás o Mandrongo tinha uma outra cantiga muito mais bonita, mas que só cantava quando estava já mesmo muito tomado, porque era uma cantiga com algumas malcriadezas. Os outros não se lembravam? Era assim: Quando eu era pequenino o meu pai mandava-me à merda, agora que sou grande, ele manda-me à puta que pariu... Coitado do Mandrongo, tão bom rapaz. Por sinal que até que tinha deixado uma continha no botequim. Não faz mal, fica na conta de Deus, coitadinho! Tão bom rapazinho, e logo seis pessoas! Claro que já não havia esperança nenhuma de os encontrar, com o mar daquela maneira! Olhem que eu sou antigo e nunca vi o mar assim bravo, nem tanto temporal. Equinócio, disse nhô Djonga, equinócio é perigoso. Traz vento em rafega de todos os lados.

Desde que Djonai tinha morrido que o Djidjé parecia apostado em o substituir naquele falar contínuo e agora onde estava só ele é que falava. As velas estão quase a acabar, disse Júlio. Eu daria de boa vontade, disse Djidjé, mas não vim prevenido. Só trouxe um pedaço de erva para a Chencha. Ela está por lá, coitada, de corpo largado de riba de cama. Mascar sempre lhe ajuda a passar este transe. As velas vão acabar, repetiu Júlio com voz de sono, abrindo a boca enquanto falava, temos que arranjar velas.

Djidjé tomou de novo a palavra: Por acaso até ainda anteontem eu tinha velas na loja. Mas com a falta de petróleo, as velas acabaram-se. Aliás se não fosse essa falta de petróleo eu ainda estaria carregado de velas. Porque vocês sabem, eu não tinha petróleo, mais ninguém tinha. É sempre assim: quando não tenho uma coisa, mais ninguém tem. Mesmo que eu disse: bem-feito que houve aquela calmia e *Maria Tereza* atrasou. Porque toda a gente via *Maria Tereza* a bandejar no largo, sem poder entrar. Era vai para cima, vem para baixo, nem um ventinho para ajudar. Foi assim que vendi todas as velas. Não ficou nem uma para remédio. Porque vela é uma coisa que sai pouco. Um morto, uma promessa na igreja... Enfim, a gente manda vir, mas é empatar dinheiro sem lucro. Aliás não era só vela, mas muitas outras bugigangas que o primo Nhonhozinho lhe mandava de S. Vicente. O primo é que lhe fornecia, dava-lhe a crédito por noventa dias, mas só mandava jaturas. A única coisa direita que ele tinha mandado tinha sido aquele homem a tocar no braço. "Queres fiado? Toma disto!" Ele tinha fartado de rir quando vira aquilo: Sim senhor! Bem-apanhado! Tá claro que não servia de nada, comércio na Boa Vista tinha de ser fiado. Pagar é que é tudo, porque aparece cada caloteiro! Mas o Mandrongo era pagador lá fora, mal recebia nem deixava o dinheiro aquecer o bolso. Mas havia outros que só dado na cara, o que eu preciso é fazer o que eu vi em S. Vicente, pôr uma lista na porta com os nomes dos devedores irrecuperáveis, para toda a gente conhecer os caloteiros.

A vela já era apenas o fio boiando no sebo derretido. Enquanto Djidjé falava, Entidade saíra à procura de velas, mas voltou desanimado. Em nenhum lugar! Tinha procurado por todos os buracos, chegara mesmo a ir incomodar nhô Fidjinho na sua casa. Fidjinho por acaso tinha sido direito, se tivesse, de boa vontade mas não tinha, tinha acabado tudo com a falta de petróleo, sobretudo a gente do interior tinha comprado velas aos pacotes.

O problema no entanto subsistia: como deixar um morto na sua última noite sem uma luz! Deus livre! Já lhe bastava ter morrido no mar. Por sorte que o corpo tinha dado à costa. Coitados eram aqueles cujos corpos tinham ficado no mar, porque a sua alma nunca mais tinha descanso enquanto não encontrasse terra-firme. Portanto, tinha-se que encontrar vela. Júlio, já desperto da sua madorra, alvitrou que só Djonga podia solucionar a situação, com velas da igreja! Djonga coçou a cabeça. Não restava dúvida que ele ficava com a chave da igreja sempre que nhô padre se ausentava, mas sabia lá se seria da vontade de Deus? O rapaz era cristão, disse Entidade, e Zabel de cima da cama ajuntou com tristeza que ele era católico. Bem, seja o que Deus quiser, disse nhô Djonga e levantou-se.

Naquele meio-tempo chegou Josefa com uma bandeja tapada, aproximou-se de Zabel e disse: Só um golinho, é canja de galinha, não podes ficar sem comer, tens que comer para suportar vontade de Deus, Ele quis assim, temos que ter paciência e consolança, bebe um golinho. Josefa levou a tigela aos lábios de Zabel e todos apoiaram, tens de comer, não podes ficar assim.

Djidjé levantou-se, infelizmente não podia ficar mais, tinha que se levantar cedo para ir até Rabil, mas na hora do enterro estaria de volta. Júlio foi com ele até a porta: Não se podia fazer uma vela em condições sem um cálice de aguardente para despertar, disse ele. Zabel também não estava em condições de mandar vir grogue, se nem comida tinha em casa. Não poderia Djidjé fiar-lhes um litro de grogue? Djidjé coçou pensativamente a cabeça ponderando, mas decidiu: Sim senhor, seja por ele, disse.

Porém, quatro dias depois a vila aliviava o seu pesado luto para festejar a sua Tanha, não é todos os dias que se recebe um filho pródigo com tantos anos de ausência. No entanto, toda a gente viria a ser unânime em afirmar que tinha sido uma grande infelicidade o seu desembarque no cais ter justamente coincidido com a hora em que Antão levava na mão. Mana Tanha tomou conhecimento do malfeito lá mesmo no cais, porque logo se ouviu que ao estralejar dos foguetes no céu da vila em sua homenagem, se juntava o estralejar da palmatória nas mãos de Antão. De princípio ela não entendeu coisa nenhuma, mas quando viu o aspecto transtornado do Lela e os seus olhos fora da cabeça, muito pouco a condizer com o momento que estavam vivendo depois de tantos anos, perguntou e ficou a saber que se tratavam de palmatoadas. Credo, disse ela, parece mau agouro! Figa canhota! Mas Lela, que já a tinha beijado nas duas faces após um longo abraço e agora se mantinha expectante, os olhos nela e os ouvidos à escuta, comentou engolindo em seco que era pelo menos de muito mau gosto: Mas é para veres como esta terra está, muito pior que antigamente, agora que está entregue nas mãos desta nova bicharada. E sem dúvida que aquela desagradável circunstância prejudicou grandemente a grandiosa receção que desde há dias vinha sendo preparada para a Tanha, filha da Boavista nascida e criada mas ausente no estrangeiro há mais de quarenta anos. Porque logo que se tinha sabido da sua próxima chegada que os foguetes tinham sido comprados, um cartaz de boas-vindas desenhado a primor e Djonga Entidade tinha mesmo opinado que um sininho na igreja não seria de forma alguma mal recebido: Tal qual como se fez com o Craveiro Lopes, disse ele, mas ao sino nhô Djonga opôs-se frontalmente, perguntou mesmo quem teria coragem de propor tal coisa a nhô padre que por acaso até que tinha regressado, infelizmente não já a tempo de encomendar a alma do Antônio Mandrongo. Festa, foguete, tambor, vá lá, embora pessoalmente tivesse sido de opinião que, dado o estado de luto que se vivia, talvez o foguete não fosse muito apropriado à ocasião. Porém, a isso o Lela tinha-se oposto frontalmente, citando mesmo uma frase da Bíblia: Que os mortos enterrem os seus mortos, tinha ele dito e nhô Djonga tivera que se calar, mas agora sobre sino ele estava em condições de falar com conhecimento de causa e de fato sino na igreja não lhe parecia bem e na qualidade de sacristão-chefe e único responsável pela igreja nas ausências e impedimentos de nhô padre, ele Djonga nunca autorizaria. Não ficava bem, disse, e pediu mesmo a opinião de Tio Sidônio, mas neste particular Tio Sidônio manteve-se neutro. Para ele era igual, disse. Com sino ou sem sino vamos recebê-la, não é verdade! Ah, a doida da Tanha!... Vamos a ver se ela ainda está doida como quando era menininha. Porque era doida varrida. Estou a lembrar de uma vez que... Mas Lela impacientou-se: Depois contas, Sidônio, vocês vão ter muito tempo para lembrar coisas, ela vem *sine die*... Cem dias?, estranhou Tio Sidônio, mas Lela explicou que não era cem dias, era *sine die*, de há muito Tanha tinha escrito que no dia que voltasse seria sem data de regresso, viria para ficar, se calhar para morrer na sua terra...

Mas quando Mana Tanha soube que aquele nunca mais acabar de levar na mão era por causa de dois cocos, lá mesmo no cais disse que regressaria no mesmo navio que a tinha trazido. Eu não fico aqui nem um dia! Credo! Esse homem não tem coração? Assim é que a Boavista está? Mas Lela disse que aquilo não era nada, ela ainda tinha muito que ver. Aquilo era uma cambada de abusados de rei na barriga. Ainda vais ver muito mais do que isso, disse ele, quase em soluços, a voz embargada pela comoção de ver a sua Tanha e a raiva das palmatoadas nas mãos de Antão.

Mas já a caminho da casa depois de ainda sobre o cais ter cumprimentado todas as pessoas que tinham ido para a receber, quando ouviu mais um estrondo que parecia o de um banco a cair, mas que na verdade não era senão mais uma palmatoada, Mana Tanha gritou o seu público protesto chamando ao administrador de *fils du putain* e *grand cabron, pauvre mère* que pariu um demônio desta casta!

Titujinho não tinha querido deixar de estar presente na recepção, conhecia a Tanha desde menininha, e, não se contendo, abanou a cabeça apoiando. Porque ele mesmo, sempre neutro em tudo, por causa da sua incontinência urinária, como explicava, dessa vez não resistiu, tomou posição favorável a Mana Tanha, embora de fato olhando para os lados a ver se perto dele estava só gente de confiança. Coitado desse pobre rapaz, disse melancólico, dizem que por causa de dois cocos!

A estória já era conhecida de toda a gente e o que se contava era que, na véspera, Antão tinha valorosamente enfrentado as espinhas de acácia martins com que nha Ninha mandara vestir os seus coqueiros da Ribeira de Rabil (por causa dos abusados que não respeitam coisa de gente!) e não obstante rasgando-se e ferindo-se nas longas agulhas, lá tinha acabado por alcançar dois cocos.

Era de tardinha e não havia vivalma na zona do Talho, razão por que Antão não tinha sido visto e portanto apanhado em flagrante delito. Mas no dia seguinte nha Ninha, que todos os dias ia contar os seus cocos, deu pela falta dos dois cocos na mãe. Lá mesmo no Talho ela pôs língua no céu da boca, e brigou e insultou o ladrão de não sei que diga, e rogou pragas e pediu a Deus que fizesse com que o coco engatasse na garganta do demônio que os tinha comido, e terminou exortando os santos da sua devoção, Santa Isabel, Santo Antônio Milagroso, Santa Aninhas, para que todos eles se juntassem para provocar um ataque de coisa de barriga ao safardana.

Mas não contente só com as pragas, nha Ninha foi diretamente ao cabo-chefe de Estância de Baixo para apresentar queixa. Cabo-chefe investigou a hora aproximada do delito, nha Ninha disse que só podia ter sido de tardinha porque durante o dia estava sempre gente na zona e então cabo-chefe mandou bandoar pelo meio da povoação que se apresentasse em sua casa quem tivesse estado ou tivesse visto alguém pelos lados do Talho ontem de tardinha.

E de fato logo apareceu alguém a informar que na véspera, perto do lusco-fusco, tinha visto o Antão a descer para aqueles lados, embora sem poder dizer que tinha sido ele o autor do furto. Cabo-chefe foi de imediato ao funco de Antão, perguntou de cara amarrada se por acaso Antão tinha visto alguém espiando os coqueiros de nha Ninha Lopes. Não, ninguém, respondeu Antão encostado ao enxergão e chupando um cigarro de palha de milho, dias há que não vou para aquelas bandas.

Foi essa mentira que perdeu Antão. Estiveste lá ontem, Antão, disse cabo-chefe com voz autoritária, revestindo-se da sua importância de representante legal do Sr. administrador na povoação. Fui só buscar água, começou a tartamudear Antão, mas naquele momento cabo--chefe viu restos de cascas de coco atrás do enxergão. Aí Antão confessou sem esforço, chorou, jurou não repetir, pediu perdão pela alma da mãe de nha Ninha. Mas cabo-chefe foi peremptório: Pro Porto! E perfilando-se deu voz de prisão a Antão: Estás preso em nome da lei! Antão levantou-se de cabeça baixa, aceitou a voz de prisão e acompanhou cabo-chefe até junto de dois cabo-polícias a quem ordenou que conduzissem Antão à Vila para o Sr. administrador fazer da sua justiça.

E agora, por causa de dois cocos, aquele destempero nas mãos do pobre coitado, disse Titujinho e Tio Sidônio concordou que de fato aquele homem parecia miziado. Ele Sidônio, que tinha prometido comer vivo e com os seus dentes quem quer que tivesse o atrevimento de entrar na sua horta, ele mesmo não seria capaz de uma maldade daquelas, de uma tal desgraçadeza.

Mas, por causa desses e doutros comentários laterais, nunca chegou a haver acordo quanto ao número de palmatoadas que o Sr. Coralido ministrou a Antão, nem também sobre o fato tido depois, não se sabe bem o porquê, como essencial, de sim ou não o Antão, no fim de tanto apanhar, ter dito obrigado ao administrador. Muitas pessoas disseram ter contado cinquenta, mas algumas outras referiram setenta e seis e mesmo oitenta e quatro. Mesmo Tio Tone disse depois não poder indicar um número certo porque acabou por completamente perder a conta e apenas lhe ficou na cabeça a imagem desoladora daquele homem profundamente humilhado, soluçando desabaladamente naquela dor de mãos estendidas. Na qualidade de zelador da Câmara Tio Tone tinha sido obrigado a assistir a todo aquele abuso e mesmo muitos anos mais tarde, quando se referia àquela loucura, dizia que continuava clarinho nos seus ouvidos o som cavo das palmatoadas nas mãos de Antão e o eco que faziam nas paredes da Câmara e ainda via aquelas grossas e silenciosas lágrimas que desciam pela sua barba suja e se lhe juntavam nos cantos da boca enquanto continuava obedientemente estendendo cada mão para a palmatoada seguinte. Abandonados de Deus e desamparados dos homens, resumiu Lela horas depois, e embora católico praticante Tio Tone teve que concordar que de fato parecia que Deus tinha esquecido o seu povo. Mas não confirmou o obrigado embora também não o pudesse desmentir. É que não obstante as ordens, tinha acabado por sair dali, abandonado a repartição, aquilo dava-lhe voltas ao estômago. Será que esse homem não tem entranhas, interrogava-se. E ante a afirmação do Lela de que aquele ali tinha que ser o diabo em figura de gente, Tio Tone como que se esforçava por arranjar uma justificação que de algum modo servisse para humanizar o Sr. Coralido: Ele diz que é para servir de exemplo, que nas épocas de crise é necessário reprimir-se com severidade toda a tentativa de desrespeito da propriedade privada. Porém, ao mesmo tempo interrogava-se: Mas dois cocos justificam tanta brutalidade?

Mas quem, juntamente com Antão, mais chorou aquela brutalidade foi justamente nha Ninha Lopes. Porque quando soube que cabo-chefe tinha prendido Antão, foi logo pedir por ele. Que cabo-chefe deixasse o coitado em paz, também não valia a pena tanto estardalhaço por causa de dois cocos, tanto mais que uma vez descoberto certamente que ele não mais repetiria. Mas cabo-chefe tinha sido peremptório: Tinha dado voz de prisão, já não podia desdar. Ele cabo-chefe já não podia fazer mais nada, agora só no Porto!

Nha Ninha morava no Porto. E sentindo-se responsável pela prisão do pobre filho de parida, logo ao chegar providenciou almoço para Antão na cadeia e um catre para ele dormir, não fosse o coitado ter que dormir no frio do cimento. Estava convencida de que aquela cadeada seria só para o assustar e por isso quando no dia seguinte ouviu os foguetes pela chegada de Mana Tanha e um outro barulho que soube ser do administrador a aplicar palmatoadas nas mãos de

Antão, foi a correr postar-se diante da Câmara quase em estado de faniquito, repetindo sem cessar que não tinha culpa de uma coisa dessas, nunca tinha pensado numa maldade tão grande, antes preferia que ele tivesse levado todos os cocos. E quando Antão saiu da Câmara cabisbaixo e soluçando como uma criança, nha Ninha aproximou-se dele, abraçou-o em guisa, pediu-lhe públicas desculpas enquanto lhe beijava as mãos magoadas e levou-o para a sua casa para lhe meter as mãos inchadas em água fria com sal.

Lela viria a confessar que só depois ficou a saber desse gesto tão humano de nha Ninha porque de contrário não a teria envolvido nos insultos gerais daquela noite. Porque, ou fosse pela emoção da chegada da Tanha ou então apenas raiva pelas destemperadas palmatoadas, o certo é que naquela tarde Lela voltou a abrir goela na pracinha atrás da Alfândega. Cheio d'água, como gritou, "mas não à custa deste maltratado povo como aquela bruxa leviana que fez aquele coitado levar na mão daquela maneira", apenas à sua custa, à custa do seu trabalho. Mesmo Tio Tone diria que já tinha sentido que nada acabaria em bem naquele dia quando viu aqueles olhos do Lela enquanto cheirava uma pitada de cancan e lhe contava o drama de Antão. Porque era como se Lela tivesse alguma coisa por dentro que precisasse vomitar com urgência. Lela tinha-lhe aparecido em casa a pedir uma pitada, Tio Tone lembrou-lhe que fazia tempos que já não cheirava, só se mandassem pedir um pouco de tabaco em casa do Romão ali ao lado, mas enquanto aguardava Lela tinha encaminhado a conversa para aquela violência desproposidada das palmatoadas: Antoninho d'Augusta, achas certo, achas justo uma coisa dessas? E o fato de Tio Tone não achar nem certo nem justo mais exasperava Lela. E assim Tio Tone disse que não estranhou quando de tardinha começou ouvindo aqueles "Ladrões! Exploradores do povo!", embora os esperasse só lá para mais tarde porque Lela tinha saído da sua casa na intenção de ir completar a visita a Tanha que de manhã tinha ficado muito perturbada com todo aquele abalo.

E de fato Mana Tanha tinha chegado transtornada em casa de Tia Adelina debitando palavrões em francês contra esses filhos de Belzebu que assim vinham das suas ilhas afrontar o coitado povo da Boa Vista, nem prestou a devida atenção às pessoas que a abraçavam e beijavam, pediu logo cama e compressas de água gelada para pôr na testa que escaldava. Pensava que esses desaforos, esses abusos já tinham acabado no mundo porque mesmo nas terras dos pretos já tinham deixado de o fazer e afinal vinha encontrá-los não só na sua terra, como logo no dia do seu desembarque.

Mas tio Sidônio iludiu o lamento, disse, água fresca sim senhor, agora gelada era mais complicado. Porque, sabes, geleira na Boa Vista ainda é pote de barro. Mas olha que a gente não precisa de mais. Esta aguinha posta de um dia para outro é melhor que qualquer geleira.

Ruidosamente Mana Tanha declarou-se de acordo. Há quanto tempo não bebia água de pote! Praticamente há quarenta anos, desde que saíra da Boa Vista. Sim, falou manso Lela, vocês tinham um moringue em casa onde havia sempre água fresca. Mana Tanha riu-se muito, admoestou Lela: Ainda lembras destas coisas? Pensei que tinhas esquecido! Mas deem-me água de pote para eu beber, para eu matar saudades. E depois quero descansar. E assim Lela tinha saído e prometido voltar de tarde, quando ela já estivesse repousada.

Mas não se sabe se pela emoção da chegada de Mana Tanha, se pelas palmatoadas do Antão, o certo é que, embora contra todos os seus propósitos para o dia, Lela acabou por fuscar. Já o tinha feito no dia da tragédia, mas até pode acontecer que neste dia não tenha querido fuscar e sim apenas tomar um caco para levantar o espírito. Mas só que Lela tinha uma coisa: fuscava rápido! Com dois cálices, às vezes até com um só, ele fuscava. E foi o que aconteceu no dia da chegada de Mana Tanha. Aguentou toda a manhã sem tomar nada, embora agoniado por revê-la e também pelo abuso a que tinha sido obrigado a assistir passivamente, mas de tarde precisou mesmo de um cálice.

Nunca se soube que dolorosos pensamentos agitavam Lela a caminho da casa da Tia Adelina onde Tanha se tinha hospedado e fizeram com que ele abrisse a goela contra os "Ladrões! Exploradores do povo!" antes da hora que Tio Tone tinha previsto. Porque o que Tio Tone sabia era que Lela tinha saído da sua casa em perfeito estado, nem sequer tranquilo estava quanto mais fusco e quando cerca de meia hora depois ouviu os "Ladrões! Exploradores do povo!", estranhou consideravelmente e comentou mesmo para Mã Guida que aquele rapaz, hoje conseguiu enganar-me.

Mas na verdade não tinha havido engano nenhum. Apenas acontecia o acidente geográfico de o botequim do falecido Djonai ficar no caminho da casa de Tia Adelina e assim Lela encontrou Maria Júlia à porta e depois de dois dedos de conversa sobre os assuntos do dia, isto é, Tanha e Antão, resolveu entrar para tomar um cálice.

Foi só um cálice mas foi suficiente. Logo dali Lela arribou caminho e rumou para a pracinha atrás da Alfândega, já fusco, já incoerente, já esquecido da Tanha. Quando chegou perto de ca nha Regina já clamava contra a miséria do povo, os abusos das autoridades, as maldades e velhacarias do administrador, a sua voz ressoando em ecos pelas ruas, repetindo as mesmas coisas que já tinha gritado milhares de vezes ao longo de anos.

De dentro da loja Maria Júlia ouviu e veio esbaforida a correr atrás dele, apanhou-o perto da loja de nhô Simão, Lela, hoje não!, hoje dia não é dado para fazeres estas coisas!, mas Lela deu-lhe um safanão, não quis ouvir nenhumas razões. Mesmo Djidjé largou o balcão da sua mercearia, quis ajudar a Maria Júlia, mas Lela refilou, larguem-me da mão... Assassino, gritou, Maria Júlia resignou-se, disse-lhe, vai cumprir o teu destino, voltou cabisbaixa para o seu botequim, Djidjé regressou ao balcão da sua loja. Djidjé disse depois que ainda correu-lhe na ideia ir avisar a Tanha porque sentiu que Tanha era a única pessoa capaz de evitar aquele abalo. Mas não soube porque, aquilo passou-lhe logo da memória. Aliás, não tinha sido bem assim, no fundo no fundo o culpado tinha sido o João Manco que à porta da sua casa brigava contra os sobrinhos que lhe tinham escondido a dentadura postiça que expressamente tinha ido fazer a S. Vicente. Porque ver João Manco de boca mocha tinha-lhe feito dar tantas gargalhadas que só voltou a lembrar-se do Lela quando viu o povo a correr no meio de Porto.

E assim Lela seguiu o seu destino rumo à pracinha. Da sua casa Tio Tone acompanhou os seus berros sobressaltando a pasmaceira da vila. Ó povo da Boa Vista, revoltem contra a miséria! Revoltem contra a Ultra. Ó pescadores, bêbados como eu, deixem-me gritar: Oooooooooo pescadores! Ooooooooo rapazes novos! Revoltem contra esta exploração! Revoltem contra a Ultra!

Mas o administrador devia estar perto porque chegou pouco depois, mandou Lela calar-se. O Sr. Coralido era rigoroso em questões de ordem e autoridade, gostava de dizer que gritar alto só ele e mais ninguém. Mas Lela não obedeceu, mesmo fixou nele um olhar apagado, a voz já rouca dos berros: Quem é você para me mandar calar? Não quer que eu diga a esta gente a miséria em que estão a viver? O Sr. Coralido não só era forte como tinha a mão leve, uma vez tinha esbofateado uma mulherzinha do norte com tal força que lhe arrancara dois dentes pela raiz, contava-se que na altura ele estava tão fusco que tinha acabado por vomitar nas calças, embora outras pessoas tivessem dito que vomitara por causa do sangue que tinha visto na boca da mulherzinha, dizia-se dele que era forte de corpo, mas fraco de espírito, não podia ver sangue, mas o certo é que o seu punho embateu-se na cara do Lela, Lela caiu sobre o banco, ficou um bocadinho parado como se tivesse ficado tonto, o administrador na frente dele como que em sentido, mas de repente uma violenta cuspidela voou da boca de Lela e embateu-se vigorosa no aparado bigode do Sr. Coralido, um cuspe manchado de vermelho que ficou escorrendo pela boca do Sr. Coralido.

Essa era aliás uma das especialidades do Lela que passávamos o tempo a querer aprender e imitar. Porque Lela tinha a habilidade de colocar um cuspe onde muito bem entendesse, com precisão milimétrica, embora tenha vindo a reconhecer depois que daquela vez tinha errado o alvo por um cagagésimo, visara a boca e acertara o bigode.

O Sr. Coralido parece não ter entendido logo que aquilo era cuspe, que ele tinha sido cuspido, e ficou ainda um momento sem reagir até que de repente meteu as duas mãos nos bolsos das calças e retirou-as vazias e então, com a fralda da camisa, limpou freneticamente a cara ao mesmo tempo que gritava, seu filho de uma puta, seu filho de uma cadela!, e atirou-se ao Lela e deu-lhe socos na cara, na cabeça, na boca e Lela só dizia: Bate, cabrão, bate mais seu chulo!, e ele continuava batendo até que Lela escorregou e ficou fora do alcance dos socos, mas o Sr. Coralido continuava dando punhadas no ar e no banco da praça convencido que batia no Lela, até que Trinta chegou esbaforido, furando por entre as pessoas que se tinham juntado em redor gritando, já mataram o Lela, diziam, e Trinta gritou com voz rouca e autoritária, Sr. administrador, o senhor parece um louco!, senhor, ao mesmo tempo que o agarrava pelas costas, e o Sr. Coralido parou, respirou, disse apenas, prenda-o!, e afastou-se, as pessoas desviando-se para lhe dar passagem.

Trinta esperou um bocadinho, puxou ele próprio do seu lenço e passou-o delicadamente pelas faces do Lela para o limpar do sangue e depois disse baixinho, Lela, Lela, estás preso!, e quis ajudá-lo a levantar-se e como Lela estava atordoado demais para andar, Trinta pediu às pessoas que o ajudassem a carregá-lo.

E assim Trinta e mais três homens fizeram uma cadeirinha com os braços para transportarem Lela para a cadeia, seguidos pelos curiosos que lamentavam a sorte do Lela, tão bom homem quando no seu normal, mas mal acabava de pôr um golinho de bebida na boca e já não sabia o que dizia.

Como disse nhô Djonga, aquilo mais parecia uma procissão com Lela num andor do que a condução de um preso. Mas o certo é que Lela teve que ser depositado no chão, não tinha havido tempo de a sua cadeira de lona chegar, dessa vez Trinta achou por bem fechar a porta e correr o ferrolho, embora porém sem pôr cadeado por fora.

Tio Tone tinha ouvido não só as palavras do Lela como toda a confusão restante, mas manteve-se sentado à porta da sua casa sem se mexer do seu lugar, essas cenas violentas davam-lhe voltas ao estômago. Por isso, quando viu o andor em que Lela parecia um santo morto, um Cristo descido da cruz com a cabeça abandonada nos ombros do Trinta, levantou-se para sair à procura da paz do marulho da praia de Cabral.

Praia de Cabral era o seu passeio predileto de todas as tardinhas, na hora do sol cambar. E também lhe servia de casa de banho porque gostava de fazer o seu pupu olhando o mar, as ondas beijando docemente a areia. Mas naquele dia ressentia-se daquela beleza. Depois das lágrimas de Antão, a pancadaria no Lela. Pobre Lela clamando no deserto contra o administrador que não providenciava trabalho de Estado, ou contra a Ultra que agora pagava os trabalhadores com "cavalo-branco". Era fato que a prosperidade da Ultra tinha sido efêmera. A fábrica tinha começado bem, com muito trabalho, muito dinheiro e por isso muito grogue e muita festa. Mas de repente, não se sabe como nem porque, deixou de dar lucro, embora a pesca não tivesse diminuído, os barcos continuassem chegando carregados de peixe, tão carregados que muitas vezes não se conseguia tratá-los a tempo e horas e por isso passou a ser quase rotina ir de novo despejá-los no mar alto. Mas o certo é que os donos em Lisboa diziam que a fábrica tinha deixado de dar lucro e começaram a pagar aos trabalhadores em gêneros alimentícios, primeiro o pessoal da Ultra tinha começado a tomar fiado numa loja qualquer sob responsabilidade da empresa, depois ela mesma começou a importar. Diziam que aquilo era cantina, só tomava quem queria, mas a Ultra não tinha dinheiro para pagar e por isso toda a gente era obrigada a receber em gêneros, de vez em quando davam parte em dinheiro, parte em gêneros. Mas com o andar do tempo os gêneros também tinham acabado e então a Ultra começou a pagar com "cavalo-branco". "Cavalo-branco" eram vales em papel almaço branco que a gerência passava aos trabalhadores no fim de cada semana de trabalho e correspondente ao valor do seu salário. Então os trabalhadores iam a um comerciante qualquer ou mesmo a certos particulares e trocavam o vale com um desconto. A princípio trocavam por dois terços do valor do vale, mas como a Ultra demorava muito a pagar os compradores dos vales já só os aceitavam por metade do seu valor, até que chegou uma época em que já não os trocavam por valor nenhum porque diziam que aquilo já não valia nada, a Ultra estava em situação de falência. E quando os "cavalo-branco" deixaram de valer fosse o que fosse, a Ultra, que tinha uma enorme quantidade de *bidons* de combustível vazios, começou a pagar os trabalhadores com *bidons* e então passou a ser normal ver um pescador carregado de filhos que iam com ele à Farinação buscar os *bidons* correspondentes a tantos dias de trabalho, porque havia pessoas que compravam os *bidons* para guardar água ou cobrir as casas e mesmo para outros trabalhos.

Mas igualmente o mercado saturou-se de *bidons* e então houve trabalhadores que ficaram com o quintal cheio de *bidons* inúteis apodrecendo ao sol, enquanto se sentavam no Paredão, à espera da graça de Deus, porque só Lela sabia protestar contra aquele abuso, porém era apenas quando estava com dois cacos porque quando sem tomar nada era um homem tranquilo e bondoso, com um aspeto de uma permanente e envergonhada tristeza.

Como era muito versado em coisas de religião, tinha mesmo uma *Bíblia* em casa onde gostava de buscar conselhos úteis, Tio Tone costumava dizer que Lela era o João Batista da Boa Vista, ou então o profeta Elias. Lela apenas sorria diante destes nomes, tinha um grande respeito pelo Antoninho d'Augusta, empregado da Câmara desde que entendera o seu nome e um dos poucos homens da Boa Vista que não tinham filhos de fora. Não me decapitaram, mas já me crucificaram, dizia Lela. Se não fosse uma rede para consertar, eu já teria morrido de fome. Ninguém me dá trabalho porque não sei calar abusos. Tio Tone abanava a cabeça concordando e então dizia: Na mesa da minha casa nunca faltará um lugar para ti, enquanto Deus assim quiser e não nos faltar o pão nosso de cada dia.

Vindo da praia de Cabral, Tio Tone passava pela Salina. Bons tempos em que a Salina era um mar de sal. Agora a crise tinha virado a ilha de avesso de tal forma que até as salinas tinham deixado de produzir. As hortas estavam soterradas pela areia que se dizia vinha do mar mas que na verdade parecia nascer do dia para a noite como praga de gafanhoto e matava até tarafe e carqueja.

Tinha sido uma luta renhida a do povo contra as areias atacando as hortas de pé-de-banco. Mas paliçadas de tarafe, carqueja, ramos de tamareira, tudo tinha sido conquistado pela areia demoníaca, de tal forma que tamareiras de quatro a seis vezes mais altas que um homem ficaram ao nível do chão afogando-se na areia. Num ano tinha parecido que a vida melhorava porque choveu em julho e houve festa de chuva com muitas fuscas e muitos corvos apanhados aos sacos, molhados e sem poderem voar, e toda a gente correu para o seu pedaço de chão e semeou e mondou na esperança das chuvas de outubro. Mas em vez delas um belo dia desembarcou na costa do norte uma invasão de gafanhotos vorazes. Foi como se tivesse sido uma invasão programada porque desembarcaram ao mesmo tempo em diversos pontos e tomaram a ilha de assalto e limparam tudo que podia confundir-se com uma planta. E quando acabaram de comer tudo que era verde invadiram as casas e durante dias foi uma loucura coletiva porque apareciam gafanhotos nas camas, nas fraldas dos bebês, até nas panelas de comida. Mas depois morreram e secaram-se ao sol e todos respiraram de alívio, até que nas primeiras chuvas do ano seguinte se viu que não, que os gafanhotos eram agora gente de casa porque às primeiras chuvadas a terra povoava-se de gafanhoto e a esperança era que morresse sem desovar, mas por muitos anos foi aquele nascer, comer, desovar, morrer. Não houve promessa que não se tivesse feito, mas tudo em vão. Já não era o tempo de Ti Júlia forçando os santos e o próprio Deus a agir como era de direito e assim as pessoas faziam promessa de sete vezes rodear a igreja de joelhos com uma vela acesa na mão ou então de ir ao norte a pé para ouvir a missa de S. João, mas assim mesmo as chuvas só vinham para chocar os gafanhotos. Mesmo padre Higgino um dia não se conteve e diretamente do altar, em pleno sermão dominical, questionou Deus quase com ira perguntando-lhe, mas quando, Senhor, te decidirás a compadecer-te deste teu povo?

Porém, a eterna esperança não estava deixando que o povo se apercebesse da crise, até que se viu que ela estava já instalada, monstruosa e medonha nos campos cinzentos, nas rochas nuas, as pedras torradas gritando aquela secura. Os animais já morriam à volta dos poços secos e estorrados e ficavam a dar peste debaixo daquele sol no campo pelado. E foi então que o já faminto povo do interior da ilha se lembrou da potona. E palmilharam todos os descampados, escavando a terra ressequida, tentendo e catando os pequenos grãos que vinham misturados com terra vermelha e cascalho e ali os limpavam e moíam e preparavam a papa de potona que durante tempos foi o seu alimento. Mas era um trabalho insano e moroso porque um dia de trabalho de uma família quando muito rendia uma refeição e assim agitavam-se nos campos que tinham sido de pastagem e demarcavam zonas para cada um e brigavam porque de manhã encontravam mexidos os moroços que de véspera tinham estabelecido. Até que acabou por não haver mais por onde voltar e então uma grande parte dessas gentes invadiu a Vila, muitos carregados de lenha que debalde tentavam trocar por um litro de milho, eram sobretudo mulheres envelhecidas, magras, os pés rasgados e assados pela areia escaldante.

Foi por essa época que o enfermeiro começou a fabricar um xarope chamado 93 e que acabou por desempenhar um importantíssimo papel no debelar da crise porque além de sabe era revigorante da fraqueza e ele distribuía 93 às garrafas e aos litros conforme os membros da família, e as mães sentavam-se nos bancos da enfermaria com os meninos pequeninos e famintos no regaço, os olhos resignados postos num céu que não se abria.

Até que um dia correu a notícia de que a fábrica de há muito fechada voltava a abrir-se, agora com outro dono e outro nome. Depressa se soube que seria Ultra, limitada, o que foi confirmado dias depois pelo bonito *placard* em forma de onda e pregado por cima da porta: Empresa de Conservas, Ultra, Lda. Durante muito tempo foi Ultra, Lda., porque "limitada" também era nome, até que por comodidade ficou apenas Ultra. Com a Ultra a ilha conheceu um período de grande prosperidade porque nos primeiros tempos correu muito dinheiro e havia muito trabalho e até gente de S. Vicente e S. Antão emigraram para Boa

Vista e as gentes da terra diziam que as pessoas de S. Antão chegavam mancos e trôpegos de pé de pulguinha mas em pouco tempo ficavam fortes e firmes e arranjavam mulheres e faziam filhos e bebiam grogue.

Mas a prosperidade tinha demorado poucos anos porque depressa veio a época dos "cavalo-branco" e dos *bidons*. E agora vivia-se outra vez em plena crise, crise que levava um homem honrado a apanhar palmatoadas por causa de dois cocos.

Já estava noite, Tio Tone ia-se aproximando da casa, os candeeiros e lamparinas acendiam-se, um doce silêncio pairando na Vila já adormecida. Mas de repente a voz do Lela quebrou o escuro. Talvez por já ser noite a sua voz soava mais forte e poderosa, ninguém diria que pouco antes Lela tinha ido de andor para a cadeia, a cabeça desfalecida nos ombros de Trinta: Não estou morto, gritava, ainda posso gritar e perguntar-te por esse povo que morre de fome, pelo dinheiro que levantaste para fazer estradas...

Tio Tone entrou em casa, fechou a porta e quis concentrar-se na leitura da sua *Bíblia*, mas continuava ouvindo o Lela, a sua poderosa voz atravessando a rua e perdendo-se no mar de praia de Cabral, mas sempre clamando pela revolta dos faminto contra os abusos do poder, perguntando pelos dinheiros do Estado, gritando por aqueles de Rabil, Espingueira e Estância de Baixo que sentados nos seus funcos choravam de uma fome que ninguém queria ver. E por longas horas ele assim falou sem parar, as suas palavras atravessando as grades, chocando nas portas fechadas. Até que Tio Tone disse para Mari Bijóme: Ele já deve estar cheio de sede, vai longar-lhe uma caneca d'água!

Obras do Autor

O Testamento do Senhor Nepumoceno da Silva Araújo, 1991

O Meu Poeta, 1992

A Ilha Fantástica, 1994

Os Dois Irmãos, 1995

Estórias Dentro de Casa, 1996 *A Família Trago*, 1998 *Estórias Contadas*, 1998

Dona Pura e os Camaradas de Abril, 1999

O Dia das Calças Roladas, 1999 *As Memórias de Um Espírito*, 2001 *Cabo Verde*, 2003

O Mar na Lajinha, 2004

Eva, 2006

A Morte do Ouvidor, 2010

Do Monte Cara se Vê o Mundo, 2014

O Fiel Defunto, 2018

O

Este livro foi composto
em papel avena 80 g/m2
e impresso em março de 2025

Que este livro dure até antes do fim do mundo

Este livro foi impresso nas oficinas gráficas da Editora Vozes Ltda.,
Rua Frei Luís, 100 – Petrópolis, RJ.